MELISSA

王太子妃になんてなりたくない!!
王太子妃編9

月神サキ

Illustrator
蔦森えん

リディ
リディアナ・ファン・デ・ラ・ヴィルヘルム。
ヴィヴォワール筆頭公爵家の一人娘。
前世の記憶持ちであり、
王族の一夫多妻制を
受け入れられなかったが、
想いを通わせたフリードとついに結婚、
晴れて王太子妃となった。
フリード
フリードリヒ・ファン・デ・ラ・ヴィルヘルム。
優れた剣と魔法の実力に加え、
帝王学を修めた天才。
一目惚れしたリディだけを愛し続け、
正式に妻として迎えた、
ヴィルヘルム王国王太子。
王太子妃になんてなりたくない!! 王太子妃編 9
CHARACTER

ウィル

ウィリアム・フォン・ペジェグリーニ。
ヴィルヘルム王国魔術師団の団長。
グレンの兄。

アレク

アレクセイ・フォン・ヴィヴォワール。
リディの兄。元々フリードの側近で、
フリード、ウィル、グレンとは幼馴染兼親友。

グレン

グレゴール・フォン・ペジェグリーニ。
ヴィルヘルム王国、近衛騎士団の団長。
フリードとは幼馴染かつ親友。

これまでの物語

リディの中和魔法によるアルカナム島五百人の獣人奴隷たちの解放、
そしてシオンからの手紙をハロルドに渡したことでタリムを撤退させたフリード。
残る相手は大国サハージャのみとなったものの、毒の魔女ギルティアさえも利用し、
フリードが力を失っているこの機を逃さんと国王マクシミリアンの執念が迫る。
決戦へ臨む最愛の人の無事を願うリディだが——。

この作品はフィクションです。
実際の人物・団体・事件などに一切関係ありません。

王太子妃になんてなりたくない!!

王太子妃編9

MELISSA

1・彼女と中華

「では、私共はこれで。失礼いたします」

「ええ、ありがとう」

「また何かございましたらお呼び下さい」

扉が閉まる。

カーラたちが部屋から出ていったことを確認し、息を吐《つ》いた。

部屋には私以外、誰《だれ》もいない。

昨日、久々に熱い夜を過ごした夫は、先ほど出陣してしまったからだ。

タリムを退けたというのに、わずか半日ほどの休息しか与えられない。

今の現状を考えれば当たり前だし、出陣先の状況を知っているだけに笑顔で送り出しはしたが、やはり心配だった。

だって、未《いま》だ彼は体調が良いとは言えない状態だからだ。

しかも次の相手はマクシミリアン国王率いるサハージャ。

簡単に勝てる相手ではないし、これまでのことを考えれば策を弄してくるのは間違いない。

「……フリード」

居室の奥、大きな窓の側《そば》に行く。

なんとはなしに外を見た。

そこは王族だけが行くことのできる中庭となっており、季節を問わない花々が咲き乱れている。

いつもは見るだけでも楽しい庭。だが今日ばかりは私の心を慰めてはくれなかった。

「姫さん」

ぼんやりと庭の景色を眺めていると、後ろからカインの声がした。振り返る。

カインがなんとも言えない顔をして立っていた。

「さっき、王太子の軍が転移門で西の砦《とりで》に出発したぜ」

「……そう」

別れてから一時間ほどが経《た》っていることを思えば、妥当なところだ。

頷《うなず》くと、カインが気遣わしげに問いかけてくる。

「見送りしなくて良かったのか？」

「……さっき済ませたから、大丈夫」

「そうか」

「うん」

カインの言葉に笑って告げる。

いってらっしゃいはもう言った。あとは彼が無事、帰ってくるのを待つだけだ。

「……よしっ」

パンッと自分の頬《ほお》を両手で叩《たた》く。

しんみりしても何かが変わるわけではない。フリードはきっと勝って帰ってきてくれるのだから、それまで私は私にできることをしよう。

「私にできること……何かあるかな」

気を取り直し、いつものテンションで告げる。カインがすぐさま言った。

「落ち込んでないのは良いことだけどさ。頼むから、大人《おとな》しくしててくれよな。外出とかはなしだぜ？」

「分かってるって。さすがに外に出ようとは思わないよ」

国は戦いの真っ只中。皆もピリピリしている中、外出したいなんて言うはずがない。

「フリードが戻ってくるまで、外には出ないつもり。基本、城の中だけでの行動にするよ」

「そうしてくれると助かる。オレとしても守りやすいしな」

「相手はサハージャだもんね」

サハージャは暗殺者ギルドのある国で、しかもマクシミリアンはそこの『黒』というギルドを従えている。

少し前に行われた国際会議にも『黒』の面子《メンツ》を連れてきていたし、今回も暗躍させている可能性は十分にあるのだ。

それこそ、ヴィルヘルムに直接『黒』を派遣してくるとか。

そしてその場合、間違いなくターゲットは私だ。

何故《なぜ》か私は以前からマクシミリアン国王に狙《ねら》われているので。

もう結婚しているというのに、彼は私を自分の妃《きさき》にしたいそうで、いくら断っても諦《あきら》めない。

私はフリード以外は嫌だと言っているのに。

そしてそんなマクシミリアン国王だからこそ、フリードのいないこの機に……と企んでくる可能性は十分すぎるほどあった。

「大丈夫。大人しくしてる」

『黒』の暗殺者には、結婚前にも一度攫《さら》われたことがあるので、二度目は避けたいところだ。しかも今、フリードはいないわけだし。

もし私が捕まれば、フリードは動揺するどころの騒ぎでは済まないだろう。下手《へた》をすれば、ヴィルヘルムが負けることだってあり得る。

冗談みたいな話だが、嘘《うそ》ではないのだ。何せフリードは愛しすぎるくらいに私のことを愛している人だから。

それをよく知っているだけに、無謀な真似《まね》をしようとは思わなかった。

私が安全でいることがフリードの、ひいてはヴィルヘルムの勝利に繋《つな》がるのだ。

「ヴィルヘルムのためにも静かに過ごすよ」

もう一度真顔で告げると、カインも真剣に返してきた。

「頼む。オレも絶対に気を抜かない。『黒』が来るなら絶対に今だって思うからな」

「そうだよね。私だって、狙い時だなって分かるくらいだもん。……あ、厨房《ちゅうぼう》とかは行っても大丈夫？　それとも王族居住区から出ない方が良い？」

ここは護衛であるカインの意見を聞くべきだろう。そう思い尋ねると、カインは「そこは好きにしてくれれば良い」と答えてくれた。

「城の中にいてくれるだけで十分さ。部屋に籠《こ》もりきりじゃ、姫さんもしんどいだろうし。それに――」

「それに？」

言葉を切ったカインを見る。彼はニヤリと好戦的な笑みを浮かべながら言った。

「そこまでしてもらわなければ守れないほど、落ちぶれちゃいないんでね。姫さんの身の安全は保証するから、城内でなら好きに過ごしてくれて構わないぜ」

「おおー……」

思わず拍手した。

自分の技量に絶対の自信を持つカインが格好良い。そしてここまではっきり言ってもらえると、こちらもあまり気負わずに済むので助かる。

「ありがとう。そうさせてもらうね」

「ああ。いつも通りやっててくれ」

「うん！　じゃあ早速、厨房に行こうと思うんだけどいいかな？」

「もちろんだ」

了承の言葉を聞き、扉を開けた。もともと、厨房には顔を出そうと考えていたのだ。

部屋を出ると、扉の前にいた兵士たちが行き先を聞いてくる。

「ご正妃様？　どちらに？」

「ちょっと厨房にいこうと思って」

「厨房？　左様ですか。行ってらっしゃいませ」

厨房と告げると、兵士たちは納得したような顔をした。私が厨房に行くのはいつものことだからだ。

私の後ろにカインが続く。

カインはフリードが任命した私専属の護衛という話になっているので、特に何か言われたりはしない。だけど、大抵は姿を隠しているので、珍しいなと思った。

「隠れていなくて良いの？」

「ああ。今回は可能な限りこうする。オレの姿がはっきり見えている方が、サハージャの連中には牽《けん》制《せい》になるからな」

「ふうん」

「隠れて守って、向こうが隙を見せたところを――って感じでも良いんだけど、今回は襲われない方を重視したいからな。オレが姿を見せていれば、よほどの馬鹿《ばか》でもない限り、襲ってこようとは思わないだろ」

「そういうもの？」

「ああ。オレの二つ名。もう忘れたか？」

「覚えてる。赤の死神だよね」

「つまりはそういうことだ」

負けると分かっているのに挑んでくる馬鹿はいないと告げるカインに頷く。

確かにその通りだ。

カインが姿を晒《さら》すことが強い牽制になると納得した私は、そのまま彼を連れて厨房へとやってきた。

「皆、元気にしてる？」

「師匠！」

ひょいと顔を覗《のぞ》かせると、私に気づいた料理人たちがわらわらと寄ってきた。

その顔は明るい。

昨日、二ヶ国を退け、残すはあと一ヶ国のみという話を聞いたからだろう。

しかも先ほど、フリードが西へ向けて出陣した。

皆、フリードが行けば勝ちは決まりだと思っている。だからすっかり安心しきっているのだ。

彼が行けば大丈夫、と。

それを悪いこととは思わない。

皆を安心させることができるフリードがすごいだけの話なのだ。

「ちょっと様子を見にきたのだけど、皆、元気そうで何よりだわ」

安堵《あんど》しつつも告げると、料理長のバルトが言った。

「はい。問題ありません。まだサハージャが残っていますが、殿下が行かれたのなら心配もありませんし。ただ、やはり戦争ということですから気に病む者も出てきます。なので、空いた時間に元気づけることのできる料理でも振る舞おうかという話をしていました」

「良いわね！」

バルトの話を聞き、笑顔になった。

確かに現状、城の雰囲気はわりと明るいものになっているが、全員がそうというわけではない。特に家族が出兵している人たちなんかは、心配な日々を過ごしているだろう。

そういう人たちのために、何かできることをというのは良い試みだと思う。

「私も協力するわ」

協力を申し出ると、バルトたちは快く頷いてくれた。

「師匠が手伝って下さるのなら百人力です。軽い軽食を作ろうと考えていて。できれば夕食の仕込み前に終わらせてしまいたいなと」

「そうよね」

彼らには本来の仕事もあるのだ。そちらを疎《おろそ》かにはできないだろう。

「それで、具体的には何を作るつもりなの？　軽食と言っていたけれど」

「それを今、皆と話し合っていたところなんです。師匠、何か良い案はありませんか？」

「軽食ね……」

案が欲しいと言われ、考える。

菓子ならクッキーやチョコレートが定番だし配りやすい。軽食ならキッシュとか、野菜を練り込んだスコーン……この辺りが妥当だろうか。

でも、元気のない人たちに配る。つまり、笑顔になってもらおうというコンセプトだと考えれば、少し足りないような気がした。

どうせなら驚かせたいし、こんな料理があったのかと思わせたい。そしておいしいと最後には笑って欲しいのだ。

となると、新作を提供するのが一番手っ取り早いところなのだけれど——。

——うーん。何か良さそうなの、あったかなぁ。

メイン料理という感じではなく、スナック感覚で摘《つま》める、まだこの世界にはない新作料理。

頭の中に色々な候補が浮かんでは消える。

「……うーん。あ、そうだ！」

ピンッと閃いた。

「餃《ギョウ》子《ザ》。一口餃子なら良いかもしれない」

「ぎょうざ、ですか？　失礼ですがそれはどういう料理なんです？」

おそるおそる料理長が尋ねてくる。調理法を思い出しながら答えた。

「簡単にいえば、肉や野菜を薄い皮で包んで焼く料理よ。一口餃子は一口で摘まめる大きさで、スナック感覚で楽しめるの。ああ、スナック感覚といえば、いっそ揚げ餃子にするのもいいかもしれないわね」

ウキウキしながら語る。

実は、この世界には中華料理もないのだ。和食と同じ。

多分だけれど、似たような文化を持つ国がないせいだと思う。

基本的なものなら中華料理も作れるので、今度試そうかなとは考えていたが、これは良い機会かもしれない。

皆を驚かせられて、しかも餃子がヴィルヘルムの人たちの口に合うのか調べることだってできる。

一石二鳥だ。

説明を聞いてもいまいちピンと来ていない様子の料理人たちに向かい、言う。

「せっかく料理を振る舞うのなら、元気になってもらうために、多少の驚きを提供したいと思うのよね。だから新作料理を作るの。一口餃子ならたくさんできるし、カリカリに揚げてしまえばサクッと食べられるから良いと思うわ」

「師匠の新作料理……」

「ええ、おいしいわよ。私の大好物なの」

前世を思い出し、告げる。

私は餃子が大好きだったのだ。

最大百個は食べたことがあるくらいには好物だったと言えば分かってもらえるだろうか。

私が好物と言ったのが効いたのか、料理人たちは目に見えてやる気になった。

「それは……気になりますね」

「でしょ？　タネさえ作ってしまえばあとは簡単だし、パパッとやっちゃいましょう」

「はい！」

皆の賛同を得て、餃子の材料を告げる。

餃子はキャベツか白菜を使うのだけれど、私は特にどちらの方が好きとかはない。

どちらも美味しいと思うからだ。

在庫量を見てもらうと、キャベツの方が多いということで、それならキャベツを使おうという話になった。豚肉の在庫も問題なさそうだ。

その他《ほか》の材料も集めていく。

全部揃ったところで、班を三つに分けた。

「分担しましょう。タネを作る班と、皮を作る班。あと、できた餃子を揚げる班ね。まずは私がやり方を説明するからよく見ていてね」

豚の挽き肉やキャベツを手に取り、まずはタネを作る。

私の手元を見て材料をみじん切りにする必要があることを分かった料理人たちが、早速包丁を持って、刻み始めた。

「――あとは調味料を加えて……しっかり捏《こ》ねればタネは完成。次に皮だけど」

皮の作り方も説明すれば、彼らはすぐに要領を掴《つか》んだようで頷いた。

最後に作った皮でタネを包み、油で揚げる。

カラッと揚がった餃子を取り出せば完成だ。

「はい。これで完成。サイズが小さいから食べやすいでしょう？」

できたものを皆に見せつつも、味見にひとつ食べてみる。

懐かしい餃子の味が口の中に広がり「ああ、これこれ」という気持ちになった。

皆もおそるおそる手を伸ばし、餃子を口に入れる。その顔がパッと明るくなった。

「これは……美味しい」

「肉汁が口の中に広がって……なんでしょう、癖になる味ですね」

「ニラが良い味を出しています。へえ……こんな風になるんだ」

「カラッと揚がっているのが良いですね。食感が良いです」

どうやら好意的に受け止められたようでホッとする。

実は今回の餃子には、ニンニクを入れていないのだ。餃子といえばニンニクは外せないのだけれど、まだ仕事中だし、皆、口臭は気になるだろう。そう考えてのことだった。

皆と同じように味見をした料理長も感心したように言った。

「これは、皆も驚くでしょうし食べやすくて良いですね。味がしっかりしているので、タレをつける必要もなさそうです」

「少し濃い目に味つけしたから。普通はタレを付けるし、サイズももう少し大きめよ。今回は軽食として皆に配るということだったからこの形にしたけど、良かったら今度、そちらの作り方も教えるわ。餃子には色々種類があるから、皆にも知って欲しいの」

「是非」

鼻息も荒く皆に告げられ、苦笑した。

皆、新しい知識を得ることに貪欲なのだ。美味しいものが広まるのは嬉《うれ》しいので、いくらでも教えよう。

焼き餃子はもちろんのこと水餃子も美味しいし。

基本が分かれば、応用も利くだろう。皆の作ったオリジナル餃子が食べられる日が来ると良いなと思いながら口を開いた。

「じゃ、それはまた今度ということで。今は一口揚げ餃子を作りましょう。城にはたくさん人がいるから、作れるだけ作りたいところよね」

「はい」

皆が一斉に作業に取りかかる。

材料を刻んだり混ぜたりするのは問題なかったが、意外と包む作業で躓《つまず》いた。

どうやら襞《ひだ》を綺麗《きれい》に作るのが難しかったらしい。

だけどさすがに皆、プロなだけあり、すぐにコツを掴んでいった。

美しい形の一口餃子が次々と並んでいく。

揚げ担当の人たちが、それらをさっと油の中に落としていった。

素晴らしい流れ作業で、どんどん餃子が揚がっていく。ある程度数ができたところで、手が空いた人たちと一緒に、大きな大皿に並べた餃子を持って、厨房を出た。

軽食を配るという噂がすでに出回っていたのだろう。そこには大勢の人たちが集まっていた。

休憩中の兵士や女官、文官から下働きの者まで様々な人たちが噂《うわさ》を聞きつけてやってきている。

期待に満ちた目を向けられ、笑顔になった。

「皆、お疲れ様。まだ戦争は続いているけど、フリードも行ったしきっと大丈夫。皆の大事な人たちもすぐに帰ってくると思うわ。だから私たちも元気に毎日を過ごしましょう。これは厨房の皆からの差し入れよ。一口揚げ餃子。良かったら食べていってね」

わあっと皆が、大皿を持っていた料理人たちを取り囲む。

見慣れない餃子を見た兵士が振り返り、私に聞いた。

「もしかしてこれ、ご正妃様の新作ですか？」

私が料理を作ることは、和カフェの件もあって、すでに周知されている。

料理が好きで、よく厨房に顔を出しているのも知られているので『未知の料理＝私』という図式ができあがったのだろう。

「ええ。皆に元気になって欲しくて、新作を作ったの。厨房の皆も美味しいって言ってくれたから安心して食べてくれて良いわよ」

「ご正妃様の新作……」

「すごい。ご正妃様の新作を真っ先に食べられるなんて……」

「え、でもこれ、殿下に怒られない？」

最後の兵士の呟きに思わず笑ってしまった。どうやらフリードの心の狭さは皆も知るところらしい。

あちこちで「そうだ、そうだ」「大丈夫か」という声がしている。

「だ、大丈夫よ。そんなことでフリードは怒ったりしないから」

笑いを噛《か》み殺しながら告げると、怒られないか心配していた兵士は「さ、さすがにそうですよね。良かった」と胸を撫《な》で下ろした。心なしか他の者たちもホッとした顔をしている。

うん。フリードがどう思われているかがよく分かる反応である。

皆が改めて大皿の上に載った餃子を見る。

初めての料理に驚いている様子だったが、見た目が変というわけでもないので、特に拒否感はないようだった。

餃子には爪楊枝《つまようじ》が刺さっていて、食べやすいように工夫されている。

皆、おそるおそる餃子を取り、口に入れた。その顔に笑みが広がる。

「……わ。サクサク」

「肉汁がすごい……！　えっ、これ癖になる」

「ご正妃様の新作を一番に味わえるなんて、嘘みたい」

「美味しいですけど、これ、お酒が欲しくなりますね」

兵士の告げた正直すぎる感想に、確かにと思う。

餃子はお酒と相性が良いのだ。

皆、わいわいと楽しそうに一口餃子を食べてくれた。

大皿はすぐに空になってしまったが、第二陣が控えている。

「まだ餃子はあるから、来られる人たちに声を掛けてあげてね」

できれば多くの人に食べてもらいたいのだ。

食べた人たちが、同僚を呼びにいく。次々と人が集まってきた。餃子もどんどん揚がっているようで、問題なさそうだ。

それを確認した私は、カインを連れて厨房に戻った。

すでにタネを作っていた班と包み作業をしていた班は片付けに入っている。

少し考えてから、餃子を揚げている人たちに声を掛けた。

「その餃子、できたものを少しもらっても構わないかしら」

「はい、もちろん構いませんが……どうされるのです？」

「お義母《かあ》様にも食べていただこうかと思って」

義母のことを思い出しながら告げると、料理人は頷いた。

「なるほど。それでしたら女官に運ばせますので、師匠は先に王妃様のところへいらっしゃって下さい」

「そう？　じゃあ、お願いするわね。皆、手伝ってくれてありがとう」

礼を告げると、皆は笑顔で「とんでもありません。こちらこそ助かりました」と言ってくれた。

片付けを手伝おうと申し出たが、断られてしまったので、お願いして厨房を出る。

さすがに料理をしたあとの格好で義母を訪ねるのも失礼だ。一度部屋に戻って着替えることを決めた。

途中でカーラと会ったので、事情を説明して新しいドレスに着替えさせてもらう。

いつもより少し豪奢《ごうしゃ》なドレスになったのは、やはり義母を訪ねると言ったからだろう。

青色のドレスはサラサラとした生地が使われていて着心地が良い。

城に来て一年近くが経つので、カーラたちも私の好みは把握している。基本、あまりスカートの膨らんでいない、動きやすいドレスを用意してくれるのだ。あと、王華《おうか》が映えるデザインであることはフリードの絶対条件なので、そこは外せない。

義母の部屋へ行くと、すでに話がいっていたのか、扉の前にいた兵士たちはすぐに中へと通してくれた。

「リディ、よく来てくれましたね」

「こんにちは、お義母様。突然、お邪魔して申し訳ありません」

急な訪問を詫《わ》びると、義母は笑顔で応じてくれた。

「いいえ。ちょうど退屈していたところでしたから。女官から聞きましたが、今日はそなたの新作が食べられるとか。一体どんな料理を作ったのです？」

義母には以前にもカレーやたこ焼きを振る舞っている。和カフェに来てくれたこともあるので、ある程度私の作るものには信頼を置いてくれているのだろう。

楽しみにしてくれているのが嬉しかった。

「今日は一口揚げ餃子を作ったんです。その……気持ちが塞《ふさ》いでいる人もいるだろうから、料理で明るくしてあげたいって料理長たちが企画してくれて。私はそれに乗っかっただけです」

言い出しっぺは私ではないので、そこはきちんと否定しておく。

私はあくまで皆の企画に協力させてもらっただけだ。

「皆、喜んでくれました。それで、お義母様にも食べていただきたいなと思ってお持ちしたのですけど」

「ありがとう。もちろんいただきますよ。ですが、そなたはやはりすごいですね。皆のことを考えて行動することができる。私も見習わなければなりません」

目を伏せながら告げる義母を見る。

「私はそなたとは違い、皆に対して何もしていない。本当に情けない話です」

「お、お義母様!?」

小さく息を零《こぼ》した義母にギョッとする。どうやら義母は落ち込んでいるようだ。

慌てて駆け寄り、その手を握った。

「何をおっしゃるんです。さっきも言った通り、私は料理長たちの企画に乗っかっただけ。私が言い出したわけではないんです」

「ですが、話を聞いたそなたは、すぐに協力するという行動に出られたではありませんか。私なら、聞いたところで動こうなんて思えません」

「それは人それぞれですし、別にしなければいけないわけでもありません。そもそもですね、妃というのはそう気軽に人前に出るものではないので、軽率に厨房へ出向く私こそが責められるべきであり、お義母様は何も悪くないというか……うん、私が駄目なだけですから、お義母様は気にする必要はないと思います」

自分で説明していて、顔がすんとなった。

落ち込んでしまった義母をなんとか励まそうと口にしただけだったのだけれど、改めて言葉にすると、一番ダメダメなのはどう考えても私だと気づいたのだ。

王族居住区で大人しくしていないだけでなく、頻繁に出掛けるし……うん、義母が落ち込む必要はどこにもない。怒られるべきは私だ。

「フリードにも大人しくしてくれって言われているし」

「息子はそなたを独《ひと》り占めしたいだけでしょう。気にする必要はありません」

おっと。

ズバッと返ってきて、噴き出しそうになった。

違うと言いきれないあたりがフリードなのだ。

「ま、まあ、そういうことですので、お義母様が気にする必要はないかと。それにお義母様は王妃です。私とはそもそも役割が違いますし、なんといってもお義母様がいらっしゃるだけで陛下は元気が出るでしょうから、十分すぎるほど役立っているかと」

「……陛下にも相談したところ、そなたと似たようなことをおっしゃっていました」

——おや。

ボソリと告げられた言葉を聞き、にんまりする。

「ふふっ、陛下もずいぶんと思ったことを素直に言えるようになったんですね。良いことです」

というか、国王に弱音を言えたのだから、義母はかなり進歩しているし頑張っている。

もちろんそれは国王もだ。

義母の言葉をしっかり聞き、寄り添おうとしている。ふたりが確実に距離を縮めている様子が嬉しかった。

話しているうちに義母も気を取り直したらしく、顔に笑みが戻ってきた。

「失礼いたします」

タイミング良く、女官が二段ワゴンを押して入ってきた。お茶と餃子が載っている。

お茶は少し濃い目のものを用意してもらった。口の中に味が残るかなと思ったのだ。

「まあ、可愛《かわい》らしい」

一口餃子を見た義母の顔が輝く。

小さいサイズなのが気に入ったようだ。

そのあと、ふたりでお茶会をしたのだけれど、義母は餃子を甚《いた》く気に入ってくれた。ただ「もう少しピリ辛でも美味しいかもしれませんね」と言っていたので、今度はピリ辛餃子を作っても良いかもしれない。

カレーの時に判明したのだが、義母はわりと辛いものが得意なのだ。それはフリードも同じで、親子で味覚が似てるんだなと思ったのだけれど。

「じゃあ、フリードが帰ってきたら、今度はピリ辛のも用意しますね」

せっかくなら皆で食べた方が良いだろう。そう思い告げると、義母は優しい顔で頷いた。

「ええ、そうしましょう。フリードリヒも今頃《いまごろ》、頑張っていることでしょうし。……辛い戦いを乗り越えた者に褒美が与えられるのは当然ですから」

「褒美ですか？　ふふっ、はい、そうですね」

素直ではない言い方が微笑ましい。

義母も息子であるフリードに対し、近づこうと彼女なりに頑張っているのだ。たまに今までのツンな態度になってしまうこともあるけど、相当軟化しているのは確かだった。

そしてフリードの方もそんな義母の様子を見て、かなり対応を和らげている。

最近では言い争いは殆《ほとん》どなく、穏やかに会話することも増えてきた。

すごく良い傾向だし、仲良くしてくれると、ふたりのことが大好きな私としてはとても嬉しい。まあ、夜の話になると駄目だけど。

フリードが毎晩私を潰しかねない勢いで抱いていることを義母は快く思っていないのである。

彼女の過去を考えれば、それも仕方のないことだとは思うけど。

「リディ、寂しくありませんか？　フリードリヒと会えたのも、短い時間だけでしたし」

気遣わしげに義母が尋ねてきた。

こちらを思いやってくれる言葉に嬉しくなる。

「寂しくないと言えば嘘《うそ》になりますけど、昨日《きのう》はずっと一緒に過ごせましたし、勝って帰ってくるって約束してくれましたから平気です」

「そう。そなたとの約束なら、フリードリヒも全力で叶《かな》えようとするでしょう。私たちはのんびり待っていれば大丈夫そうですね」

「はい。そう思っています」

フリードの勝利を義母も疑っていないようだ。言葉の端々から感じられる信頼感も良いなと思う。

「……まったく。フリードリヒにばかり行かせず、たまにはヨハネス様も出ればよいのに。これではリディが可哀想《かわいそう》ではありませんか」

秀麗な眉《まゆ》を寄せ、義母がブツブツと言う。

「気持ちは嬉しいですけど、仕方のないことですから。それに、陛下には王都を守るという使命がありますし」

国王が王城でドンと構え、指示を出せる状況にいるのは大切なことだ。

それを義母も知っているだろうに、わざわざ言うのは、私を気の毒がってくれているからだ。

私を思いやっての言葉なので、嬉しい気持ちしかない。

笑顔で返すと、義母は気まずそうに私から視線を逸《そ》らした。

「そ、それでも、です。フリードリヒが小さな頃は、自ら出陣していたのですからできないこともないでしょうに」

「ふふっ。それこそお義母様のいる王都を自分の力で守りたいのかもしれませんね。任せられるところはフリードに任せて、ご自分はお義母様のいらっしゃる王都を守る。そういうのも素敵だと思いますよ」

普通にありそうだと思いながら告げると、義母はみるみるうちに顔を赤くした。

肌が白いので、赤さが目立つ。素直な反応が可愛いなあと思ってしまう。

義母は動揺を隠すように口を開いた。

「な、なにを……そ、そんなことあるはずないではありませんか」

「そうですか？　陛下、お義母様のことがお好きですから十分すぎるくらい可能性はあると思いますけど」

「……し、知りません」

ふん、と顔を背ける義母だが、上々の反応を見ることができた私はニヤニヤだった。

この様子なら、国王さえ上手《うま》くやれば、そろそろ収まるところに収まるような気がする。

「あ、じゃあ、私行きますね」

小一時間ほどお喋《しゃべ》りを楽しみ、義母の部屋を出た。

あまり長居しては迷惑だし、私も一度自室に戻ろうと思ったのだ。

王族居住区をのんびりと歩く。

兵士の数が少ないなあと思った。

王族居住区は王族と特別な許可を得た者以外は入れないということもあり、元々入り口や各王族の部屋の前以外はそこまで兵の数を置いていない。だけど、ここ一週間くらいは特に少なかった。

何故か。

皆、出陣したり、城の守りに駆り出されたりしているからだ。

仕方のないことだけど、普段よりも静かな廊下は、なんだか少し落ち着かなかった。

廊下の角を曲がる。やはり誰もいない。

それならと思った私は、きっと近くにいるであろうカインに向かって声を掛けた。

義母に遠慮して、彼が姿を消していたのは知っている。だからもう良いよと言おうと思ったのだ。

あと、広い場所にひとりだけというのは落ち着かないから。

「ね、カイン。そろそろ――」

出てきていいよ。そう言おうとしたのとほぼ同時に、声が響いた。

「っ！　姫さん、危ないっ！」

「えっ……」

何が起こったのか理解する前に、ギインという金属音がした。いつの間に現れたのか、目の前でカインが剣を構えている。

少し離れた場所には、見覚えのある男。

黒の神父服に身を包み、胸には逆十字のネックレスが光っている。

肩まである真《ま》っ直《す》ぐな黒髪が揺れていた。

背教者と呼ばれる、黒のギルドの暗殺者シェアトだ。彼は以前にも見た、銀色の糸のようにも見える武器を持っている。

カインが彼の名前を叫ぶ。

「シェアト！」

「うーん、やっぱり無駄な足掻《あが》きだったね。まあ、隙なんてなかったから当然の結果だとは思うけど」

緊迫した雰囲気の中、シェアトの態度はあまりにも普通だった。それがかえって異様さを伝えてくる。

カインは私を庇《かば》いながらも、油断なく彼を睨《にら》みつけていた。

「……シェアト、何をしにきた」

「何をしにって、それを聞くの？　普通に分かることだと思うけど」

「シェアト！」

　怒鳴るカイン。シェアトは「えー」と口を尖《とが》らせつつ、私を見た。

「うちの王様の命令。ヴィルヘルムの王子様がいない時を見計らって、お姫様を連れてこいって。だから僕が来たんだよ。君に対抗できるのなんて僕くらいしかいないからね」

「……やはりか」

　チッとカインが舌打ちした。

　さっと周囲を見る。人影はないが、声を上げれば誰か来るだろう。そう思ったが、先にシェアトが言った。

「兵士を呼んでも良いけど、死ぬよ？　君が彼らを殺すことになるんだ。それでも良いと思えるのなら呼べば？」

「っ……！」

　私を試そうとしているわけではない。

　彼の口振りは淡々としていて、単なる事実を告げているだけのように思えた。カインも鋭く告げる。

「姫さん、やめとけ。シェアトの言う通りだ。呼んだところで死体が増えるだけ。こいつはオレが相手をするから、下がっていればいい。シェアト、当然お前も仲間を呼んだりはしないんだよな？　同じ言葉をオレも返すぜ」

そこで言葉を止め、シェアトを見据えた。

カインが相手のことを『お前』と呼ぶのは珍しい。多分シェアトを敵だとはっきりと見定めているからなのだろう。

緊張感に震えながらもカインを見る。彼は酷薄な笑みを浮かべて、シェアトに告げた。

「——仲間を呼ぶようならそいつらは殺す。一人残らず」

ひんやりとした殺気が場を包む。だが、シェアトは嬉しそうだった。

「呼ぶわけないよ。ようやく得られた君と戦える機会を有象無象に邪魔されたくないからね。安心して。ここには僕しか来ていない。お姫様を連れてくるよう言われたのは僕だけだ」

「つまり、お前が失敗すればそれで終わり。そういうことだな？」

「その通りだよ。僕が失敗するなんて、万が一にもあり得ないけどね」

一見すれば、ただ楽しそうなだけに見えるシェアトだが、その顔にはどこか凄《すご》みがある。

今まで数多《あまた》の依頼をこなしてきた黒の背教者としてのプライドなのだろう。それに臆することなくカインが言い返す。

「はっ、オレが負けるわけないだろ。——姫さん。壁際に張りついていろ。オレがいいと言うまで動くな」

「う、うん」

カインの指示に頷いた。急いで壁際に寄る。

今、私ができることは兵士を呼ぶことでも逃げることでもなく、カインの指示に従うことだと分かっていたからだ。

カインならきっと私を守ってくれるし、きっと彼以外にシェアトに対抗することのできる人なんていない。カインを信じているからこそ、言うことを聞かなくてはならなかった。

「……」

ふたりが無言で対峙《たいじ》する。カインは改めて剣を構え、シェアトは銀色の糸を両手で伸ばすように持った。

シェアトが言う。

「君と戦える日が来ることを待ちわびたよ。王様は君も手に入れたいみたいだったけど、それは不可能な話だからね。お姫様を連れていくのなら君は殺さなくちゃ」

「当然。姫さんを連れていきたいなら、オレを殺してからにしろ。もちろん、できればの話だけどな」

「うん、そうする。ああ、良い気分だ。こんなに高揚するのはいつ以来だろう。僕にとって特別な君を、何よりも大切な母さんのお土産にできるなんて幸せだ」

目を見開き、両手を広げて恍惚《こうこつ》と告げるシェアト。その異様な光景に息が止まる。

「っ……」

「――さあ、祈りの時間だよ」

言葉と共にシェアトが動く。

彼の振るった糸が鞭《むち》のようにびよんと伸びた。カインがそれを剣で弾《はじ》く。ガチンという金属音。

「チッ！　いきなり首を狙ってくるのかよ！」

「当たり前。それが僕のスタイルだからね」

「そうだったな！」

カインが舌打ちし、距離を詰めるべく走り出す。シェアトもカインに合わせるように彼の方へと向かったが、懐から短剣を投げられ、後ろに飛び退《の》いた。

「おっと。君も容赦なく急所を狙ってくるね。良い感じだ」

「主《あるじ》の目の前で、手なんて抜けないからな！」

ふたりが同時に前に出る。

と、彼らの姿がかき消えた。いや、実際に消えたわけではないのだろうけど、早すぎて目では追いきれないのだ。

「……すごい」

目にも留まらぬ速さで、攻防が行われている。

カインが懐から短剣を投げる。それをシェアトが鋼の糸で払い落とし、今度はその糸でカインを狙う。

読みにくい動きだが、カインは軌道を正確に見極め、隙間を掻《か》い潜《くぐ》り、更なる攻撃を仕掛けていく。

「……」

素人目に見ても、彼らが高度な戦いをしていることが分かった。

とにかく尋常でないくらいに速い。一瞬の攻防が何度も続き、私ではふたりが何をしているのか正確には分からない。

姿も見えなくなるので、カインの位置すら分からなくなる。

ただ、絶え間なく金属音が響いているので、ふたりが戦っていることだけは分かる。そんな程度だった。

「……」

言われた通り、壁際に張りつき、様子を窺《うかが》う。

カインが強いことは知っていた。

何せ『赤の死神』なんて二つ名を持つくらいだし、あのフリードが認めるレベルなのだ。

それに今までに何度も助けてもらってきたし。

だけど、カインが目の前で今みたいに戦っているところを見るのは初めてだったのだ。

あのいつも仕方ないなあと笑っている彼が別人のように顔つきを鋭くさせ、敵に向かって刃《やいば》を向けている。

「カイン、こんなに強かったんだ……」

フリードが戦っているところも見たことがあるが、彼とは全く違う強さを感じた。

カインもシェアトも殆ど足音を立てない。

無音で走り、相手の懐へ潜《もぐ》り込み、一撃必殺の刃を繰り出す。

聞こえるのは本当に刃の音だけなのだ。

「あ……」

邪魔にならないように息を潜《ひそ》めじっとしていると、一際大きな音がし、ふたりが距離を取って向き合ったのが見えた。

ふたりとも肩で息をしている。

どうやら実力は拮抗《きっこう》しているようだ。

シエアトが満足そうに汗を拭う。

「やっぱりカインは強いね。僕が本気を出して殺せないなんて、本当に君と王子様くらいだよ」

賞賛の言葉だったが、カインはとても嫌そうな顔をした。

「姫さんの旦那《だんな》は、別次元だ。あれと比べるな」

「確かに。普通に勝てる気がしないもんね。だからこそ彼のいない時に来たんだけど。うん、カインも僕の想定していた以上に強いよ」

「は？　それ、馬鹿にしてんのか」

「まさか！　褒めてるに決まってるじゃないか。僕が戦いたいと思った君が、想像以上に強かった。こんなにも心躍り、楽しいと思えることはないよ」

「オレは全然嬉しくないけどな」

カインが吐き捨てるように言う。ふたりは再度自身の武器を構えた。

じりじりと位置を取りながら、カインが口を開く。

「なあ、聞いていいか」

「ん？　何？」

「どうしてあんな奴《やつ》の肩を持つ」

「あんな奴って？」

こてん、とシェアトが首を傾《かし》げる。まるで心当たりがないような顔だ。

「マクシミリアン国王。あいつ以外いないだろ。あのいけ好かない奴」

カインの投げかけた質問に、シェアトは目を丸くした。そうして目を猫のように細める。

「いけ好かない奴って酷《ひど》いなあ。確かに否定はできないけどさ」

「否定できないなら何故、あいつと共にいる。オレならあんな奴の下には絶対につかないけどな」

きっぱりと告げるカインをシェアトは何故か優しい眼差《まなざ》しで見つめた。

「そうだろうね。でも、彼は僕に約束してくれたから。だから僕は彼に協力しているんだよ」

「約束？」

約束という言葉に憧憬の響きを感じた。疑問を投げかけたカインに、シェアトは何を思ったのか武器を下げ、話し始める。

「うん。彼はね、平和を作ってくれるんだ。誰も争いに嘆くことのない、誰も理不尽に殺されることのない、そんな世界を作ってくれるんだよ。その手伝いを僕はしてるだけ」

「……争いに嘆くことのない？　世界平和ってやつか？」

カインが武器を構えたまま確認すると、シェアトは無邪気に頷いた。

「うん。王様がこの大陸を統一して、世界は平和になるんだ。もう誰も争うことはない。僕みたいな者も生まれなくなる。素晴らしいことだよね」

「え……」

　夢見るような瞳《ひとみ》で告げるシェアトを、カインも私も凝視した。

　大陸を統一すれば、世界は平和になる。

　それは決して間違いではないと思うけど、発言者がマクシミリアン国王だと思うと、決定的に何かが違うような気がした。

　だって。

「……今、世界に混乱を起こしているのは間違いなくサハージャなんだけど」

　そういうことだ。

　真に平和を願っているのなら、自ら争いを起こす方がおかしいだろう。わざわざ大陸を統一する必要はどこにもないと思う。まずは国内を安定させろという話だ。

　思わず口を挟むとシェアトはムッとした顔をした。

「それは違う。誤解だよ」

「……誤解？　どういうこと？」

　シェアトの言葉が理解できなかった。眉を寄せる私に、彼は諭すような口振りで言った。

「サハージャが世界各国に戦いを挑むのは仕方のないことだって言ってる。確かに少なくない犠牲は出るけど、それはその先にある平和のためだ。いつか来る未来のために、僕らは戦っている。恒久的な平和。それが僕たちの求めるものなんだ」

「自国を蔑ろにしてまですること？　平和が欲しいのなら、まずは己の国を安定させる。それが筋ってものだと思うけど」

至極真っ当な意見だと思ったが、シェアトには通じなかった。当然のように言う。

「僕たちが見ているのはもっと大きな括りだからね。君たちとは違って、大陸全体で見ているんだよ」

「それ、余計なお世話って言うのよ。他国のことまで口出しするのはおかしいわ」

「おかしくない。だってゆくゆくは僕たちが管理することになるんだから」

理屈が通らないことがどんどん怖くなってきた。

「……ならないわよ。それにどうしてサハージャなの。別にサハージャが大陸を統一する必要はどこにもないでしょう？　そもそも誰もそんなこと望んでない」

「僕たちは望んでる。それにね、サハージャである必要はあるよ。だって、他の誰もしてくれないから。たとえばヴィルヘルム。それこそ大陸を統一できる力を持ちながら動こうとはしない。腹立たしい話だよね」

「大陸統一なんてヴィルヘルムは望んでいないもの」

今ある国を、大地を、国民を守ることが私たちの望みで、戦渦を広げてまで領土を拡大したいとは露ほども思っていない。それはフリードや国王を見ていれば分かることだ。

シェアトがため息を吐き、やれやれと言わんばかりに言った。

「そうだろうね。分かってるよ。だからサハージャがやるんだって言ってる」

「……」

「きっと母さんも喜んでくれる。だってずっと、平和な世の中を願っていたから。僕は母さんの願いを叶えたい。そのためならどんなことだってしてみせる。そう決めているんだ」

心底幸せそうに笑うシェアトを見つめる。

彼は、サハージャが大陸を統一することで世界平和が訪れるのだと本気で言っている。

そのために多くの血が流れることを仕方ないことだと思っている。

確かにそれはひとつの考え方なのかもしれない。

でも。

「もしそれが実現できたとしても、一時的なものでしかないわ。恒久的なものにはなり得ないと思う。無理やり併合された国はどこかで反旗を翻して、また争いは起こる。踏みつけられ、蹂躙《じゅうりん》された人たちはそれをした者を許さない。武力で押さえつけるやり方は間違いなのよ。本当に平和を望むのなら対話が必要だし、領土拡大なんて絶対にしてはいけない。そう思うわ」

「綺麗事なんか聞きたくないよ。僕は王様が平和な世界を見せてくれるって言ったから、だからついていくと決めたんだ」

冷たい目でシェアトが告げる。もう決めたのだと言う彼に、カインが言った。

馬鹿馬鹿しいと言わんばかりの口調だった。

「世界平和ね。オレは自分とその周りさえ幸せならそれで良いけどな。世界なんてどうでもいい。で？　その世界平和が来たらシェアトはどうするんだ」

「もちろん、母さんの待つ故郷に帰るよ。王様とは、そう契約を交わしているんだ。平和な世の中になったら帰るってね。あとは静かに故郷で暮らす。暗殺者業も廃業かな。寂しくないと言ったら嘘になるけど、僕は母さんと過ごす時間の方が大切だからそうするつもり」

小さく微笑《ほほえ》みながら、シェアトは逆十字のネックレスを握った。それが本当に幸せそうで、彼がその未来を疑っていないことが分かる。

カインがそんなシェアトに冷たい声で告げた。

「へえ。辞めるのか。まあそれも良いと思うが、果たしてあのマクシミリアン国王がそうさせてくれるかな」

「……どういうこと？」

ピタリとシェアトが動きを止める。カインは肩を竦めた。

「別に。ただ思っただけだ。たとえばさ、世界平和が成ったとしよう。お前は約束通り帰郷すると告げる。その時、あの男はどうするか。笑顔で今までありがとうなんて言うと本気で思うのか？　便利な駒が去るのをあの男がみすみす見逃《みのが》すと本気で？　そんなわけないよな。平和が来ようとお前は人殺しのままだ。ずっとそれこそ死ぬまであの男に利用され続ける。間違いないぜ」

「は？」

「なんだ？　そんなことも考えなかったのか？　むしろどうして解放されると思ったのか、そっちの方が聞きたいくらいだぜ」

カインに断言され、シェアトがわずかに動揺した。

信じたくないという風に首を横に振る。

「……そ、そんなことあるわけない。だって、彼とは約束したんだ」

「約束ねえ。それこそ、約束破りはあの男の十八番だぜ。今回の戦争だって、アルカナム島にタリムと、あちこちに嘘を吐いて、自分の言いように操ってる」

「それは……必要だったからで、僕とは事情が……」

「必要なら嘘を吐いても良いのか？　ならお前も間違いなく、約束を守ってはもらえないだろうな。だってお前は、マクシミリアン国王にとっては必要な駒だ。特に、武力で大陸統一したあとなんて、どこの誰が自分を狙ってくるとも限らない。安全に過ごすためにも護衛は常に置かなきゃいけないよな。その護衛は強ければ強いほど安心できる。たとえば、黒の背教者とか」

「……」

「賭けてもいい。お前は約束を守ってはもらえない。解放されるのはマクシミリアン国王が死んだ時か、お前が死ぬ時。それ以外にはないって思うぜ」

「そんな……そんなわけ……だって、約束したのに……」

信じられないという顔をするシエアト。

彼は本当にマクシミリアン国王が約束を守ると信じきっていたようだ。

マクシミリアン国王の手伝いをして、世界が平和になった暁には、母親と故郷で過ごす。その未来が与えられない可能性など、露ほども考えたことがなかったのだろう。

だから、カインの言葉に動揺した。今まで想像すらしなかったことを聞かされ、もしかしてと思ってしまった。

「う、嘘だ……」

動揺したシェアトの足が一歩後ろに下がる。

逆にカインは前に出た。

せせら笑うように告げる。

「あの嘘つきの王様が、お前にだけは嘘を吐いてないとか、本気で信じているのなら、あまりにもおめでたくないか？」

「……そ、れは……」

「どうしてお前が何も考えず、盲目的にあの王様についていこうと思ったのか、それはまあどうでもいいけどさ。少しは立ち止まって考えてみた方が良いぜ。本当にマクシミリアンはお前が全てを捧げてまでついていく価値のある男なのか？　大陸統一の願いが叶った先に裏切られても構わないと、それでもいいとお前は断言できるのか？」

「そんなわけない！　……だ、だって僕は母さんと」

「残念だがその願いは叶わない。ま、そもそもサハージャが大陸統一なんて絶対にあり得ないと思うけどな。魔力を失っていたって、姫さんの旦那が負けるはずない。オレはそう思うぜ」

「……」

「お前たちの言うような世界平和は訪れないし、お前が解放される日だって来ない。つまり、お前が故郷に帰れる日は永遠に訪れないってこった」

「……王様はできるって言った。僕さえ言うことを聞いていればできるって。だから僕は彼に協力してきたんだし、いつかは母さんの待つ故郷に――」

「なあ、シェアト。いい加減、目を覚ませよな。大陸統一が成っても成らなくても、お前に自由は訪れない。……本当は気づいているんだろう？」

　カインが一歩前に出る。逆にシェアトは、後ろに下がった。

「そうだな、いっそはっきり聞いてみた方が良いかもしれない。マクシミリアンに問いかけてみろよ。本当に僕を解放してくれるつもりがあるんですかって。ま、嘘吐きなあいつなら『もちろんだ』と答えるかもしれないし、ああ、シェアトに対してなら『そんなわけがない』と正直に言ってくれるかもしれないな」

「……」

「どっちにしても、答えは一緒、だけどな」

「やめて……」

「分かっているくせに、見て見ぬ振りはやめろよ。それとも、今まで指摘してくれる奴はいなかったのか？　ああ、いなかったんだろうな。何せ黒の背教者様だ。余計なことを言えば殺される。そう思えば、誰も諫《いさ》めようなんて思わない」

「……」

　シェアトの身体《からだ》がブルブルと震えている。

　聞いていて思ったが、どうやら彼にとって母親の存在はかなり大きなものらしい。

　仕えているマクシミリアン国王よりも、彼にとっては優先されるべき人物。そんな風に感じた。

でなければ、黒の背教者とまで呼ばれた彼がこんな簡単に動揺するはずがない。

シェアトは目を見開き、何度も首を横に振った。

「違う。そんなことない。王様は僕との約束を守ってくれるはずだ。だってあの時、そう約束したじゃないか。僕は本当にそれで良いのか何度も聞いた。でも、それで良いって。だから僕は、それなら彼と僕の夢のために、できることは何でもしようって――えっ……」

混乱し、なんとか自分を言い聞かせようとするシェアト。だがその言葉がピタリと止まった。

シュン、と風を切る音が彼の背後から聞こえる。シェアトは反応しようとしたが、一歩遅かった。だって次の瞬間にはもう、彼の右腕には小さなナイフが深々と突き刺さっていたのだから。

「……は？」

「油断大敵だな」

彼は信じられないものを見たような顔で己の右腕に目を向け、それからゆっくりとカインに視線を移した。

それで分かる。そのナイフがカインの投げたものであるということに。

「カイン――？　君、今……」

「ばっかだな。今が戦いの最中だって忘れたのか？　オレはナイフ投げが得意なんだ。特にヒユマの秘術を併用したナイフ投げがな。角度を計算してナイフを投げ、秘術で速度を極限まで遅くする。相手がその存在を忘れた頃、標的に届くって寸法だ。普段はあまり使わない技だが、知られていない分、こういう時は役に立つ。――だってお前、今、完全に油断していただろう？」

シェアトが愕然とした顔をしている。

「……じゃあこれ、さっきの戦いの時に投げていたってこと？」

「おう」

「……僕が今立っているこの場所を目標にして？」

「そうだな。だからお前と長話もしてたってわけだ。その場所に立ってもらう必要があったからな」

「……」

絶句するシェアト。

なんとカインは、投げたナイフが時間差でシェアトに届くような仕掛けをしていたようだ。

シェアトからしてみれば、予想していなかった場所から突然ナイフが飛んできたとしか思えなかっただろう。

「すごい……」

そんなこと、可能なのか。

カインは簡単なように言っているが、多分ものすごく高度な技術なのだと思う。

「……すごいな。君、そんな芸当もできたんだね」

顔を歪《ゆが》めながらも賞賛を告げるシェアトに、カインは笑って返した。

「まあな。伊達《だて》に赤の死神だなんて呼ばれていないってことだ。──シェアト。次は、心臓を狙うぞ。右腕が使えない今の状態でオレに勝てるのか、試してみるか？」

「……最悪」

ナイフが刺さった右腕からは血が滴り落ちている。シェアトは苛《いら》立《だ》たしげにナイフを引き抜き、投げ捨てた。血が噴き出る場所を左手で押さえ、ただ、カインを見つめている。

カインが冷徹な声で告げる。

「どうした？　やるならとことん付き合うぜ？」

「あはっ……」

カインを見つめていたシェアトが、不意に笑った。

そうしてすっと表情を消すとカインに言う。

「……ああ、うん。確かにこれは油断していた僕が悪いね。カインならこういうこともしてくると予想できたはずなのに、僕としたことが己を見失ってしまった。長年、暗殺者として真面目《まじめ》にやってきたのにこんな些細《ささい》なミスをするなんて、本当に情けないよ」

淡々と告げ、ため息を吐く。

やれやれとでも言わんばかりだ。

「残念。これじゃあもう君と全力ではやり合えないね。まともに両腕が使えない状態で君に勝てると思うほど、僕だって自惚《うぬぼ》れてはいないから」

「……シェアト」

「王様からの命令をこなすのも難しそうだし。……あはは、一旦《いったん》、退《ひ》くかなあ」

「良いのか」

カインが無感動に尋ねる。シェアトは「うん」と頷いた。

「良いよ。僕、無理をしたいわけじゃないし。言ったでしょ。僕には世界平和と、母さんと一緒に暮らす夢があるんだって。君に殺されちゃったら、その未来は絶対に訪れないからね」

「それ、命令を受けた暗殺者としてどうなんだ」

「今回は暗殺じゃないし。誘拐してこいって言われただけだし」

「命令を果たせずに戻れば、マクシミリアンは怒るかもしれないぜ？」

「……僕との約束を彼は覚えているはずだ。だから、怒らないよ。きっとそれなら仕方なかったって言ってくれる」

「本当に？」

「……」

シェアトは返事をしなかった。代わりに唇を噛みしめる。

カインがチラリと私を見た。

シェアトにとどめを刺すべきか、それともこのまま見逃すべきか、問われたのだと言われなくても分かった。

「……うん。行かせてあげて」

殺す必要はないのだと、首を横に振る。カインが眉を吊り上げた。

「良いのか、姫さん。ここでとどめを刺さないと、きっとこいつはまた来るぜ。何せ、マクシミリアンの命令を完遂していないんだから。今、シェアトは片手が使えない。これは千載一遇のチャンスだってオレは思うけどな」

「そうかもしれないけど、でも、お母さんと一緒に暮らしたいって言っている人を死なせたいとは思わないの」

「……姫さんらしいな。ま、そう言われるだろうとは思ったけど」

カインがため息を吐く。持っていた武器を下ろした。とはいっても完全に警戒を解いたわけではなさそうだけど。

そしてもう一度、最後の確認という風に聞いてくる。

「本当に良いんだな？」

「うん、良いよ」

シェアトは暗殺者らしく倫理観は崩壊しているし、色々とヤバイ感じはヒシヒシと伝わってくるけれど、母親に対する思いは本物のように感じたのだ。

私の言葉に、何故かシェアトが反応する。

「……君」

「何？」

首を傾げる。シェアトは何かとても珍しいものを見たような顔をしていた。

「……君のこと面白い子だと思っていたけど、訂正するよ。君、すごく変な子だね。僕は君を誘拐しようとしたのに、許しちゃうんだ」

「許すわけじゃないわ。でも、結果論になっちゃうけど、カインのお陰で私は無事だし、私、後味の悪いことはしたくないから」

甘いと言われようが、人を殺す決断はできるだけしたくない。

いつか、そういう日が来ることは分かっているけれど、選べるのなら命を救う選択をしたいと思うのだ。

私の言葉を聞いたシェアトが口をへの字に曲げる。

「綺麗事だね。王様なら自分を狙った者を絶対に許さないし、僕もそれが正しいと思うけど。今僕を殺さなかったことを、近いうち絶対に後悔するよ」

「それはオレも思う」

カインまで何故かシェアトの肩を持った。ムッとしつつも口を開く。

「殺した方が良かったなんて思うわけないじゃない。それに、もしあなたが次に来たとしても、私にはカインがいるもの。だから平気」

胸を張って告げる。

カインを頼るようで申し訳ないけれど、でもきっと彼ならもう一度シェアトが来たところで、返り討ちにしてくれるだろう。そう信じられるから。

「……当たり前だろ。オレが負けるかよ」

「うん。だから見逃しても大丈夫だよね？」

じっとカインを見つめる。ほんの少しだけど頬が赤くなっているような気がした。

自分でも気づいたのか、カインが慌ててストールを引き上げ、頬を隠す。

「オ、オレは主に従うだけだ。……姫さんがそうしたいと言うなら、別にそれでいい」

「……良いなあ」

羨《うらや》ましそうな声でシェアトが言った。

「お姫様はカインのことを信じているんだね。そういう風に思ってもらえるのって良いな。ちょっとだけカインが羨ましいよ」

「お前だって、マクシミリアンに頼られてるだろ」

「……道具としてね。信頼関係とか、そういうのとは違う。別にいつもはそれで構わないって思ってるんだけど、今、少しだけ良いなって羨ましくなっちゃったよ」

「姫さんを、お前んとこの国王と比べたりするな」

カインがビシッとツッコミを入れる。シェアトは笑い――でもその言葉には応《こた》えなかった。

代わりに別れの挨拶《あいさつ》を口にする。

「じゃあ、お言葉に甘えて僕は行くよ。良いんだよね、カイン」

「好きにしろよ」

「うん、ありがと」

「……マクシミリアン国王のところに帰るのか？」

カインの質問にシェアトは笑った。底の見えない、どこか仄暗《ほのぐら》い笑みだった。

「まあ、ね。僕の雇い主は彼だし。それにカインの言う通り、一回ちゃんと聞いてみようかなと思って。……納得できないと僕は先に進めない」

「……そうかよ」

聞きたいことというのは、多分、さっきの話だろう。

マクシミリアン国王がシェアトとの約束を守る気があるのか。そこを確認したいのだと思う。

だってシェアトは否定できなかった。

カインに指摘され『もしかして』と動揺してしまった。そんな自分が許せないのだろうし、だからこそ、今一度本人に会って約束を確認したいのだと、そう思う。

これからもマクシミリアン国王のために働き続けるために。

彼を信じ、夢を託し続けるために、彼は聞かなければならないのだ。

大陸を統一して世界平和、などというマクシミリアン国王の考え方は正直理解できないし、やったところで絶対に上手くいかないと思うけど、それを決めるのは私ではない。

本人たちがそれを信じて突き進むというのなら、私たちは抵抗するしかないし……うーん、今回サハージャを追い払えたとしても、すぐに復活して宣戦布告をしてきそうな気がする。

まだまだ平和な世の中には遠そうだ。

本当に、平和の定義は難しい。誰にとっての平和なのか、誰を中心とした平和なのか、きっといつまでも答えは出ないのだろう。

マクシミリアン国王にとっては、自分が大陸を統一することで成されるものだし、私たちヴィルヘルムからしてみれば、日常が長く続くことこそが平和なのだ。

シェアトが右腕を押さえたまま、私たちに背を向ける。軽くこちらを振り返り、にこりと笑った。

「――じゃあ、またね。カインに、面白い――ううん、変なお姫様」

ふっとその姿がかき消える。思わずカインを見ると、彼はなんとも複雑そうな顔をしていた。

「カイン？」

「……いや、あいつどうするんだろうなって思って。マクシミリアン国王は、あいつの欲しい答えをくれないだろうって予測できるからさ」

「……そう、だね」

多分だけど、そうなのだろうなと思う。

何度か直接話したことはあるが、マクシミリアン国王は常に自らの利益を最優先に考えるタイプだという印象しか残っていないからだ。

そして今話した感じでは、シェアトは相手に信頼を求めているように思えた。

相手を信頼するから、自分にも同じように応えて欲しい。そんな風に見えたのだ。

でも、だとすれば、マクシミリアン国王とは相性が悪すぎるだろう。裏切られるのは目に見えている。

だからといって、私たちに何ができるわけでもないのだけれど。

小さく息を吐く。

今はとにかく、危機が去ったことを喜ぼうと思った。

カインに向き直り、お礼を言う。

「ありがとう、カイン。カインのお陰で、攫われなくて済んだよ」

実際、カインでなければ、シェアトを撃退することは叶わなかっただろう。

彼らの動きは、騎士たちとは全く違うもので、あのスピードに城の兵士たちはついていけないと思うから。

ホッと胸を撫で下ろしていると、カインが言った。

「主を守るのは当たり前だからな。……でも、オレの方こそありがとな。姫さんがオレのことを信じてくれるのは嬉しい。応えたいって思ったぜ」

「……うん」

少し照れたように告げるカインを優しい気持ちで見つめた。カインはいつだって私のために頑張ってくれる。その気持ちの上に胡座《あぐら》を掻いたりはしないと改めて心に誓った。

彼のくれる献身は当たり前などではないのだから。

捧げられるものを当然と思わないこと。返せるもので返すこと。

それらを忘れないようにしなければならない。

でなければ、私もマクシミリアン国王と同じになってしまうから。

「――んっ」

突然、ツキンと胸が痛んだ。

反射的にその場所を手で押さえる。痛いと思ったが、実際の感覚は違った。

熱い、が正解だ。

熱いと感じる場所。そこは王華があるところ。

大きく花開いた王華が熱を持ち、私に強く訴えかけてきていた。

「……どうして？」

何故か王華が熱く感じる。

私がピンチに陥った時に感じる熱さとはまた種類の違う熱さだ。

身体の奥底から何かを引き摺《ず》り出そうとするような、そんな熱さ。

思わず呟《つぶや》いた。

「……フリード？」

私とフリードは王華で繋がっている。

だから、もしかして彼に何かが起こっているのかと思ったのだ。

サハージャとの戦いに赴いた彼の身に何かが。

「……」

ギュッと王華のある場所を握る。この熱さは何なのか。

不安だけど、不思議と悪いもののようには思わなかった。だからきっと大丈夫。

大丈夫なはず。

「フリード……」

今は遠く離れた場所にいる夫。

私は彼がどうか無事であるようにと強く願った。

2・国王と王妃（書き下ろし・国王視点）

「その……少し良いだろうか」

エリザベートの部屋。その扉の前で声を掛ける。

約束はしていない。だが、どうしても妃《きさき》に会いたかったのだ。

何故《なぜ》か。

つい先ほど、前々から頼んでおいた茶葉が手に入った。それはエリザベートが好きな種類のもので、一刻も早く彼女にプレゼントしたかったのだ。

長居するつもりはなかった。

茶葉を渡せればそれで良いと。

そわそわしながら妃の返事を待つ。

しばらくして、小さな声で返答があった。

「どうぞ、お入り下さい」

「っ！　おお！」

入室を許され、天に舞い上がるかと思うほど嬉《うれ》しくなった。

何せ、以前は部屋に近づくことすら難しかったのだ。その時を思えば、なんと幸せなことか。

己の妻の部屋に入るくらいでと呆《あき》れられようが、私の心は喜びでいっぱいだった。

「……失礼する」

ドキドキしながら部屋の中へと足を踏み入れる。

先ほどまで息子の妃である姫が来ていたことは、扉の前に立っていた兵士に聞いて知っていた。

女性同士ということもあり、エリザベートと姫は仲が良いのだ。

姫と過ごしたあとのエリザベートは機嫌が良いことが多く、今も柔らかい表情をしていた。

その顔が少し微笑《ほほえ》んでいるように見えて、思わず見惚《みと》れてしまう。

私にとってエリザベートは唯一無二《ゆいいつむに》の存在で、彼女が笑ってくれるだけでこの世全《すべ》ての幸福を得たような心地になってしまう。それは姫を前にした息子も同じだろう。

ヴィルヘルム王族にとってつがいとはそういう存在なのだから。

「ヨハネス様、何かご用でもございましたか？」

「んっ……いや、その、だな。そなたが好きだと言っていた茶葉が手に入ったのだ。——これ、なのだが」

持っていた包みを渡す。

エリザベートは包みを受け取ると、丁寧に包装をほどき、中身を取り出した。

六角柱の缶。そこに書かれてある銘柄を見て、目を丸くする。

「まあ！　このお茶……！」

「イルヴァーンの茶葉だ。稀少なものらしいが、向こうの国王に頼んだところ、送ってくれてな。先ほど届いたばかりだ。その、そなた、白茶が好きだと以前に言っていただろう？」

「……本当に、よく手に入りましたわね」

　エリザベートが缶を凝視し、驚いている。その顔を見ることができただけでも、イルヴァーンの国王に頼んで良かったと思ってしまった。

「喜んでもらえたのなら良かった。難しいかもしれないとは言われていたのだがな。向こうの王太子が伝手《つて》を持っていて、そちらから回してもらえたらしい」

「まあ、イルヴァーンの王太子が？　ご迷惑ではなかったのですか？」

「大丈夫だ。向こうもこちらに頼みたいものがあるという話だったのでな。代わりにそれを引き受けた」

「そう、ですか。それなら良いのですが。イルヴァーンにも戦の協力を要請している状況で申し訳ないと思ってしまって」

「頼んだのは、もっと前の話だからな。陸路で運ばれたので今日になってしまっただけで、送ってもらったのは戦いが始まる前だ」

　エリザベートの言う通り、現在、イルヴァーンには協定に基づき、兵を出してもらっている。タリムとアルカナム島は退《ひ》いてくれたが、まだサハージャが残っている状況。イルヴァーンには、南からサハージャを睨《にら》んで欲しいと頼んであるのだ。

　イルヴァーンは快く引き受けてくれたが、本当に彼らと協定を結ぶことができて良かった。

　もしヴィルヘルムでなく、サハージャと手を組まれてしまえば、今回の戦いはもっとややこしいことになっていただろうから。

息子とその妃がイルヴァーンへ行き、向こうの信頼を勝ち取ってくれたからこそ、今、最悪の状況は免れていると言っても過言ではないのだ。

「そうでしたか。変な勘ぐりをしてしまい、申し訳ありませんでした。それと、ヨハネス様。茶葉をありがとうございます。飲みたいと思っていたものですので、とても嬉しいです」

「そ、そうか。それは良かった」

微笑まれ、カッと頬《ほお》が赤くなったのが自分でも分かった。

彼女を喜ばせることができたことが、嬉しくて堪《たま》らない。

イルヴァーンの国王には、改めて礼を告げなければならないなと思っていると、エリザベートがおずおずと言った。

「その……宜《よろ》しければ一緒に如何《いかが》です？　これはヨハネス様が持ってきて下さったものですし、せっかくなら、このお茶の良さを知って貰いたいと思うのですが」

「誘ってくれるのか!?　もちろんだ！　是非相伴に預かりたい！」

滅多《めった》にないエリザベートからの誘いに、反射的に返事をしてしまった。

だが、彼女から誘ってくれるのは、本当に珍しいことなのだ。この機会を見過ごすなどできるはずがない。

食い気味に頷《うなず》いた私を見たエリザベートが、くすりと笑う。その笑みを見ただけで心臓がキュウッと甘い痛みを訴えてくる。

愛《いと》おしい妃の笑みに胸がいっぱいになり、今すぐ彼女を抱きしめたい心地になるも、必死に堪《こら》えた。

駄目だ。冷静になるのだ。

今はまだ、その時ではない。

己の犯した過去の過ちを思い出すのだ。何も告げることなく、ただ自分の気持ちだけを押しつけた日々。結果、誰《だれ》よりも愛しい人を傷つけることになった。

私は、二度とあのような日々を繰り返さないと決めたのだ。手を出したい気持ちは堪え、彼女の心が整うのを待つのが正しい。

普通なら決して許されないことを私は彼女にしたのだから。

「……」

伸ばしかけた手を、エリザベートに気づかれないように引っ込める。

彼女は嬉しげに茶葉の入った缶を見つめていた。

その様子を見るだけで満足しよう。そう思っていると、ふと、殺気を感じた。

抑え込まれた殺気は私に向けられたものではない。

——ということは……！

ハッとする。

今、この部屋には私とエリザベートしかいない。つまり、狙《ねら》われているのは私の妃だ。

「エリザベートッ！」

反射的にエリザベートの腕を掴《つか》んでこちらに引き寄せ、腰に提げていた剣を抜く。

いつの間に室内に侵入していたのか。

黒い服を着た男が飛び出し、こちらに向かって短剣を振りかざしていた。それを自身の剣で受け止める。

「っ！」

まさか反応されるとは思わなかったのだろう。男は驚いたように目を見開いた。その目を正面から見つめ返す。

「私の妃を狙おうなど百年早い」

告げると同時に、素早く男の持つ短剣を跳ね飛ばした。新たな武器を手に取ろうとする男の行動を許さず、ひと息に男の胸を突き刺す。

「っ……！」

男は何も話すことなく、その場に崩れ落ちた。

剣は正確に心臓を貫いている。男の胸からは血が溢《あふ》れ出し、その血は絨毯《じゅうたん》に染み渡っていった。

「ヨハネス様っ」

「エリザベート、もう大丈夫だ」

剣を鞘へと収め、青ざめる妃を宥《なだ》めるように強く抱きしめる。嫌がられるかと思ったが、彼女はギュッと私に抱きついてきた。

「い、今のは……」

「おそらく、暗殺者だろう」

「暗殺者……」

男の腰に黒い布が巻きつけてあるのが見えた。

黒い布。

サハージャの暗殺者ギルド『黒』に所属しているという印だ。

つまりはサハージャの暗殺者がエリザベートを狙ったという話になるのだが、その理由だけは分からなかった。

国のトップである私を狙うのなら理解できる。だが、どうして妻を――。

「わ、私が狙われたのですよね？　ど、どうして……」

エリザベートが身体《からだ》を震わせながら聞いてくる。

彼女も自分が狙われたことが疑問だったのだろう。落ち着かせるためにそれらしきことを口にした。

「女子供は戦えない者が多く、狙いやすい。それにそなたは私の妃だ。そなたを殺せば私に打撃を与えられると思ったのだろう」

「そんな……」

「実際、そなたが殺されれば、私は平静ではいられない。狙い所としては正しいな。相手は見事に私の弱点を狙ってきたわけだ」

「弱点だなんて」

まさかという顔をするエリザベートを見つめる。

突然の襲撃で動揺している様子ではあったが、傷ひとつ負っていないことに心底安堵《あんど》した。

この愛しい人が傷つくことなどあってはいけない。それは決して許されることではないのだ。

「事実だ。私にとってそなたは欠かすことのできない存在。そなたがいなければ、日も昇らなければ、食事も喉《のど》を通らない。世界は闇《やみ》に覆われ、生きる意味をなくすだろう」

エリザベートは私の全てだ。

もし彼女が殺されることがあれば、遠からず私も死ぬだろうし……ああ、そういう意味では確かにエリザベートを狙う意味はあるのかもしれない。

向こうがエリザベートの価値を知っていれば、という話ではあるけれども。

「ヨハネス様」

「そなたが無事で何よりだ」

偶然ではあったが、彼女の部屋を訪ねて本当に良かったと思う。でなければ、襲撃に気づけなかった。知らないうちにエリザベートを失っていたなど許せることではないのだ。

「エリザベート……私の全て。そなたがいなければ、私は生きてはいけぬ」

「……っ」

帯剣していたことも幸運だった。

普段は城内で帯剣することはないのだが、今は戦時中。非常事態ということもあり、身につけていたのだ。

剣がなくとも魔法で撃退できたとは思うが、獲物があった方が楽なことは間違いない。

「……ヨハネス様」

エリザベートの呼び声に気づき、彼女を見る。エリザベートは目に涙を浮かべ、私を見ていた。その頬はほんのり赤く染まっており、明らかに私を意識してくれていることが分かる。

「エ、エリザベート」

情けないことに声が上ずった。

未だかつて、彼女がこんな顔をしてくれたことがあっただろうか。

いつだってエリザベートは私に対しよそよそしく、一歩退いて接していた。

私が手を伸ばしても積極的には応じてくれず、受け身だった。

その彼女が初めて私に縋《すが》り、頬を染めて私を見てくれている。

夢でさえ見たことのない状況に、頭の中が真っ白になった。

何も考えられない。愛しい妃のこと以外は全部どうでもよくて、今すぐ彼女を自分のものにしたくなった。

――駄目だ。

反射的に行動を起こしそうになったが、すんでのところで息子や姫の忠告を思い出し、堪える。

ここで抱きたいと言えば、またエリザベートに愛想を尽かされてしまう。

もちろんその気持ちは強くあるが、今、それを言ってはいけないのだということはさすがに分かった。

今すぐベッドに連れ込みたい気持ちを呑《の》み込み、彼女の背中を優しく撫《な》でるだけに留《とど》める。

「だ、大丈夫だ。エリザベート。そなたのことは私が守る。そなたは何も心配しなくていい」

言葉を惜しんではいけない。

この行動も嫌がられてしまうかと思ったが、幸いなことにエリザベートは受け入れてくれた。心地よさそうに目を瞑《つむ》る。

「そう、ですね。ヨハネス様が守って下さるのでしたら、きっと大丈夫ですわね」

「も、もちろんだ！」

告げられた言葉を聞き、全身が燃え上がったような気がした。

愛する妻に頼りにされているという事実が誇らしい。

「……」

エリザベートがじっと私を見つめてくる。その瞳《ひとみ》に確かな愛を見た気がし、私は目を瞬かせた。

彼女が小さく笑う。そうしてそっと目を閉じた。まるで口づけを強請《ねだ》るような行動に、私は情けなくも硬直した。

自分がどう動けば良いのか分からなかったのだ。

――こ、これは……キ、キスしても良いのか!?

ここで口づけて、それでもし違ったら、今まで積み重ねてきたものが泡と消えてしまう。

それが分かっていたから動揺したのだ。

今度こそエリザベートの心を得たい。この半年ほどはその一心で頑張ってきたため、どうしたって躊躇《ちゅうちょ》してしまう。

だけど――。

――ああ、駄目だ。

どうしたって私はエリザベートのことが好きで、愛しく思っていて、彼女にこんな顔をされてまで我慢できるほど人間ができていない。

分かっていたって止められない。

違うと頬をはたかれたって、この行動を止めることはできないのだ。

「……愛している」

小さく呟き、唇を重ねる。十数年ぶりに触れた彼女の感触に何故か、涙が込み上げてきた。

エリザベートが目を開ける。殴られても仕方ないと覚悟を決めたが、彼女は私を責めなかった。照れたようにそっぽを向き、だけどその表情は柔らかかった。

正解の行動だったと気づくにはあまりにも分かりやすすぎる変化に、自然と頬が緩んでいく。

「エリザベート、私は」

今こそ、この猛る想いを告げる時。そう思ったが、口にするより先にエリザベートが言った。

「……いい加減、兵を呼んで下さいませ。死体のある部屋で過ごしたくはありません」

先ほどまでの良い雰囲気はどこへ行ったのか、エリザベートは不快げに眉《まゆ》を寄せている。

いや、耳がほんのりと赤いから、誤魔化《ごまか》しもあるのかもしれないけれど。

「……そうだな。すまない」

素直に謝る。確かにエリザベートの言う通りだ。

暗殺者の死体がある部屋になどいつまでもいたくはないだろう。

慌てて外にいる兵を呼ぶ。

私の呼び声に、兵たちは急いでやってきた。

「陛下、お呼びで……これは！」

「サハージャの暗殺者だ。こちらを狙ってきたので私が処分した。片付けてくれ」

「は、はい！」

彼らは表情を引き締め、すぐにその処理に取りかかった。

「……」

テキパキと死体を運び出していく兵士たちを見送り、ちらりと隣にいるエリザベートに目をやる。

「大丈夫か？」

「……はい。ヨハネス様がいて下さいますから」

「……そうか」

彼女の答えに自然と口元が綻ぶ。

千載一遇のチャンスを逃してしまったような気もしないではなかったが、彼女の手が私の服の裾《すそ》を握っていることに気づき、きっと近いうちにもう一度機会は来るのだろうとそう思えた。

3・猫耳少女と他国の王女（レナ視点・書き下ろし）

「皆さん、お忙しそうですね」

オフィリア様にお茶の用意をしながら話しかける。ソファの背にもたれかかっていた彼女は身体《からだ》を起こし、頷《うなず》いた。

「そうだな。ヴィルヘルムは今、戦争中だから」

穏やかな口調で話す彼女は、イルヴァーンの王女様だ。

ヴィルヘルムには勉強のために来ていて、長期滞在の予定だとか。ご正妃様ととても仲が良く、おふたりのどちらからも親友だと聞いている。

初めてオフィリア様を見た時は驚いた。

女性なのに男性のような格好をした人。あたしはすぐには女性だと気づけなくて、ただぽーっと見《み》惚《と》れるだけだった。その彼女の女官として勤めることが決まった時はどうしようかと焦ったけれど。

今は故郷に帰ってしまったシオン様の推薦で、あたしは王女様にお仕えすることになった。

最初は不安だった。ヴィルヘルムのことも碌《ろく》に分かっていないあたしが、イルヴァーンの王女様をお世話できるとは思えなかったから。でも今は、オフィリア様の側《そば》に置いてもらえて良かったと思っているし、推薦してくれたシオン様には感謝している。

オフィリア様は外見こそ男の人みたいだけれど、その心根はとても優しい人だから。

「お茶、用意できましたよ」

「ああ、ありがとう」

準備を終え、声を掛けると、オフィリア様は柔らかな声でお礼を言ってくれた。

ご正妃様もだけれど、オフィリア様もあたしが獣人でも他《ほか》の人と同じように接してくれる。それがとても嬉《うれ》しい。

だってタリムではあり得ないことだったから。

ヴィルヘルムに来てから、あたしは皆と同じ人間として扱ってもらえるようになった。

不要品ではない。きちんとひとりの人間として接してくれるのだ。それはとても嬉しいことで、ヴィルヘルムでお仕事させてもらえるようになって良かったと心から思っている。

今のあたしの目標は、この生活をくれたご正妃様にご恩を返すことだ。

ヴィルヘルムであたしが上手《うま》くやれているのは、彼女が目を掛けてくれているからだと分かっているから。

「あとはサハージャだけか……」

お茶を飲みながら、オフィリア様が小さく呟《つぶや》く。

島が撤退した話はすでにヴィルヘルムの女官たちから聞いて知っていた。

ご正妃様たちがサハージャに囚《とら》われた獣人奴隷たちを取り返してくれて、それを聞いた島は、軍を退かせたのだとか。

聞いた時はすごく驚いたけど、ご正妃様ならそういうこともできてしまうんだろうなと、なんだかとても納得してしまった。

あの方は、どんな難しいことでもあっさりとこなしてしまいそうな雰囲気があるから。

笑顔で「行ってくるね」と言って、さらっと成果を上げてしまう。そういう感じがするのだ。

解放された獣人たちが島へ帰るところをあたしも少し離れた場所から見ていたけど、皆、見送りにきたご正妃様に感謝していた。

当たり前だ。命を助けられて、恩に着ない者が獣人にいるはずがない。

きっと皆、ご正妃様のためならどんなことでも命がけでやろうとするだろう。

解放された獣人たちと一緒にイーオンも島へ戻ってしまったらしいが、そこは心配していない。

少しだけ寂しいけれど、恩を返すために帰ってくると聞いたから。


オフィリア様がふうっと息を吐《つ》き、私を見る。

「サハージャとの戦争だが、先ほどフリードリヒ殿下が向かわれたそうだから、すぐにでも決着はつくだろう。何せ彼の強さは有名だ」

「そう、なんですか？」

ヴィルヘルムに来てからそういう話は何度か聞いたが、正直いまいちピンとこない。

首を傾《かし》げていると、オフィリア様は楽しそうな顔になって言った。

「完全無欠の王太子。もしくは、悪夢の王太子、か。どちらもフリードリヒ殿下の二つ名だ。彼はたったひとりで一万の兵をなぎ払うらしいぞ」

「一万!?　冗談でしょう？」

「冗談だったら良かったんだけどな」

笑ってはいるが、オフィリア様の顔は真剣だった。

「え、本当に？」

「ああ。有名な話だ。昔からヴィルヘルムは戦争に強いのだけどな。フリードリヒ殿下が前線に立つようになってから、大陸最強国家とまで言われるようになったくらいだ」

「……そ、それはすごいですね」

ご正妃様によくしてもらっている関係上、フリードリヒ殿下ともお話しさせてもらう機会はあるが、穏やかで、優しい雰囲気を持つ方という印象を持っていた。

あと、ご正妃様のことが大好きな方。いつもご正妃様に振り回されてはニコニコとしているような方だったから、まさかそんな恐ろしいことができる人だとは思いもしなかった。

「だからサハージャ程度、すぐに片付けて帰ってこられると思う。うちも兄上と父上にお願いして軍を出しているが、まあ、殆《ほとん》ど役目はないだろうな。牽制《けんせい》には役立つと思うが」

「はあ……」

なんとも言えずに頷く。

「ただ、リディは心配しているだろうな。いくら強いと言っても、自分の夫が最前線に立つんだ。心配するのは当然だと思う。できれば慰めてやりたいんだが、戦争中でピリピリしている中、他国の人間である私があまり城内を彷徨《うろつ》くのもよくないだろう？　だから迷惑を掛けないように、片がつくまで与えられた部屋でじっとしていようと思ってな。それくらいしかしてやれることがないのが口惜しいが仕方ない」

「そう、なんですか」

「ああ。友人に迷惑は掛けたくないからな。私が大人《おとな》しくしていることで、要らぬ諍《いさか》いが起こらないのならそれが一番。なに、フリードリヒ殿下がサハージャを倒して帰ってくるまでの短い間だ。新作でも書いていれば、あっという間に日は過ぎるだろう。特に困るようなことはないさ」

「あ、あの。もしご入り用なものがあればなんでも言って下さい。あたしは今、オフィリア様付きの女官です。必要なものはあたしが全部用意しますから」

友人のために自主的に引き籠《こ》もると笑顔で言ってのけるオフィリア様にあたしがしてあげられることはないのか。そんな思いから出た言葉だった。

オフィリア様がにっこりと笑う。

「ありがとう。助かるよ」

「いえ、当然のことですから。でも、ご正妃様と会えないのも寂しいですよね。あの、なんならご正妃様に連絡して、向こうから会いに来ていただくというのは如何《いかが》ですか？」

ヴィルヘルムの王太子妃を呼びつけるなど普通はあり得ないが、オフィリア様はイルヴァーンの王女で、ヴィルヘルムの賓客。

更にはご正妃様とは親友なのだ。

彼女が遊びにきて欲しいと言えば、ご正妃様は喜んで来てくれるだろう。その確信があった。

だが、オフィリア様は難しい顔をして首を横に振る。

「いや、リディには王太子妃としてすべきことが山ほどある。こんな有事の時に他国の王女と遊んでいるわけにはいかないさ」

「そう、ですか」

「ああ。それにさっきも言っただろう？　フリードリヒ殿下がサハージャを片付けるまでの短い期間の話なのだから、そう気にする必要もないさ。全部が終われば、またリディとお茶をしたり散歩をしたりすることができる。どうせなら落ち着いて話をしたいからな。それくらいでちょうどいいさ」

「……分かりました」

「気遣ってくれたのにすまないな。ありがとう、レナ」

「いいえ。こちらこそ余計なことを言いました。すみません」

ぺこりと頭を下げる。

オフィリア様が要らないというのなら、話は終わりだ。

でも、それならきっと寂しいであろうオフィリア様の側に戦争が終わるまでの間、できるだけいようと決めた。

それこそあたしにできることなんてそれくらいしかないから。

「あ、そういえばランティノーツさんはどうしたんですか？　ここのところ、お姿を見かけませんけど」

オフィリア様が国から連れてきた護衛、エドワード・ランティノーツさんを最近見ないなと思ったのだ。

彼はオフィリア様に絶対服従で、彼女の命令ならどんなことでも大喜びで聞く人。

ちょっと言動が気持ち悪いのが玉に瑕《きず》だが、害があるわけではないので嫌いとかはない。

というか、彼はオフィリア様以外本当にどうでも良いので、あたしがいても無視……というほどではないが、スルーされてしまうのだ。

最初はちょっと傷ついたけど、そういう人だと分かってしまえば、気にするのも馬鹿らしいと思うようになった。

ランティノーツさんの名前を出すと、オフィリア様は「あいつは外で見張りだ」と言った。

「見張り？」

「まあ、念のためだけどな。サハージャに狙《ねら》われる可能性があるからさ、一応」

「狙われる!?　何故《なぜ》です？」

ギョッとした。だがオフィリア様は笑って告げる。

「仕方ない。何せ、うちにはサハージャからの協定の申し出を断って、ヴィルヘルムについた実績があるからな。サハージャには暗殺者ギルドがあり、マクシミリアン国王は彼らを従えている。ヴィルヘルムに暗殺者を送る可能性は十分すぎるほどあるんだ。その時、協定を断った国の王女がいたら？　ついでに殺そうって話になるだろ」

「なりませんよ！」

あり得ない。だがオフィリア様は何でもない顔で言ってのけた。

「なるんだ。ここで私を殺せば、ヴィルヘルムの失態になるしな。間違いなくイルヴァーンとの仲は拗《こじ》れる。向こうはヴィルヘルムとイルヴァーンの仲を裂きたくて堪《たま》らないと思うしな。狙ってくる確率はかなりのものだと思う」

「そんな……」

口元を押さえる。

暗殺者に狙われることをあっさりと言える彼女のことが信じられなかった。

あたしがショックを受けていることに気づいたオフィリア様が慰めるように言う。

「私たち王族は、暗殺者に狙われることは日常茶飯事なんだ。だからあまり気にしていない。レナも気に病む必要はないぞ」

「日常茶飯事って……」

「それこそリディやフリードリヒ殿下も同じだろう。王族とは色々なところに恨みを買っているものだからな。それを乗り越えられなくて何が王族だ。自分の身は可能な限り自分で守る。そのためにエドには一緒に来てもらったし、今こそ役立つ時だろうと思っている」

「そ……なんですか」

ご正妃様や王太子様の名前も出され、言葉に詰まる。

あのおふたりも、暗殺者に狙われるような日々を送っているなんて考えたこともなかった。

王族といえば華やかなイメージが強く、特にあのおふたりはいつも笑顔で楽しそうだから。

その裏側でこんな恐ろしいことが起こっているなんて信じたくなかった。

何も言えなくなってしまったあたしにオフィリア様が言う。

「王族は普通の貴族よりよっぽど命の危険度は高いぞ。そういう意味では、リディはむしろすごいなと思う。狙われるのをきちんと理解しているのに、結婚後もひょいひょい外に出ているからな。普通なら、城の奥深くで皆に守られているのが当然だ」

「……」

「妃《きさき》が奥からあまり出てこないのはそういう側面もあるんだ。ま、私が言っても説得力はないかもしれないが。何せ私もリディと同じで気軽に外に出るタイプだから」

「怖く、ないんですか？」

　つい、聞いてしまった。

「怖い、怖くないより、自分のしたいことができない方が嫌だな。それにリディもそうだが私もきちんと自衛はしているんだぞ。するべき努力はした上で人生を楽しむのはまあ……多少目《め》溢《こぼ》しして欲しいとは思うかな」

「……目溢し、ですか」

「閉じ込められるのは嫌なんだ。特に女性という理由だけでね。そういう意味ではフリードリヒ殿下は懐の深い方だと思う。あれだけ妃を愛していて、それでも閉じ込めることをせず、自由にさせているんだから。フリードリヒ殿下の強さがあるからこそできることだとは思うが、なかなかやれるものじゃない」

　私はあの方を買っているんだ、とオフィリア様が笑う。

「ま、そういうこともあってな。将来の話にはなるが、私もできれば強い男を伴侶に迎えたい。すぐに死んでしまうようでは困るし、精神面が弱くても問題だ。男では閉じ込めておくわけにもいかないからなあ。ある程度自衛できる強さがないと、王配として迎えるには不安が残る。その点、彼は良い。平民であることだけが問題だったが、母上はそれでも連れてこられるなら構わないと言ってくれたしなあ」

「彼って……オフィリア様が好きだとおっしゃっていた男の人のことですか」

「ああ、そうだ」

オフィリア様に好きな人がいるという話は、少し前に聞いていた。

彼女は国で己を助けてくれた人に一目惚《ひとめぼ》れしたのだそうで、今は絶賛口説き中なのだとか。

その人は元々サハージャにいて、今は王太子様の下で働いているらしい。

帰国までに口説き落として連れ帰るというのが目標なんだと、明るい笑顔で話してくれた。

「彼が私の夫になってくれたらなあ。何の不安もなく今後も突き進めると思えるんだが。ま、急いでも仕方のないことだからな。のんびり、だが確実に追い詰めるさ。昔からハンティングは得意な方なんだ」

「ハンティング、ですか」

「ああ、レナたち獣人は鷹狩りとかってしないのか？　王侯貴族は娯楽としてよくやるんだが」

「娯楽でというのはないですね。狩りは、食べるためにするものなので」

狩りは皆嗜《たしな》むが、それは生きるためであり、娯楽では決してない。

私の顔を見たオフィリア様が表情を曇らせた。

「……その、すまない」

「どうして謝るのですか？　それぞれ文化が違うだけだって分かってます」

国によって考え方も生き方も違うことは知っている。

別に謝られるようなことではない。

そう言うと、オフィリア様はホッとしたような顔をした。

「そうか。そうだな。いや、すまない。なんだか私よりも君の方が大人だな」

「大人だなんて、そんな。あたしはまだ子供で――」

「いや、十分すぎるほど大人だよ。シオンも故郷に帰ってしまって寂しいだろうに、こうして異国で頑張り続けているんだ。本当に、すごいことだと思う」

「えっと……」

「寂しくないか？　その、今まで心の支えにしてきた人がいなくなって辛《つら》いだろう。もし辛ければいつでも頼ってくれ。彼の代わりにはなれないだろうが、私もできる限り君を支えるから」

「ありがとうございます」

心から告げられているのが分かり、気持ちが温かくなる。

でも、大丈夫なのだ。

確かに、少し前までは辛かった。シオン様が去ったことが悲しくて、自分で選んだ道だと分かっていたのに、後悔しそうになって。

だけど、グラウ……ううん、イーオンに会えたから。

ただの狼《おおかみ》だと思っていたイーオンは、あたしと同じ獣人だった。

ずっと特別だったあたしの狼。それが人の形をとったことにはすごく驚いたけど、同時に嬉しくもあった。

だって、イーオンはグラウであった時と同じだったから。

外見は変わってしまったけれど、彼は彼のままだった。見れば分かる。彼は何も変わっていない。

あたしが大好きだった彼のまま。だから獣人に戻った彼を見ても、嫌だとか、変だとかそんな風には思わない。むしろ嬉しかった。

だって大好きで堪らなかった彼と、話すことができるのだから。

本当の彼は年上で、あたしなんて小さな子供としか思われていないだろうけど、そんなのどうでもいい。

いつか、女として見て貰えるよう今から頑張ればいいだけの話なのだ。

あたしは、イーオンがいい。

ずっと一緒にいるのなら、彼がいい。

それはシオン様には感じなかった感情。

彼がいるのなら、頑張れるという意味では一緒だけど、イーオンにシオン様に感じていたような尊敬とか、そういうのはないから。

でも、誰よりも特別で一緒にいたい人。そう思っている。

残念なことに彼は今、島へと帰ってしまったけれど、すぐに戻ってくると分かっているから。

そうしたらいっぱい話しかけて、いつかあたしが大人になった時には選んでもらえるよう頑張ろう。彼と一緒にご正妃様にご恩返しをしよう。それはとても楽しい未来だと、今はそんな風に思える。

「あたし、ご恩返しもしたいし、何より好きな人がいるから頑張れます」

自らの考えを告げると、オフィリア様はにっこりと笑った。私の頭をぐしゃぐしゃと撫《な》で回す。

「うん。やっぱり好きな人のためになら頑張れるよなあ。私もレナに負けないように頑張らないとな」

「ふふっ、オフィリア様も好きな人と上手くいくといいですね」

「ああ。私は絶対に諦《あきら》めるつもりはないぞ。ただ、なかなか捕まらないのが難点でなあ。すぐに姿を消してしまうんだ」

「それは大変ですね」

がっかりしている様子のオフィリア様に同調する。

好きな人と会えないというのがどれだけ悲しいことかは分かるので、本当に気の毒だ。

だけど、こんな風に誰《だれ》かと好きな人のことについて話せるのは楽しかった。

オフィリア様が「君の好きな人についても聞かせてくれ」と言うので、照れつつもイーオンのことを話す。

オフィリア様はあたしの話を真剣に聞いてくれて、決して馬鹿《ばか》にしたりはしなかった。

それが嬉しいし、あたしという個人を認められているような気持ちになる。

「それで——ですね」

「危ないっ！」

「え」

ウキウキとイーオンのことを話している最中、突然、オフィリア様があたしの腕を引っ張った。引っ張られた衝撃で、共に床に倒れ込む。

何が何だかさっぱり分からない私とは違い、オフィリア様はすぐに立ち上がると、あたしを誰かから庇《かば》うような体勢をとった。

「オフィリア様……？」

「っ！　クソ。嫌な予感大当たりだな。お前、サハージャの暗殺者か！」

「っ⁉」

オフィリア様の言葉を聞きギョッとする。

いつの間にか、目の前には男の人がひとり立っていた。黒い服に身を包んでいて、腰には黒い布を巻いている。短剣を持ち、刃《やいば》をこちらに向けている様はまさに暗殺者としか言いようがなかった。

「あ、暗殺者？」

「レナは下がっていろ。……なんだ。やはり私を殺しにきたのか。私が死ねば、ヴィルヘルムとイルヴァーンの仲は間違いなく最悪なものになるからな。だが——こちらも黙って殺されるつもりはない。抵抗はさせてもらう」

「死ね」

「っ！」

短剣を持った男がオフィリア様の方へと走ってくる。オフィリア様はあたしを庇ったまま、魔術を発動させた。

「くっ……」

キンッという音がして、男の短剣が弾《はじ》かれる。

オフィリア様の防御壁が短剣を弾いたのだと、すぐに分かった。

「悪いが、私も王族として自衛できる程度には育てられている。戦いにさほどのセンスはないが、これでも防御魔術は得意な方なんだ」

不敵に笑うオフィリア様。だが、少し肩が震えていることに気づいてしまった。

「お、オフィリア様」

「君は黙っていろ。私の事情に巻き込まれる必要はない」

「で、でも」

「君はリディたちから預かった子だ。君を無事に返すのは私の責任。頼むから離れてくれるなよ。……二人分の防御壁を張れるほど、私は器用なタチではないんだ」

その言葉に焦りのようなものを感じ、オフィリア様が今、ギリギリのところで踏ん張っているのだということが分かった。

きっとオフィリア様にこれ以上の策はない。それが彼女の態度から察せられた。

「……くっそ、エドの奴《やつ》、何をしているんだ。このために連れてきたというのに」

歯噛《はが》みしながらオフィリア様が言う。

確かに、彼女の護衛だというランティノーツさんの姿が見えなかった。

もしかして先にやられてしまったのだろうか。そんな風に考えている間に、暗殺者が次の攻撃を放つ。

それもオフィリア様はなんとか魔術で弾いたが、劣勢なのは見て明らかだった。

誰か、誰か来て欲しい。

でも、オフィリア様に貸し与えられたこの塔は、プライバシーを重視していて、滅多《めった》な者は近づけない。それに今は、多くの兵士が戦場へ行っているため、全体的に兵の数が少ないのだ。

あたしが声を上げたところで誰も来てはくれない。

でも、やらなければ。

あたしはオフィリア様付きの女官なのだ。あたしが庇われていてどうする。あたしが彼女を助けなければ。

「――助け」

できるだけ大きな声で助けを呼ぼう。そう思い、大きく息を吸って叫ぼうとしたが、その言葉は続かなかった。

オフィリア様に向かって無言で攻撃を仕掛けてきた男が、突然、ぐらりと前に倒れたからだ。

「えっ……」

どすん、という音と共に、男が床に沈む。そうしてピクリとも動かなくなった。

「……死んだ？」

いやでも、どうやって？

あたしの目には突然死したようにしか見えない。困惑しつつも動こうとすると、オフィリア様が言った。

「私が見てくる。君はそこにいろ」

「あ、あたしも一緒にいきます！」

守られるばかりなのは嫌だ。

あたしの気持ちを理解してくれたのか、オフィリア様は息を吐き「気をつけろよ」とだけ言って、許してくれた。ふたりでおそるおそる男の側に寄る。

オフィリア様が男の様子を窺《うかが》った。口元に手を当てる。

「……ふむ、息はある、か」

死んではいない。気絶しているだけのようだ。

隣に大きな石が落ちていた。おそらくこの石が後頭部に当たったから、男は倒れたのだろう。

しかしどうして。どこからこの石は飛んできたのか。

疑問だったが、すぐにそれは解消された。

ひとりの男が部屋に入ってきて、あたしたちに文句を言ったからだ。

「ったく、狙われるって分かってんなら、もう少し警備に気をつけろよな。こんなの本業からしてみればザルだぜ、ザル」

「アベル！」

「アベルって……あの？」

オフィリア様の想い人だ。

彼女から名前は聞いていたので、すぐに分かった。

オフィリア様が破顔し、彼に駆け寄っていく。

「君が助けてくれたのか！」

「……見て見ぬ振りはできないだろ。あんたの護衛は、入り口近くで倒れていたし」

不本意ですという顔をした彼は、そうオフィリア様に文句を言った。

「エドが？　やられていたのか？　彼は元とはいえイルヴァーン一の騎士だった男だぞ？」

「本職の暗殺者を相手にしたことなんてないんだろ。正面切っての敵には強くても、往々にして騎士って奴は、予想外の攻撃に弱いんだ。だから負けたんだよ」

「そう……か。彼は死んでいたか？」

「いんや。……仕事を完遂する前に、別の死体が見つかることを避けたかったんだろうな。気絶させられていただけだよ」

「そうか……良かった」

護衛が死んだわけではないと聞かされ、オフィリア様が胸を撫で下ろす。

そうして笑みを浮かべ、アベルに言った。

「ありがとう。また、君に助けられたな。どうして私たちがピンチになっていると分かったんだ？」

「……仲良くしている鳥が教えてくれたんだよ。あんたたちが黒い服を着た人物に襲われているって。

特徴で『黒』だって分かったし、ひとりで対応は難しいだろ」

「それで来てくれたのか？」

「……仕方ないだろ。あんたに何かあれば、オレの雇い主が困ることになる。さすがに無視はできないって」

「そうか」

仕事の一環だと言われ、オフィリア様は残念そうな顔をしたが、すぐに立ち直った。

「それでも来てくれたことに変わりない。ありがとう。本当に助かった」

「別に。それより、あんたに言いたいことがあるんだけど」

「？　なんだ。愛の告白ならいつでも受け付けているが」

「違う」

キッパリと告げ、アベルはオフィリア様を見た。その目には怒りが浮かんでいる。

「どうしてそこの女官を庇ったりしたんだ。あんたひとりだけなら逃げきることも可能だっただろう。なのにあんたは終始その獣人女を庇った。なあ、頭おかしいんじゃねえの。王族のくせに獣人を庇うとかさ。それで、もしものことがあったらどうするつもりだったんだ。ヴィルヘルムとイルヴァーンが修復不可能なまでに拗れても構わないと、そういうつもりだったのかよ」

憎々しげに言われ、オフィリア様は目を丸くした。

あたしも何も言えないし、なんなら俯《うつむ》いてしまった。

だってこの人の言っていることは正しい。

一国の王女であるオフィリア様が、単なる女官でしかないあたしを庇うなんて本来あってはならないことで、逆にあたしが身を盾にして守らなければならなかったのに。

それなのにあたしときたら、オフィリア様に守ってもらってぬくぬくとしている。

「あの、あたし……」

ごめんなさい、そう謝ろうとしたが、それより先にオフィリア様が言った。

「レナを庇ったのは私の判断だ。君には言われたくないな。それに、結果として無事だったのだから構わないだろう。けちくさいことを言うな」

「けちくさいとかそういう話じゃないんだよな。……あんたさ、オレに好かれたいって言うのなら、さっきのは悪手の極みだぜ。オレは自分の命を粗末にするような奴には絶対に惚れない」

「粗末にしたわけではないのだが」

「他人を庇っている時点で粗末にしてるんだよ。あんたさ、考えたことあんのかよ。庇われた方の気持ち。もしあんたに何かあった時、庇われたそいつがどう思うのか。知らないなら教えてやるよ。――最悪だぜ。死にたくなる」

吐き捨てるように言ったアベルの表情には本気の嫌悪が滲んでいた。

それで理解した。彼が、経験者であることを。

誰かに庇われ、生き残ってしまったのは彼自身だということが分かってしまった。

「君……」

「良いか。二度と誰かを庇おうなんてするな。残される者の気持ちを考えろ。どうしてもっていうのなら、どちらも生き残れるようにしてくれ。さっきはどう見たって両方生き残れるような状況じゃなかった。それはあんただって分かってるんだろ？　運良くオレが来たから助かった。ただそれだけだって」

「まあ、そう、だな」

「生き残れる力もないのに、自身の命を投げだそうとするな。オレが言いたいのはそれだけだ」

　むすっとしながら、アベルは気絶している暗殺者の服を引っ張った。

「兵士に引き渡してくる。……あと、こいつだけとは限らないから、こいつを引き渡したら戻って、しばらくは護衛しててやるよ。せっかく助けたのに死なれちゃ、寝覚めが悪いからな」

「そうか。君がいてくれるのなら心強い。感謝する」

「礼を言うくらいなら、もっとちゃんと警戒してくれ。あんな騎士ひとりで何の役に立つっていうんだ」

「すまない。それについては反省した。今度からは大人しくヴィルヘルムに警護を頼むことにする」

「……そうしてくれ。あと、言っておくが、今回のことは高くつくからな」

　アベルがオフィリア様に目をやる。彼女は大きく頷いた。

「もちろんだ。命を救ってもらった恩もある。金ならいくらでもふっかけてくれ！」

「……いくらでも、なんて言って良いのかよ。オレは遠慮なんてしない。後悔するぜ」

「はは。任せておけ。前にも金は持っていると言っただろう。札束で君の頬《ほお》を叩《たた》けるくらいには私財を蓄えているからな。いくらでもどんとこい」

己の胸を叩くオフィリア様をアベルはうんざりとした顔で見た。

「……そこまで堂々と言われると、逆に萎えるな」

「そうか？　私は思ったまでを告げただけだが。アベル、あとで請求書を回してくれ。君にアピールする絶好の機会だ。金払いの良いところを見せつけてやろう」

「へえへえ。……ほんっと面倒な女」

「褒め言葉として受け取っておこう」

それ以上会話をするのが馬鹿らしくなったのか、アベルは鼻を鳴らし、気絶している暗殺者をズルズルと引っ張っていった。

オフィリア様を見る。彼女は嬉しそうに彼の後ろ姿を見つめていた。その横顔に話しかける。

「……オフィリア様、なんだか嬉しそうですね」

「分かるか。まさか怒ってもらえるとは思わなくて。いや、本当に嬉しい」

「……良い意味ではなかったって、あたしでも分かりますよ？」

どうしてそれで喜べるのか。怪訝《けげん》に思いながらオフィリア様を見ると、彼女は上機嫌に言った。

「気に掛けてくれたのは事実だろう？　それに、私だってきちんと反省するからな。同じことを繰り返さなければ、大丈夫だろ」

「軽いですね」

「前向きだと言ってくれ。……でも、だな。レナ」

「はい」

名前を呼ばれ、オフィリア様の顔を見る。彼女は柔らかく微笑《ほほえ》んであたしを見た。

「それはそうとして、私は君を庇ったことを後悔していない。私は君を守らなければならなかったし、守れて良かったと思っている。だからレナ、頼むから自分のせいで、なんて思わないでくれ。これは私の選択で、君は何も悪くはないんだから」

「オフィリア様……」

痛いところを突かれたと思った。

何も言わない彼女をただ見つめる。彼女は笑い、もう見えなくなったアベルの背中を眺めていた。

「彼は優しい人なんだな。それと同時に、心に傷を抱えている。さっきのことでそれが分かった。だから私は二度と同じ過ちはしない。これから私は自らを鍛え直す。そして、誰を庇ったとしても、文句を言わせないくらいに強くなることにするさ」

「……」

「そうしたら、彼も何も言えないだろうし、多分、誰かと私を重ねたりもしなくなるだろう」

「オフィリア様……」

最後に呟かれた言葉に目を見開く。

「先ほどの言葉が私に向けられて言われたものでないことくらいは分かるさ。それが彼の傷となっていることもな。だから私はその傷ごと抱えられる女になる。でなければ彼を欲しいだなんて偉そうなこと言えないからな」

からりと笑う彼女を絶句して見つめる。

「ますます彼のことが欲しくなった。だから私は自分の望みのために邁進《まいしん》するさ。後悔なんてしたくないからな」

「強い、ですね」

「女はいつだって強いものだ。特に好きな人に対してはな」

「……ご正妃様みたいに、ですか？」

真っ先に思い浮かんだ人の名前を告げると、オフィリア様は大きく頷いた。

「ああ、その通り」

そうして笑顔で告げた。

「その強さはレナ、君も持っている。これは私たち女だけの特権なのさ」

「……はい」

彼女の言葉の意味はよく分からなかったけれど、でもほんの少しだけ気持ちが軽くなったような、そんな気がした。

4・彼とサハージャ

「では、行って参ります」

「うむ。勝利の報告を期待している」

「はい、もちろんです」

父に報告を済ませた私は、軍勢を引き連れ、急ぎ西の砦《とりで》へと転移門で飛んだ。

敵はサハージャ。マクシミリアン国王だ。

どんな罠《わな》を仕掛けてくるかも分からない。気を引き締めなければならないと思っていた。

◇◇◇

「殿下、お待ち申し上げておりました……!」

「すまない。待たせたな」

軍勢と共に転移を済ませて西の砦へつくと、すぐにひとりの男が走り寄ってきた。目の前で膝《ひざ》をつく。

彼はリヒト・シュレイン。

セグンダ騎士団の団長を長年勤める優秀な男だ。

彼の後ろにはセグンダ騎士団の主な面子《メンツ》がずらりと並んでいる。

それを確認し、まずは彼らを労《ねぎら》った。

「よく私が来るまで持ち堪《こた》えてくれた。さすがはセグンダ騎士団だ。お前たちならきっとやってくれると信じていたぞ」

力強く告げる。

実際、サハージャ軍を相手に一歩も退《ひ》かず、西の砦を今日まで守りきったことはかなりの快挙なのだ。

だが、リヒトは首を横に振った。

「私共だけの成果ではございません。殿下がいらっしゃる前に来て下さったご正妃様たちが助けて下さったからこそ、今、私たちはここにいます」

「……そうか」

リディの話をされ、小さく頷《うなず》く。

私がタリムに行っている間、セグンダ騎士団は孤立無援の状態で、サハージャ軍と戦うことを強《し》いられていた。

そしてその敵であるサハージャ軍は、なんとも卑劣なことに獣人奴隷を肉の盾として使い、ヴィルヘルムの騎士たちの心を折る作戦に出たのだ。

武器も防具も持たない、手錠を掛けられた、被害者でしかない獣人たち。

彼らを前に、セグンダ騎士団は碌《ろく》に戦うことができなかった。だが、当たり前だろう。

少しでも心があるのなら、無抵抗のものに武器を向けるなどできるはずがない。

そのどうしようもない状況に苦しんでいた時に来たのがリディたちだった。

西の砦に陣中見舞いを名目としてやってきた彼女たちは、驚くことに五百名いた獣人奴隷を全員奪取するという快挙をしてのけた。しかも無血で、だ。

リディたちは騎士たちに後を託し、ヴィルヘルムへ帰っていった。残された彼らはその期待に応え、見事西の砦を守り通したのだ。

リヒトが目を潤ませる。

「あの方たちが来て下さらなければ、今頃《いまごろ》間違いなく西の砦は落ちていたと断言できます。本当に、今のこの状況は全《すべ》てご正妃様たちのお陰なのです」

「……そう、か」

「殿下のお妃《きさき》様は素晴らしい方なのですね。殿下がご正妃様を溺愛なさっているという話は、王都から離れた遠いこの地にまで聞こえておりましたが、今となれば納得しかありません。我々はご正妃様が殿下のお妃様で本当に良かったと心から思っております」

リヒトの言葉に、後ろに控えていた兵士たちが揃《そろ》って頷く。

どうやらリディは、この短い期間でセグンダ騎士団の騎士たちの心をがっちり掴《つか》んでいたようだ。

彼女が脅威の人たらしであることは知っているが、ここでも遺憾なくその力を発揮していたと聞けば、苦笑するしかない。

「リディがせっかく残してくれたものを奪われるわけにはいかないからな。リヒト、戦況の説明を。

一日も早く、サハージャを片付ける」

「はい！」

私の言葉に、皆が一斉に返事をする。

早く全てを終わらせたいのは皆、同じなのだ。

もちろん簡単にできるとは思っていない。だけどもセグンダ騎士団も疲れているし、何より私が一刻も早くリディのもとに帰りたい。

だから今できる全力で彼らと共に戦い、勝利をもぎ取るしか選択肢はなかった。

◇◇◇

作戦室へと案内され、会議を始める。

私の隣にはいつも通りウィルがついていた。あとは、タリム戦から引き続き連れてきたプリメーラ騎士団の団長と副団長。

時間が十分にあるわけでもないので、すぐに本題に入る。

「大将がマクシミリアン国王だということだが、変わりはないか」

王都を出発する前に聞いた話を確認すると、すぐにリヒトが答えてくれた。

「はい。マクシミリアン国王で間違いありません。敵の援軍は先ほど本軍と合流し、現在進軍中。今日の午後にも我が軍とぶつかることになるかと思われます」

「午後か……ギリギリ間に合ったな」

心から安堵《あんど》した。彼には魔女ギルティアがついていることもあり、油断できないのだ。

かなり魔力も回復してきているが、本調子にはほど遠い。そんな中、戦いの途中から参戦するのはできれば避けたかったから、間に合ったことに胸を撫《な》で下ろした。

「斥候は出しているのか」

「はい。向こうに何か動きがあればすぐに連絡が来るようにしています」

「マクシミリアンは暗殺者ギルドを抱えている。知らないうちに斥候が殺されているという可能性もある。油断はするな」

「暗殺者ギルド……そうですね、分かりました。気を引き締めるように伝えます。あとは……出している斥候の様子を別の者に見にいかせた方が良いですね。もし殺されているようなら問題ですし、急いで報告してもらう必要があります」

「そうだな」

嫌な話だが、準備を怠って後れを取ることは避けたい。

作戦を詰めていく。その途中でリヒトが「あの」と声を掛けてきた。

「どうした？」

「その、お聞きして良いものか分からないのですが、ひとつ、宜《よろ》しいでしょうか」

「ああ、構わない」

おずおずと聞かれ、頷いた。リヒトが勇気を振り絞るように言う。

「殿下の魔力量が著しく低下しているように見受けられるのですが。……その、お体の具合が悪いのではないかと思いまして」

「シュレイン団長！　殿下は――」

「いい、ウィル。私が自分で説明する」

ウィルが叱責するように口を開きかけたが、私はそれを制止した。

彼らはずっと西の砦に詰めていて、私の現状を知らなかったのだ。

それは仕方のないことだし、説明するのは義務だと分かっていた。

彼らの不安を取り除かねば戦えない。

私は皆を見回し、言い聞かせるように告げた。

「先に皆に言っておく。故あって私は今、魔法剣のような大技は使えない。あと一週間もすれば通常状態に戻るとは思うが、少なくとも今は無理だ。そう心得ておいてもらいたい」

「えっ……魔法剣が使えない？」

「ああ。運悪く三ヶ国が仕掛けてくる直前に全ての魔力を使ってしまって。状況的にはじわじわと回復しているところだ」

「……嘘《うそ》でしょう？」

リヒトが愕然《がくぜん》とした顔をした。

私が魔法剣一撃で片付けてくれると期待していたのだろう。

私としても応《こた》えたいところではあったが、実際問題としてそれは難しい。

あからさまにがっかりしたセグンダ騎士団の団長と副団長を見つめ、告げた。

「すまない。だが、嘘は吐《つ》きたくないし、私には剣もある。それに魔術ならウィル率いる魔術師団もいるからな。不安に思う必要はないだろう」

「そう、そう、ですよね。申し訳ありません。その……殿下が魔法剣を使えないなんてことがあるとは思いもしなくて」

「私も思わなかった。だが、事実として今、こうなっている。常に万全の状態を整えておかなかった点に関しては私のミスだ。すまなかった」

シオンを帰したことを後悔してはいないが、やはり普段より戦いづらいのは事実。皆も魔法剣ですぐに終わると思っていただろうから、そこは申し訳ないと思う。

ふたりは気を落としはしたが、すぐに気持ちを引き締め直した。

リヒトが頭を下げる。

「殿下、申し訳ありませんでした。どうやら我々は知らぬうちに、殿下のお力に頼っていたようです。当然あるものとして期待するなど、騎士として情けない。殿下、我々は殿下がいて下さるだけで十分です。あなたが先頭に立ち、我々を鼓舞して下さるのなら戦えます」

「……すまない」

「謝らないで下さい。殿下のせいではないのですから。その……どうして魔力が尽きてしまったのかは気になりますが、我々が知ってはいけないことなのでしょう？」

「そうだな。聞かないでくれると助かる」

シオンの話も魔女たちの話も簡単に口にできることではない。ギルティアの話も、だ。

魔女という存在は人々の生活の中に深く根づいているが、同時に恐れられてもいる。

何百年も生きているとか、人知を超えた力を使うとか、その理由は様々だ。

殆《ほとん》ど人々の前に姿を見せない魔女。その魔女がサハージャに味方しているだなんて聞いたら、戦意を喪失しかねない。

何事にも、言わない方が良いというものはあるのだ。

苦い顔をしていると、私の表情から何かを感じ取ったのか、リヒトたちが真剣な顔で頷いた。

「分かりました」

「使いきってはしまったが、力は回復傾向にある。私のことは心配してくれなくていい」

「はい」

再度頷いた皆を見回し、告げる。

たとえ全力を出せなくても負けるわけにはいかないのだ。

私は再度気合いを入れ直し、軍議へと戻った。

◇◇◇

午後、予想していた通り戦闘が始まった。

場所は西の砦から少し離れた場所にある平地だ。

この付近には村もないので、戦闘をするのに支障がない。

そこに両軍がずらりと並んだ。

獣人奴隷こそいなくなったものの、サハージャ軍は援軍としてかなりの人員を補充していた。

おそらくマクシミリアンは、ここで私を潰《つぶ》すつもりなのだろう。

私が全力を出せないことをあの男は、魔女を通して知っている。今が彼にとって千載一遇の機会であることは間違いないのだ。サハージャ軍勢は、一様に士気が高い様子だった。

もちろんそれはこちらも同じ。

プリメーラ騎士団とセグンダ騎士団、そして魔術師団という面々。

数も質も、そして士気もサハージャ軍に勝るとも劣らない。

激戦になることが予想された。

「行くぞ！」

最前線に立ち、号令を掛けると、皆の声が続く。

マクシミリアンの姿は見えなかったが、おそらくは後ろで指揮を執っているのだろう。総大将が後方にいるのは当然だし、前に出て戦う私の方が異例であることは分かっている。

前回の戦いでハロルドが姿を見せたのは、多分、私と話したかったからだ。

大将とは本来こうあるべきなのだ。

まずは向こうから、魔術の攻撃が始まった。それに反応したウィルが声を張り上げる。

「障壁を張れ！」

すぐに魔術師団は魔術攻撃を防ぐ障壁を展開させた。向こうの攻撃はそれなりではあるが、ヴィルヘルムの魔術師団には遠く及ばない。

攻撃は障壁に弾《はじ》かれ、霧散する。誰《だれ》もがそう思った。だが――。

「なんだと!?」

信じられないことに、向こうの攻撃がこちらの魔術障壁をすり抜けたのだ。

あり得ない状況に目を見開く。だが、すぐにヴィルに声を掛けた。

「ヴィル!」

「っ！　もう一度だ！　障壁を――！」

張れ、まで言えなかった。

向こうの攻撃が、こちらに直撃する。障壁で弾けると思っていただけに、場は一気に混乱状態となった。

「うわ……うわあああ！」

「どうして？　障壁は張ったはずだ。それなのに……」

動揺が広がる。運悪く、怪我をした者もいるようだ。

将校クラスは驚きこそしても持ち場を投げ出したりしなかったが、一般兵に同じことを求めるのは難しい。来るはずがないと思っていた攻撃に対応できず、動揺し、逃げだそうとする者。運悪く攻撃が当たった者。

そして、自分たちの障壁が通じなかったという事実が信じられず動けなくなっている者など、様々だった。

　私も掠《かす》り傷だが傷を負った。予想外の出来事に思わず舌打ちをする。

　何が起こっているのか。ウィルたち魔術師団の魔術は完璧《かんぺき》だったはずだ。それなのにどうして障壁が通用しないのか。

　いや、それよりもまずは皆を落ち着かせなければ。

「落ち着け！　障壁が使えないのなら、攻撃される前に攻撃すれば良いだけのこと。ウィル！　攻撃魔術を！」

「承知しました。動揺している場合ではないぞ！　攻撃部隊、魔術攻撃用意。放て!!」

　ウィルも驚いていたようだが、すぐに立て直し、魔術師団に攻撃を命じた。

　魔術師団の精鋭たちの攻撃が放たれる。

　だが、向こうに攻撃が届くと思ったその時、パシュンという音を立てて、放った魔術が掻《か》き消えた。

「え……」

　別に、向こうの魔術師たちが障壁を張ったわけではない。誰も何もしていない。それなのに、こちらの攻撃が途中で無効化されたのだ。

「何が起こって……」

　こんなことがあるはずはない。

　再びのあり得ない事態に、皆が更に動揺する。

　さしものウィルもその場に立ち尽くし、目を見開いていた。

そんな彼らに活を入れ、隊列を立て直させる。

そうしているうちに、向こうから魔術による攻撃が再度放たれた。

「ウィルッ!!」

「駄目です、殿下！　こちらの魔術が通用しませんっ！」

「っ！　仕方ない。避《よ》けろ！　可能な限り、避けるんだ！」

防げないのなら避けるしかない。

「くそっ……どうしてこんなことに……」

舌打ちしつつも、手綱を操り、攻撃から逃れる。

今や完全に軍勢は乱されており、逃げ出す兵士も出てき始めている。

まさか最初の魔術戦でこんなことになるとは思いもしなかった。

魔術戦というのはあくまでも互いに牽制《けんせい》し合うだけのもので、決定的な勝敗の要因にはなり得ないことが多い。

だが、今事実として、ヴィルヘルム軍は壊滅の危機に陥っている。

「……」

敵軍を見る。

向こうの軍は、こちらに近づいてこない。

遠くから、確実にダメージを与えることのできる魔術を繰り返してくるだけだ。

どうして向こうの攻撃は通じて、こちらの攻撃は通じないのか。こんな真似《まね》、普通の人間にできるはずがない。そう、それこそマクシミリアンにだってできることではないのだ。

だとすれば、残る可能性はひとつだけ。

人間ができる仕業ではないというのなら、人間ではないものが行っている。

それはつまり――。

「……魔女ギルティアが戦に出ているのか」

さすがにそれはないと思っていただけに、不快感で眉《まゆ》が中央に寄った。

何せ魔女というものは、歴史の表側に出てくる存在ではない。そう幼い頃から聞かされていたし、実際に会った魔女たちも裏側にいることをよしとする人物ばかりだった。

人に積極的に関わらず、ひっそりと生きる。

戦況や歴史を変えるような真似はせず、人々を見守り、導く存在。

だが、サハージャの魔女、ギルティアは違うのだ。

他《ほか》の魔女たちの話によれば、彼女は自身の存在を強く主張したい性格らしく、今までにも何度か歴史の表舞台に顔を出していたという。

その結果、カインの故郷が焼かれることになったという話も聞いている。

それらを考えれば、今回の戦にギルティア自身が出張ってくる可能性は十分にあったのだが、魔女たちが『ギルティアは出てこない』と言ってくれたことを覚えていたため、可能性から除外していたのだ。

だが、この現状、どう考えてもギルティアが関わっているだろう。そうとしか考えられない。

「殿下！　危ない‼」

「っ！」

次の手をどう打つべきか考えていると、ウィルが大声で叫んだ。空を仰ぎ見る。炎の魔術が私めがけて飛んできていた。

最前線に大将がいるのなら狙《ねら》うのは当然。障壁が意味を成さないと分かっていた私は、愛馬の名前を鋭く呼んだ。

「ヴェンティスカ！」

それだけで彼は心得たように移動する。攻撃を上手《うま》くかわせたようでホッとした。

だが、続けざまに攻撃が来る。一撃、二撃と避けたが、魔術攻撃は次々に来る。

どうしても避けられないタイミング。

仕方なく私は、ヴェンティスカから飛び降り、攻撃を受けるべく構えた。今来ている攻撃程度では、直撃しても死ぬことはない。それが分かっていたからだ。

だが、ヴェンティスカはかなりの傷を負うだろう。だから私は大声で叫んだ。

「ヴェンティスカ、下がっていろ！」

馬をやられてしまうのは困るが、私だけならなんとかなる。

顔を庇《かば》い、いつ攻撃が来てもよいように備える。

だけど。

「っ！」

——びいいいいいいいいんんっ！

突然、何かが共鳴するような音がした。同時に、バチンという弾くような音も。

更には、予想していた魔術攻撃も感じない。

何が起こったのかと顔を上げた私は、思わず目を見開いた。

「……なんだ……？　これは……」

私の周りには、魔術で作ったものとは明らかに違う、青白い障壁ができていたのだ。

私が張ったものではない。もちろんウィルが張ってくれた障壁でもない。

魔術でもなく、魔法でもなく、どちらかと言えば秘術に近いだろうか。

「殿下！」

青白い障壁に驚いていると、更なる攻撃が来た。しまったと思うも、青白い障壁が大きく広がり、攻撃を弾く。

「……は？」

魔術による障壁を無効化してきた攻撃を、青白い障壁は全て弾き返していた。

私を守るように展開された障壁はひどく頑丈で、全ての攻撃をことごとく撥《は》ね返す。

「どういうことだ？」

意味が分からない。さしもの私も動揺を隠せなかった。一体何が起こっているのかと思っていると、自身が手に持っている神剣が光を放っていることに気がついた。

「……これは？」

神剣が青白く、そして力強く輝いている。シオンを帰した時と同じだ。それに気づくと同時に、神剣が持ち主を守る剣であることも思い出した。

ヴィルヘルム王国代々の国王に受け継がれる神剣アーレウスには精霊が宿っていて、持つ者を厳しく見定めるといわれている。そして自身を握るに相応《ふさわ》しいと判断すれば、無限の力を与え、その所有者を守るとも伝えられている。

とはいえ、私もアーレウスに宿る精霊など見たことがない。だから、嘘だとは思っていなかったが、神剣に宿る力というものをそこまで意識していなかったのだ。

でも、これはどう考えても。

「……アーレウスが私を守ったのか？」

そういえば、神剣の色が変わった時、魔女メイサが『覚醒した』とか言っていた気がする。

その時は深く聞かなかったし、特に気にならなかったが、もしかして彼女の言っていた『覚醒』とは神剣の話だったのだろうか。

つがいであるリディの血を受け、アーレウスが目覚めた。そして今、その真の力を発揮していると、そういうことなのではないだろうか。

「……いや、助かったのだから、それで良いではないか。深く考えるな。考察は帰ってからいくらでもできる」

今はただ、この幸運を噛《か》みしめるだけ。

魔術による防御ができない今、この障壁は有り難い以外の何ものでもなかった。

「殿下！　ご無事ですか！」

ウィルが駆け寄ってくる。左腕を突き出し、彼を制した。

「来なくて良い。私には神剣の加護があり、ダメージを受けない。私が前に出ておとりとなり、魔術攻撃を防ごう。それが皆に被害の出ない一番の方策だろう」

「おとり!?　そんなこと殿下にさせられるわけがありません！」

「このままでは魔術攻撃だけで我が軍は全滅してしまう。それを防ぐためだ」

「っ……分かり……ました……」

ウィルもどうしようもないことは分かっているのだろう。ヴィルヘルム側の魔術が今、何の効力も発揮していないことを。

それを一番歯がゆく思っているのも彼なのだ。だってウィルは魔術師団の団長なのだから。

「申し訳ありません。お願いできますか」

「構わない。私が魔術攻撃を防いでいる間に、騎兵を突撃させる。リヒト！　いけるな！」

「はい、殿下！　もちろんです！」

近くにいたセグンダ騎士団の団長に声を掛ければすぐに返事があった。同じように、プリメーラ騎士団の団長にも声を掛ける。

「私が前に出ておとりとなり、魔術攻撃を受ける。攻撃が効かないと分かれば、向こうも無駄なことはやめるだろう。攻撃が止んだ瞬間を狙い、突撃しろ」

「承知しました！　殿下の作って下さる反撃の機会、無駄にはしません！」

「ああ、期待している」

各団長たちが決意を込めた瞳《ひとみ》で私を見てくる。それに頷いた。

すでにかなりの戦力が削られている現状。しかも私は魔術を防がなければならないので動けない。

攻撃は彼らに一任するしかない。

「任せたぞ！」

ひとり最前線に向かう。そこに酷《ひど》く場違いに静かな声が響いた。

「――大丈夫。そこまでしなくても良いよ」

「っ!?」

聞き覚えのある声にハッとする。

柔らかな年嵩《としかさ》の女性の声。突然聞こえた声にその場にいる全員が固まった。

「悪いね。あんたたちには迷惑を掛けた」

私たちの目の前に現れたのは、魔女デリス殿だった。

いつもの黒いローブ姿。杖を持っている。彼女の後ろには、魔女メイサ殿に魔女アマツキ殿、そしてもうひとり、見知らぬ魔女が立っていた。

「魔女デリス殿……」

「っ!?」

私が名前を呟《つぶや》くと、ウィルやリヒトたちがギョッとした顔で私を見た。

彼らを制し、デリス殿に声を掛ける。

「何故《なぜ》、ここに」

「言っただろう。ギルティアは私たちが引き受けると。……あいつを戦争に介入はさせないと言っておきながらこの始末。本当に悪かったね。だが、もうあいつの好きにはさせないよ。魔女の不始末は、私たち魔女がつける。あんたたちは自分たちの戦いに集中しな。大丈夫。もういつも通り魔術を使える。あいつの掛けた魔法は私たちが無効化したからね」

「……やはり、ギルティアの仕業だったのですね」

苦々しく告げるデリス殿に確認する。彼女は頷き、私たちを見た。

「本当に遅れて悪かった。あいつのことだから、介入するなら自分で直接攻撃をしたがると思って、そちらばかりを警戒していたんだよ。まさかヴィルヘルムの魔術を無効化する方策に出るとは考えていなかった。私たちのミスだ」

デリス殿が頭を下げる。彼女の後ろにいる魔女たちも無言でデリス殿に倣《なら》った。

魔女が頭を下げるなど通常はあり得ない。だがそれをするということは、自らの失態だと本気で思っているのだろう。

デリス殿は顔を上げると、私たちに言った。

「これはもう、魔女がしていい範囲を逸脱している。あいつのことは私たちが片付ける。もうアレの好きにはさせないからね」

「ありがとうございます。助かります」

「礼を言われるようなことじゃない。これは私たちの仕事だ。誰にも譲れるものじゃない。本当はあとふたり魔女を連れてくる予定だったんだが、連絡がつかなくてね。四人になっちまったが、ギルティアひとりくらいならなんとでもなるだろう。あいつのことは私たちに任せて、あんたたちは自分のやるべきことをやりな」

「はい」

「行くよ。アマツキ、メイサ、ミーシャ」

デリス殿の声に応えるように、三人が頷く。それとほぼ同時に四人の姿は掻き消えた。今からギルティアのところへ行くのだろう。

わざわざこちらに立ち寄ってくれたのは謝罪もあったのだろうが、それ以上にもう向こうの攻撃を気にしなくても良いと告げるためだったと分かっていた。

「殿下……今、のは……」

ウィルが信じられないという声で話しかけてきた。振り返れば、各団の団長たちが驚きで固まっている。

気持ちは分からなくもない。

何せ、魔女など実物を見たのは初めてだという者も多いだろうから。

私は動揺している様子の彼らを落ち着かせるように言った。

「今の会話で分かっただろうが、彼女たちは魔女だ。サハージャには今、毒の魔女と呼ばれる存在が味方についていて、そのせいで先ほどまで私たちの攻撃は通用しなかった。だが、もう大丈夫だ。向こうの魔女については彼女たちが止めてくれる。私たちは気にせず己のやるべきことをやればいい」

「魔女……初めて見ました」

プリメーラ騎士団の団長が言う。リヒトも同じく頷いた。

「『いる』ということはもちろん知っていましたが、本当に存在したんですね」

「もちろんだ。ちなみに先ほど前に出て話していた魔女が、我がヴィルヘルムの誇る薬の魔女デリス殿だぞ」

「彼女があの薬の魔女なのですね……！」

薬の魔女の噂《うわさ》は皆も聞き及んでいるのだろう。知っている名前が出たことで皆が食いついたが、長話をしている余裕はどこにもない。

気合いを入れ直し、厳しく告げた。

「気になるだろうが、今、わざわざ話すことでもない。魔女デリス殿は、もう向こうの魔術攻撃は気にしなくても良いと言ってくれた。それなら我々に恐れるものは何もない。いつも通り戦い、勝てば良い。そうだな？」

この場にいる全員の目を順に見つめていく。

皆、ハッとしたような顔をし、表情を引き締め、頷いてくれた。

ウィルが力強く告げる。

「先ほどは敵の攻撃に対し何もできず、情けない姿をお見せしました。どうか面目躍如の機会をお与え下さい。僕たち魔術師団、必ずや殿下のお役に立ってみせるとここに誓います」

「許す。ウィル、ヴィルヘルムの魔術師団ここに有りと、その存在を存分に見せつけてやれ」

「はい！」

勇ましい返事をし、ウィルが身を翻す。己の攻撃が通じないことに戦意を喪失していた魔術師団員たちを鼓舞し、立ち上がらせた。

「先ほどのようなことはもう起こらない。皆、立て。やられっぱなしで良いのか。魔術師団の力はこの程度のものだと思われて、それで本当に構わないのか！」

ウィルの言葉に背中を押され、ひとり、またひとりと立ち上がっていく。それを確認し、各団の団長と副団長に目を向けた。彼らの目には決意の炎が宿っており、今度こそという気迫が伝わってくる。

これならやれる。そう思った私は彼らに声を掛けた。

「軍勢を立て直せ。反撃するぞ」

「はっ！」

「ヴェンティスカ！」

愛馬の名前を呼ぶと、命令通り離れた場所にいたヴェンティスカが、すぐに私の方へと駆けてきた。

馬とは思えないほど賢いヴェンティスカだが、そのお陰で助かっていることは少なくない。

愛馬に飛び乗り、軍勢を振り返る。

それぞれの将が軍を立て直し、皆が私を見た。

「反撃開始だ！」

雄叫《おたけ》びのような鬨《とき》の声が上がる。

いつまでもやられっぱなしではいられない。

リディにも約束した。なんとしても勝って帰らなければならないのだ。
魔術師団の攻撃が始まる。
私は各軍に指示を下しながら、己も剣を持ち、敵の方へと駆け出した。

5・毒の魔女と青薔薇《ばら》の真実（書き下ろし・ギルティア視点）

「ケケッ。ああ、楽しい。みーんな私の思う通りに動いてる」

ふたつの軍勢から少し離れた場所。小高い丘から、まさに言葉通りの高みの見物を決め込む。

サハージャ軍とヴィルヘルム軍が対峙《たいじ》している様は圧巻だ。

この光景を自分が作り出したのだと思うと、恍惚《こうこつ》とした気持ちになる。

サハージャ軍の最後尾には国王マクシミリアンがいて、側《そば》にいる兵に指示を下していた。

魔術師たちが攻撃を始める。

それに合わせ、私は手に持っていた杖を掲げ、魔法を使った。

ヴィルヘルム側の魔術を無効化する魔法。そして、サハージャの魔法の威力を上げる魔法だ。

本当は皆の前に姿を現し、ここぞとばかりに魔法を使ってやりたかったけれど、どうせなら一番良いタイミングで登場した方が効果的だと思うから、今は我慢だ。

私の魔法で、ヴィルヘルム軍が総崩れになっていくのを遠目に見つめる。

「ケケッ、ケケケッ。大陸最強なんて言われても、所詮は人間。私にかかればこの程度さ」

ここ何十年も無敗を誇るヴィルヘルム軍が何もできず、おたおたする様が楽しくて仕方ない。

敵の魔術を防ぐことができず、自分たちの攻撃も通用しない。

それは今まで一度も経験したことのない恐怖だろう。それを与えているのが自分だと思うと、ゾクゾクした喜びが背筋を這《は》い上がってくる。

ああ、これだからやめられない。

私は、どうあったって私という存在を誇示したいのだ。

◇◇◇

昔からずっと思っていた。魔女の掟《おきて》なんて馬鹿《ばか》らしい、と。

私は、魔女だ。

いつから魔女だったかなんて覚えていない。気づいた時には魔女で、他《ほか》に六人の仲間たちがいた。

だけど私は、最初から皆とは違っていた。

魔女は、必要以上に人と関わってはいけない。

魔女の持つ力は強大で、ほんの少し肩入れしただけで、歴史が変わってしまうから。

皆、それを当然と受け入れていたが、私は納得できなかった。

どうして力を見せてはいけないのだろう。

自分が素晴らしい、人とは違う存在だと見せつけることは、そんなにいけないことだろうか。

そう言うと、皆が眉《まゆ》を顰《ひそ》め、諌《いさ》めてくる。

それは魔女としての在《あ》り方に反していると、説教を垂れてくるのだ。

正直、鬱陶《うっとう》しくて仕方なかった。

私のことを何一つ理解せず、自分たちの取り決めを勝手に押しつける。

私は、人に紛れて生きるような真似《まね》なんてしたくなかった。

堂々と力を誇示し、私はここにいるのだと主張したかったのだ。

そして、私が誰《だれ》よりも優れていると見せつけたかった。

他の六人の魔女よりも私が。

七人の魔女としてひと括《くく》りにされるのは我慢できない。

だから他の魔女たちの目を盗み、定期的に人間たちに己の存在をそれとなくアピールしてきた。

ある時はひとつの国を傾け、またある時はとある村や集落を間接的に滅ぼした。

とても愉しかった。

私がほんの少し動くだけで、それまであったものが呆気《あっけ》なく潰《つぶ》れるのだ。

笑いが止まらない。でもそこまでしてしまうと大抵は他の魔女たちから叱《しか》られた。

お前はやりすぎだと、魔女の行って良い範囲を大幅に逸脱しているとうるさいのだ。

そんなの分かってやっているのに。

大体、どうして私がそんなくだらない決め事に従わなければならないのか。

一番最近では、ヒユマの村を間接的に滅ぼしてみたが、それは結果として魔女たちに大目玉を食らう羽目になった。

ヒユマの村は、私が手を下さなければ、あと数百年は細々と続いたはずだったから。

それは水晶玉に示されていた未来で、それをグチャグチャにした私を彼女たちは諫めにきたのだ。

だけど、いくら魔女たちに文句を言われたところで、行動を変える気はなかった。

ただ、あまり目をつけられるのはさすがに良くないかとは思った。

魔女たちは私の動きに目を光らせている。しばらく行儀良くしておくのが正解だろう。

もちろん本当に大人しくしておくわけではない。外面だけだ。

本意ではないが、派手なことは控え、地味に楽しむことにした。

来るべき時に備え、色々と準備をしておくのだ。

とはいえ、私は派手好きなので、地味な活動は面白くない。

最近、面白いと思えたのは——ああ、そう。

獣人の奴隷を本物の獣にしてやったことだ。

屈辱に耐え、悔しげに私を睨《にら》みつけてくる目を見ていると、溜《た》まりに溜まったストレスがすーっと消えていくような心地がして本当に楽しかった。

でも、すぐに飽きたけど。

最後の嫌がらせに見世物小屋に売ってやったが、今どうなっているのかは知らない。

存分に苦しみ、死んでくれれば良いのにとは思っているが、まあ、どうでもいいことだ。

あと、面白かったことといえば、少し前の話になるが、ヒユマの子供が来た時か。

自分の片目と引き換えに、秘術を使えるようにして欲しいと頼んできた。

私が村を滅ぼした元凶だとも知らないで「頼れるのはもう魔女のあんたしかいない」と悲壮《ひそう》な顔で頼んできたのだから、笑いを堪《こら》えるのが大変だった。

もちろん私は『優しい』魔女なので取引に応じてやった。敵《かたき》に頼ってきたという事実も楽しかったし、その子供の目はかなり特殊だったのだ。

異界に繋《つな》がる目。

おそらく、この子供の親は異世界出身なのだろう。これは強力な魔具になる。

自由に秘術が使えるようになったことを子供は喜んでいたが、実際のところはほぼ私にしかメリットがないような案件だった。だから終始笑顔で接してやったし、これほど楽しませてくれたのだからと、いつもなら最後の最後に嫌がらせを仕込んでおくのが常なのに、何もせず普通に帰してやったくらいだ。

でも、楽しかったのは、それくらいだろうか。

延々と続く、退屈な日々。

そろそろ何か大きなことがしたい。

皆が私の存在に気づき、恐れ、偉大な魔女だと知らしめることのできる大きなことが。

そんな時、やってきたのが当時、まだ王子だったマクシミリアンだった。

彼は自らの手でヴィルヘルムを倒して大陸の覇者となり、王太子の婚約者を手に入れたいという野望を持っていた。

そのために力を貸せ、と。

悪くないと思った。

マクシミリアンの持つ、自分が一番だと、最も優れた存在だと知らしめたいという願いは、私もよく知る感情だったから。

それにヴィルヘルムを倒すという目的が気に入った。

何せヴィルヘルムは、大陸最強国家として名を馳《は》せている。

戦えば連戦連勝。特に現在の王太子は完全無欠という二つ名があるほどの強さで、実際、あの王太子に勝てる者はそうはいないだろう。

何せアレは竜神の血を色濃く継いでいる。一応人間の括りには入っているが、その力は人が持つべき範囲を大きく逸脱している。

あの王太子率いるヴィルヘルムを倒すことができたなら。

そして、そのヴィルヘルムを倒せたのは私がいたからだと皆が知れば、どう思うか。

考えただけで痛快だったし、そろそろ我慢の限界だとも思っていたから。

いい加減、燻《くす》ぶっているだけの生活には飽き飽きだ。

私も私の力を知らしめたい。

だから奴の話に乗ることに決めた。

ヴィルヘルムを倒すにあたり、一番重要となるのは、やはりフリードリヒ王太子の力を削《そ》ぐことだ。

フリードリヒ王太子が万全である限り、サハージャに勝ち目はない。

フリードリヒ王太子の力は神の力。その神の力を限界まで削ぎ落とせば、勝利の目も見えてくるだろう。そう考え、ひとつとても良い案を思いついた。

ヴィルヘルムには異世界からの迷い子である男がひとりいる。

メイサのミスでこの世界に迷い込んだ男。彼は元の世界に戻りたいと切望していた。そして、罪滅ぼしからメイサが彼の願いを叶《かな》えようと東奔西走していることを私は知っていた。

その迷い子が、ヴィルヘルムの王太子夫妻と繋がりがあることも、だ。

異世界とこちらの世界を繋ぐには色々な方法があるが、間違いなくメイサは一番の安全策を取ると確信できた。

万が一、間違った世界に送ってしまったら、今以上に取り返しのつかないことになる。

だからメイサが取る方法はひとつだけ。

それは決して簡単なものではないが、十分に実現可能だった。

何せ、必要なのは魔女が三人以上に、特別な魔具、異界への入り口を開くための莫大《ばくだい》な神力。

そう、神力が必要なのだ。

今、この世界で神力を持つのは、それこそヴィルヘルム王族くらいのもの。

迷い子が帰ろうと思うのなら、ヴィルヘルム王族に助けを求めなければならないのだ。

王族に助けを求める。

普通なら不可能と思う案件だろう。だが、私は心配してはいなかった。

あの国の王太子夫妻は、己に助けを求める者を拒まない。

しかも、迷い子は今や王太子夫妻の部下でもある。迷い子が帰りたいと本心から願えば、手を差し伸べることは想像に難くなかった。

王太子は、迷い子を助けるだろう。己の力を使って。

力は一瞬で回復するようなものではない。単純な時間経過なのだ。つまり、王太子が力を使い果たした瞬間を狙《ねら》えば、一番弱っているヴィルヘルムを叩《たた》くことができる。

完璧《かんぺき》だ。

問題となるあとふたつの条件、『魔女が三人』と『特別な魔具』についても心配していない。

ヴィルヘルムの王太子妃を気に掛けている魔女は多い。ヴィルヘルムに住む薬の魔女デリスが声を掛ければ、ふたり程度、どうとでも集まるだろう。

最後のひとつ、特別な魔具に関しては、幸いなことに、私がすでに手に入れていた。

ヒユマの子供から対価としてもらった目。あの目こそが、異世界転移を可能とする魔具となり得るのだ。

あの魔具は、ちょっとやそっとのことで手に入れられるような代物ではない。

迷い子を帰すことに必死のメイサは、きっと目の色を変えて探すだろう。私はただ、自分に都合の良いタイミングで声を掛けてやれば良い。

お前の欲しがっている魔具を持っている。取り引きする気はないか、と。

あとはマクシミリアンに戦の準備を整えさせて、フリードリヒ王太子が力を失った瞬間に宣戦布告すれば良いだけのこと。

異世界転移はかなりの大魔法だ。使えば魔女である私には分かる。タイミングを見誤ることはない。

ついでに、マクシミリアンには他国を味方につけられるように、私の握っている情報を惜しみなく教えてやった。

アルカナム島が探している族長の息子イーオンが、今、ただの狼《おおかみ》として世界をさまよっていること。そして、異世界からの迷い子にタリムの第八王子が殊の外執着していること。

イーオンについては、私がやったことだし、第八王子に関しては、調べればすぐに分かること。だが、だからこそ利用しやすい。

そうして始まった、三ヶ国で一斉にヴィルヘルムを狙うという作戦。

残念ながら二ヶ国はすでに脱落してしまったようだし、その点をチクチクとマクシミリアンに突つかれムカつきはしたが、些《さ》細《さい》な出来事だ。

肝心のヴィルヘルムの王太子の力はまだ戻っていない。いや、じわじわとは回復しているようだが、一万の兵を倒すと言われる必殺技、魔法剣を使えるレベルになるにはまだ一週間ほどかかるはずだ。

だから、ヴィルヘルムを叩くのなら今なのだ。

今なら王太子がいたところでなんとでもなるし、私も協力は惜しまない。

サハージャがヴィルヘルムを倒し、本来あるべき歴史を変える。

そして告げるのだ。全てを計画したのはこの私だと。

ああ、想像しただけでも楽しい。

そう、思っていたというのに。

◇◇◇

「……何？」

突然、私が掛けた魔法が掻《か》き消された。

何かのミスかと思い、もう一度魔法を掛ける。だが、魔法が掛かった形跡はない。

よくよく見れば、ヴィルヘルム軍は態勢を立て直し、サハージャ軍へと襲いかかっていた。

無効化させていたはずの魔術攻撃も今は普通に効いているようだ。

どういうことかと思うと同時に、犯人が誰なのか気づき、舌打ちをした。

「いつもいつもいつも、私の邪魔ばかりして！」

「それは私たちの台詞《セリフ》だよ、ギルティア」

「デリス！」

後ろから声が聞こえ、振り返る。そこにはデリスにアマツキ、メイサにミーシャといった、四人の魔女たちが並んでいた。

彼女たちは自らの杖の先を私に向けている。厳しい顔つきに、もうバレたのかと苦々しい気持ちになった。

「……なにさ。四人も魔女が勢揃《せいぞろ》いで」

「分かってるんだろう？　私たちはあんたを止めに来たんだよ」

「止めに？　何を言っているのかさっぱり分からないねえ。私はただ、ここで両軍の戦いを見ていただけさ」

堂々と告げると、デリスが私をギロリと睨む。

「よく言うよ。散々、人間の戦争に首を突っ込んでおいて、見ていただけだなんて。ギルティア、あんたの遊びの時間はおしまいだ。くだらない真似はやめな。人間社会に必要以上に関わってはならないと、何度も口を酸っぱくして言っただろう」

「私は一度だって、その言葉に頷《うなず》いたことはないけどね。せっかく魔女として強大な力を有しているんだ。その力を思いきり使って自らをアピールして何が悪いというんだい」

「何もかもが悪いんだよ。――ギルティア。あんたを拘束する。これ以上、両国の戦に手出しはさせないよ」

「ケケッ、ケケケッ」

デリスの言葉につい、笑ってしまった。

「手出しはさせない？　ああ、いいとも。すでに打てる手は打ってある。サハージャ軍には私特製の強壮剤を飲ませているからね。私が魔法で援護しなくても、今の決定打に欠けたヴィルヘルムには負けないよ。あんたたちが来るには遅すぎたってわけだ。ケケッ、ケケケケッ！」

「ギルティア……あんたそんなことまで……」

「あんたたちは知らないだろう。毒の魔女だなんて言われているけどね、私は薬にだって詳しいんだ。サハージャは勝つよ。そして私の名は世界中に広まるのさ。あの無敵の王太子がいるヴィルヘルムを打ち倒した驚異の魔女としてね！　あんたたちの誰よりも私は有名になれるんだ！」

横並びに扱われるなんて虫唾《むしず》が走る。

私は、一番になりたいし、誰よりも優れていると皆に認められたい。

そうなって初めて全《すべ》てが満たされる。そう思っているのだ。

『魔女』としてしか認識されないなんてまっぴらごめんなんだよ。私は私として、この世界に爪痕を残したい。そう思って何が悪い！」

そのためにマクシミリアンに協力することを選んだのだ。ヴィルヘルムには私のためにもどうあっても負けてもらわなければならない。

だが、デリスは首を横に振った。

「――残念だけどね、アレには勝てないよ」

「は？」

まるでこちらを哀れむような目に、酷《ひど》い拒絶感を覚えた。

「どういう意味さね。ヴィルヘルムの王太子は神力を回復させきっていない。その状態でどうやって、私がドーピングさせた兵士たちに勝とうっていうのさ」

いくら王太子が強くとも、ひとりでできることには限りがある。

大技が使えない以上、ひとりで一万を倒すなんてことは不可能なはずだ。

そして一般レベルの兵士に、私が強化した兵士を倒すことは無理だと断言できる。

つまり、いくら王太子でも数には勝てないと言いたかったのだけれど。

だが、次に放たれたデリスの言葉に固まった。

「あんたは知らないだろうけどね、あの王太子は先祖返りなんかじゃないよ。あれは、初代国王の生まれ変わりだ。何せ、つがいの血に触れて神剣の色が変わったからね」

「……は……生まれ変わり？」

目を見開く。

デリスの言ったことが俄《にわ》かには信じられなかった。

愕然《がくぜん》とする私を余所《よそ》に、デリスが話を続ける。

「つがいの血に反応し、神剣が色を変えた。中に眠る精霊が反応した証拠《しょうこ》だ。すぐにでも精霊は目覚め、持ち主を守るために動き出すだろう。既にその片鱗は見えている。……あの剣は本来守りのためにあるもの。それはあんたも知っているはずだよ」

「……冗談、だろう？」

真剣な口調に、笑い飛ばすことができなかった。

だって生まれ変わりなんて、そんなことあるわけがない。

もしそれが事実なのだとしたら、前もって知っていたら、そもそもマクシミリアンに協力しようなんて思わなかった。

「冗談でもなんでもない。ここにいるアマツキやメイサも、神剣の色が変わる——いや、元に戻る様を見た。それにね、忘れてはないかい？　もうひとり、キーパーソンがいるってことをさ。あの王太子にはつがいがいる。青薔薇のつがいがね。生まれ変わった初代国王。そのつがいだというのなら、あの子も間違いなく初代王妃の生まれ変わりだ。それ以外に考えられない。あのふたりは出会うべくして出会ったんだ。記憶なんてないだろうけどね、間違いないと思うよ」

「……」

あり得ないと言いたいのに言えない。

絶句する私に、デリスは淡々と続ける。

「初代国王は人間になった際、己の力を制御するために、神だった頃の力の大半をつがいの中に預けていた。その力は今もなお、王華《おうか》を通してあの娘の中にある。……それにね、あんたもあの子が初代王妃と同じ、中和能力の使い手だと知っていたはずだろう？　ヒントは最初からあったはずだよ」

「そんなこと……」

ヴィルヘルムの王太子妃が中和魔法の使い手であることは知っていた。

そして、初代王妃が同じく中和魔法を使っていたことも。

でも、だからと言って、どうして初代王妃の生まれ変わりだと繋げられようか。

中和魔法の使い手は、決して多くはないが、ゼロだったわけではない。偶然と片付けるのが当然で、生まれ変わりかもなんて考えるわけがない。

冷や汗が背中を伝う。

何も言えない私に、デリスは気の毒そうな顔をしながら言った。

「神剣が本来の力を取り戻したことで、王太子は昔、己の妃《きさき》に預けた自分の力を引き出せるようになった。今はまだ慣れていないようだから上手《うま》く力を引き出せていないようだけどね、精霊が目覚めればそのサポートもできるだろう。あの王太子が力を取り戻すのは時間の問題だよ」

「精霊……」

神剣に宿る精霊。

昔、それこそ初代国王がまだ神だった頃《ころ》から存在する、今となっては最古の精霊だ。

とても変わり者で、自分から神の持つ剣に宿る精霊となった。

そして神が人となり、死んだあとは、自ら剣の奥底で眠りに就くことを選んだのだ。

いつか必ず彼は帰ってくる。その時に力になれるよう、眠るのだと。

それから約千年。

幾多の王が神剣を握ったが、その力を完全に引き出すことはできなかった。

精霊の力が漲《みなぎ》る神剣は本来青白く光ると言われているが、あの剣はいつだって黄金色に輝いたままだった。

「精霊は間違いなく目覚めるよ。あの神剣に宿った精霊は、初代国王の熱狂的な信者だからね。フリードリヒ王太子が初代国王の生まれ変わりだと気づいたのなら、どんなに深い眠りに就いていたって、絶対に出てくるし、己の主人を必ず守る」

デリスは断言し、私を見た。

「もう分かっただろう。あんたは、喧嘩《けんか》を売る相手を間違えたんだよ」

「……」

声も出ない。

明るく楽しかったはずの未来が、黒く塗りつぶされたような気がした。

6・彼と決着

「行け！　怯《ひる》むな！　前に進め！」

味方を鼓舞し、剣を振るう。

魔術戦で優位を取れなくなったと気づいたサハージャ軍は、すぐに魔術メインの戦いをやめ、騎兵や歩兵を投入してきた。

剣と剣がぶつかるどこまでも血生臭い戦い。だが、泣き言を言ってはいられない。

ここで負ければ、サハージャ軍は王都に軍を進めるだろう。

王都には父もいるし、近衛《このえ》騎士団も、残してきた魔術師団の半分もいるが、間違いなく民間人に被害が出る。

それは避けたいし、私が負ければ士気に大きな差が出てしまう。

なんとしてもここでサハージャ軍を叩き潰さなければならないのだけれど、サハージャ軍の兵士は想像以上に強く、苦戦を強《し》いられていた。

ひとりひとりが不気味なくらいに強い。

とはいえ、私はなんとか戦えていたけれど。

神剣はいまだ障壁を張り続けてくれていたし、その神剣から何故《なぜ》か力が流れ込んできていて、私を回復させてくれていたからだ。

不思議な感覚だった。

流れ込んでくる力はどこか甘く、つがいであるリディの存在を強く感じさせる。

リディが私を助けてくれているような、そんな気持ちにさせられた。

そしてリディを感じる私が負けるはずもなく、だからこそ戦えているのだけれど。

とはいえ、一兵卒に同じ戦果を期待するのは難しいところだ。実際、今のサハージャ軍は彼らの手に余るようで、気づけばじわじわと押されていた。戦況はかなり厳しいものとなっている。

このままでは数の力で負けてしまう。その前にこの状況をどうにかしなければと考えた時だった。

魔法を通じて、戦場にあの男の声が響いた。

「――全軍、突撃」

長引かせず、一気に勝敗を決してしまおうというのだろう。それは正しい判断だ。勝利を確信した声は間違いなくマクシミリアンのもので、唇を噛《か》みしめた。

「くっ……」

鬨《とき》の声を上げ、サハージャ軍がこちらに突撃を仕掛けてくる。

このままでは、間違いなく戦線を崩され、敗走を余儀なくされるだろう。皆が焦り、私を見た。

「殿下！」

「殿下、このままでは……！」

「殿下、ご指示をお願いします！」

ウィルですら焦燥感を前面に押し出している。

このままでは負ける。誰《だれ》もがそう思っているのは明らかだった。

ここは急ぎ退却の指示を出し、被害を最小限に抑えるべきだ。

しんがりに神剣の結界がある私、そして魔術師団が残れば、それなりに時間は稼げるだろうし。

——仕方ない。

退却する、と言葉が喉《のど》元まで出かかった。その時だった。

「おっはようございまーす！　ふわーっ、出遅れた！」

「っ⁉」

突如、場の雰囲気を全く読まない、酷《ひど》く明るい声がした。

少し高い、子供のような声音《こわね》。

ポンッという音がして、それは私の目の前に現れた。

「なっ……」

小さな青い竜だ。

とはいっても、本物の竜という感じではない。まるでぬいぐるみのような愛らしい見た目だ。体長は三十センチくらい。抱えられる大きめのぬいぐるみといった感じだった。

二本の角に、長めの尻尾。目の色は金色だ。背中には羽がついていて、パタパタとせわしなく動いている。

リディなら、ぬいぐるみが動いた、可愛《かわい》いと大喜びしそうな外見だ。

そんなミニドラゴンは何故か首に愛らしい青い薔薇《ばら》のチョーカーをつけていた。

ポンッ

フワフワと浮き、酷く嬉《うれ》しそうに笑っている。

ミニドラゴンは私を見ると「はわわっ」と身体《からだ》を震わせ、次に目を輝かせて飛びついてきた。

「うわっ!?」

ぷにっとした不思議な感触に思考が一瞬止まる。

「きゃー！　王様だー！　本物！　絶対、絶対に生まれ変わってくるって僕、信じてました！　長かったけど、待ってて良かった～。英断だった～」

「？？？」

「久々の王様だ～。すうはあ、すうはあ……あっ、良い匂《にお》い。やっぱり王様の匂いは格別だわ。飛べそう」

「……おい」

思わずむんずと『それ』を掴《つか》んだ。ミニドラゴンは首を傾《かし》げ、私を見る。

「なんですか、王様。うっふふ。若いですね～。若い王様も良いなあ～」

「……私はまだ即位していないが」

「些細《ささい》なことですよ。僕にとっては王様は王様なので！　渾名《あだな》みたいなものだと思って下さい☆」

「……お前は何者だ」

テンションが高い。

そして私のことを『王様』と呼ぶこのミニドラゴンの正体が分からない。尋ねると、ミニドラゴンは「え？」という顔をした。しょんぼりと身体を曲げる。

「なんで？　ずっと一緒にいたのに、僕が分からないんですか？　やだ～。僕、泣いちゃいますよ～」

「……ずっと一緒？」

「一緒ですよね？　だってそれ、僕ですから」

私の握る剣を指さす生き物。思わず、言った。

「……アーレウス？」

「そうですよ！　もう、王様ってばうっかりさんなんですから！　は～、忘れられるとか嫌すぎなんだけど！」

キャッキャとはしゃぎながら、ミニドラゴンいや、アーレウスが私の周りを飛び回る。

もしかしなくても、このミニドラゴンが神剣の中に眠っていた噂《うわさ》に聞く精霊……？

「ハア!?」

愕然《がくぜん》とした。

勝手な想像ではあるが、精霊なんて呼ばれているくらいだから、いるのならもっとこう、崇高な存在だと思っていたのだ。思わず崇《あが》め奉りたくなるようなそういう……。

まさか、こんなぬいぐるみのような見た目のミニドラゴンが出てくるとは思わず、絶句するしかない。

これが……アーレウス……。

神剣に宿るといわれる偉大なる精霊。これが……？　このぬいぐるみ感溢《あふ》れる生き物が？

「……」

頭痛がする。

感覚的に嘘《うそ》を吐《つ》かれているようには思えないから、彼が神剣に宿る精霊だというのは本当なのだろうが……期待していたのとは斜め上すぎる様相にどう言えばいいのやら分からなかった。

何も言えない私に、はしゃいでいたアーレウスが「あ」と手を打つ。

その仕草は愛らしいが、言ってることは可愛くない。

「そうだ。忘れてました～☆　王様、今、危ないところなんですよね」

「っ！　その通りだ」

アーレウスの言う通り、現在サハージャ軍が突撃してきているところであり、のんびり話している暇はない。なのに彼は落ち着き払っている。

「大丈夫ですよ。今、時を止めてますからね。僕と王様のおおよそ千年ぶりの直接対話。誰にも邪魔はさせませんっ♪」

「時を止めた、だと？」

とてもではないが信じられない話に目を見開く。アーレウスはえっへんと胸を張った。

「はい！　僕、とーっても優秀な精霊なので！　千年も眠っていれば、それくらいの力は蓄えられます。えへへ、すごいでしょ？　褒めてくれて良いんですよ！　というか褒めて下さい～。僕、王様に褒められるの好き～」

「……」

自ら頭を差し出してくるアーレウスに呆《あき》れつつ、無言で額の辺りを撫《な》でた。

そして確かに周囲の動きが全部止まっていることに気づく。

こちらに向かってくるサハージャ軍も、私に逃げるよう告げるウィルたちも皆が動きを止めていた。

時を止める。

まさに神の御業《みわざ》としか言いようがないが、千年を生きる精霊なら彼の言う通り、可能なのかもしれなかった。

「……これは、どれくらいもつ？」

いくら信じたくなくても、事実としてある以上、受け止めなければならない。

具体的にどれくらい時を止めていられるのかと尋ねると、アーレウスは残念そうに言った。

「もうすぐ解けちゃいます。時を止めるってやっぱり相当キツイんで、長時間はちょっと難しいですね～。いやでも！　王様がやれって言うならやりますよ！　僕、チョロいので！　頑張れって言ってくれれば頑張りますっ！」

「……頑張れ」

半信半疑ではあったが、一応そう言うと、アーレウスはくるりとその場で一回転した。

「はいきたー！　王様の頑張れ、頂《いただ》きました！　よーし、僕の底力、見せちゃいますよ～！　……とまあ、それはそうとして本題に入って良いですか？」

「……落差が激しすぎないか？」

突然、普通のテンションで言われ、閉口した。

なんというか、ついていけない。

それでもなんとか頷《うなず》くと、アーレウスはニコニコと笑いながら言った。

「今、王様は力を失っていますよね。でも、戦わなくてはいけない状況だ。そんなあなたに朗報です。あなたには力がある。遠い昔にあなたが、あなたのつがいに預けた力が。その力を流すお手伝いをいたしましょう。大丈夫。ちょっとコツは要りますけど僕がいますからね、簡単ですよ」

「つがいに預けた力？　なんのことだ」

「？　気づいていますよね。今、あなたに僕から少しずつ力が流れ込んできていること。それのことですよ。今のままだと、完全回復まで相当時間が掛かっちゃいますから、お手伝いしようかな～と」

「確かに、お前の言う力は感じているが……」

握った神剣から流れ込んでくる、どこかリディの温《ぬく》もりを感じさせる力。

そのことを指摘され、動揺しつつも頷いた。アーレウスが当然のように言う。

「今のままじゃ、魔法剣、使えないでしょ？　だからこそのお手伝いなんですけど」

「！　……どうすればいい」

魔法剣と言われ、アーレウスを見た。

魔法剣が使えれば、この不利な状況を覆すことができるからだ。私の言葉を聞いたアーレウスがにんまりと笑った。

「だからお手伝いしますって。でもその前に」

ぺこりと一礼し、アーレウスが言った。

「今世の王様のお名前をお聞きしても？」

「？」

どういう意味だと思い、アーレウスを見る。彼は真《ま》っ直《す》ぐに私を見返してきた。

「あなたは王様ですけど『前』とは違うってことは分かってます。だからあなたの口から『今』のお名前を聞きたいんです」

「……フリードリヒ・ファン・デ・ラ・ヴィルヘルム」

アーレウスの言う『前』や『今』が何を指すのかは分からなかったが、それでも答えた。

なんとなくだけれど、その必要があると直感したからだ。

精霊がキュッと目を細める。

「フリードリヒ……ふふっ、お懐かしい。ええ、了解しました。僕、精霊アーレウスは、今世もあなたにお仕えしますよ。そう、あなたとお約束しましたからね」

「え……」

「はい、というわけで、行きますよ～」

「!?」

アーレウスの言葉と同時に、少しずつ流れ込んできているように思えた力が、まるで奔流の如《ごと》き勢いで雪崩《なだれ》込んでくるのを感じた。

それはまだ力半分も回復していなかった私の力をあっという間に回復させていく。

「……これ、は……一体、何が」

剣を握っていなかった方の己の掌《てのひら》を見る。

ぐんぐんと力が回復していく。ものすごい勢いだ。

思わず、アーレウスを見る。

「何をした？」

「えーとですね、王妃様からのお力を受け取るために、詰まっていたパイプの通りをよくした、みたいな感じだと思って下さい。あ、ほら、完全回復したでしょう？」

その言葉に、ハッとした。確かに、彼の言う通り、力は完全回復している。だが、それどころではない。私はアーレウスを掴むと、ブンブンとその身体を縦に振った。

「リディは？　私の妃《きさき》の身に何か問題が起こっているとか、そういうのはないのだろうな⁉」

「うわあああ……目が回るぅ。だい、大丈夫ですって、何もないですよお。大体、王様の大事なつがいの不利益になるような真似《まね》、この王様王妃様固定カプ厨《ちゅう》、同担歓迎、過激派の僕がするはずないじゃないですかぁ」

「……？」

「あっ、別に理解していただかなくて大丈夫です☆　とにかく、王妃様にはなーんの不利益もありませんのでご安心下さい」

「……それならいいが」

リディを犠牲《ぎせい》にしてまで回復などしたくない。

彼女に何もないと聞いて安堵《あんど》した。しかし、よりによって王妃とは。

私を国王と呼ぶのなら、リディは王妃で間違っていないのだが、まだ即位もしていないのにそう呼ばれるのは困るし、なんとかしてもらいたいところだ。

アーレウスから手を離すと、彼はフラフラと飛びながら言った。

「……さ、さ～てさて、そろそろ本気で限界です。時を止めるのは終わり！　でも、大丈夫ですよね？　力、回復しましたよね。それならたとえいくら数がいようと、王様の敵ではありませんよね？　だって僕がいるんですから！」

どこか期待するような目でアーレウスが私を見てくる。その言葉に笑った。

「そうだな」

アーレウスの言う通りだ。力が回復しているのなら、サハージャ軍など物の数とも思わない。

私は馬上からアーレウスを構え、敵を見据えた。

まだ、時は止まっている。アーレウスが「きゃー！　僕を持って構える王様格好良い！　決まってる～！　ひゅう～」と実に気の抜けることを言う。

握った神剣からは、今までにない力を感じていた。ドクドクと脈打ち、まるで剣が生きているかのような感覚。

心なしか重さも軽くなっているように思う。

多分、アーレウスが目覚めたからだ。それ以外に考えられない。

もはや、疑う余地もなかった。神剣アーレウスの精霊は間違いなく彼なのだ。

深呼吸をする。

放つ技の名前を口にしようとした時、アーレウスが言った。

「はーい、はい！　リクエスト、良いですか⁉　僕、久々に王様の雷撃技を見たいな～」

「……雷撃？　まあ、構わないが」

まさか技のリクエストをされるとは思わなかったが、拒否する理由もなかったので頷いた。

アーレウスが告げた技は、普段はあまり使わないものだ。この技は剣先から雷撃が走るのだけれど、非常に派手で、攻撃範囲が広い。更に言うと、とても繊細な、それこそ遠く離れた針の穴に糸を通すような緻密な神力制御が必要となるのだ。だが、王華《おうが》があって、更にはアーレウスが目覚めた今の私には簡単なことだし、劣勢状況にある今なら、少し派手くらいでちょうど良いのかもしれない。

身体に巡る神力を引き出す。力はすでに溢れんばかりに回復していて、余裕で技を放つことができそうだった。

引き出した神力を慎重に剣に乗せる。青い刀身はすでに放電状態となっていた。

アーレウスが軽い口調で言う。

「王様、良いですか？　時間、動き出しますよ」

「ああ、いつでも」

「OKです。じゃ、いっきまーす。カウント、3、2、1——解除！」

「紫電三閃《しでんさんせん》——黄龍《こうりゅう》！」

解除の言葉とほぼ同時に技を放つ。

放った雷撃がバチバチと音を立てて地を走る。その様が、まるで雷《いかずち》を纏《まと》う龍が敵兵に襲いかかっているかのように見えた。龍は途中で三方向に分かれる。
立ち尽くすだけで何もしようとしていなかった私が突然魔法剣を放ったことに、敵兵が目を見開いたのが見えた。それもすぐに青紫色の光に呑《の》み込まれる。

「うわああああああ!!」

爆発音と共に、悲鳴が聞こえる。

全力で放った魔法は、見事に敵兵たちを倒したようだった。

「いえーーーい！」

アーレウスが興奮した声ではしゃぐ。どこから持ち出したのか、彼は両手に立て札のようなものを持っていた。そこには『王様、素敵』『こっち向いて』と書かれてある。

「アーレウス……」

「ひゅう！　王様、格好良い！　やっぱり王様はこうでなくちゃ～。さすがは僕の最推《さいお》し～。生まれ変わっても素敵！　きゃあ！」

「……」

嬉しそうにクルクルと空中を舞うアーレウスをなんとも言えない顔で見る。

なんというか、今までに見ないタイプだ。

精霊を見たのは初めてだが、皆が皆、こんな感じなのだろうか。精霊にはもっと神々しいイメージを持っていたのだが、見事にガラガラと崩れた心地だ。

いや、でもリディとは相性が良いような気もする。

ふたりが一緒になってはしゃいでいる姿が簡単に想像でき、思わず笑ってしまった。

「……殿下？」

キャアキャアと騒ぐアーレウスを呆れながらも見ていると、後ろからウィルが私を呼んだ。

振り返る。彼は目を見開いて、私を凝視していた。

「今のは一体……」

驚いているのはウィルだけではない。彼と一緒に私に逃げろと言っていたリヒトたちも、信じられないという顔をしていた。

彼らからしてみれば、使えないと聞いていたはずの魔法剣をいきなり使ったのだから、そういう顔をされるのも当然だろう。

しかも時が止まっていたのだ。何がどうなったのか分からなくて当たり前だと思う。

喜ぶよりも不審な顔をしている皆に、とりあえずはと説明をする。

「……そう、だな。少々、反則的な方法ではあるが、力が回復したんだ。だから、魔法剣を使った」

「回復？　それは、どういう……というか、殿下のお側《そば》にいるソレは何ですか」

ソレ、と言われたアーレウスがムッと頬《ほお》を膨らませる。

「ソレとは失礼な。たかが人間風情が偉そうに。僕は、王様の唯一《ゆいいつ》無二《むに》の相棒とも呼ぶべき存在。崇め奉るのが当然では？」

発せられた言葉は実に冷ややかなものだった。今までの高すぎるテンションが嘘みたいだ。

「アーレウス？」

「なんですか、王様♪」

声を掛けると、先ほどと同じご機嫌な声で応じてくる。どうやらアーレウスは、私とそれ以外で対応を完璧《かんぺき》に分けるタイプのようだ。

彼は精霊という存在で人間とは考え方が全く違うのだろうということは分かるが、こうもあからさまに態度を変えられると頭痛がする。

「……殿下?」

ウィルが眉《まゆ》を寄せる。怪訝《けげん》な顔をする彼に、申し訳ないと思いいつつも告げた。

「ウィル、すまない。彼のことも含め、話は全《すべ》てあとでする。今はサハージャ軍のことに集中しよう」

「っ!　そう、そうですね。すみません」

私の言葉に、ウィルがハッとしたような顔をする。今、戦争の真っ最中だということを思い出したのだろう。実際、説明をしている場合ではないのだ。

「……」

相手方を窺《うかが》う。

爆発したあと、白い煙が出て、様子が分からなくなっていたのだ。

今は煙も収まったようで、敵軍の状況が見えてきた。

もしまだ敵兵が多く残っているのなら、もう一撃放ってもいい。

それくらいの余力は残っている。

だが、その必要はなさそうだった。

リヒトが呆気《あっけ》にとられた顔で言う。

「これは……すごい……」

煙が晴れ、見えてきたのは、実に八割以上の兵を失ったサハージャ軍だった。

こちらに突撃してきた兵たちの姿は見る影もない。地に伏せ、呻《うめ》き声を上げている。

もはや壊滅状態と言って良いだろう。

何せ、私の技を正面から受ける羽目になったのだ。反撃されると思っていなかった上での攻撃。

それは通常以上のダメージを敵に与えたようだった。

「さっすが王様！　相も変わらぬ破壊力！　王様以上に僕を使いこなせる人はいませんね！　僕も鼻が高いです！　いや〜、本当に目覚めて良かった！」

キャアキャアと先ほどと同様にはしゃいでいるのはアーレウスだ。嬉しくて堪《たま》らないのか、空中をパタパタと飛び回っている。

「ヴィルヘルムの勝ちで決まりですね！」

「……まあ、そうだな」

アーレウスの言葉に頷く。ここからサハージャが軍を立て直せるとは思わない。

八割以上の兵が倒れたのだ。残り二割の兵はといえば、顔中に恐怖を張りつけていて、とてもではないが戦えるような状況ではなかった。

「……マクシミリアン」

残った兵の中に、マクシミリアンの姿を見つけた。

かなり遠くではあるが、敵兵がほぼ全て倒れたことで、彼の姿が見えたのだ。

最後尾にいたのと、咄嗟《とっさ》に味方が彼を庇《かば》ったことが功を奏したのだろう。彼は無傷のようだった。

だがその表情は強《こわ》ばっていて、まるで酷い悪夢でも見たかのような顔をしている。その目が、私を捉えた。

「……」

マクシミリアンが目を見開く。静かに見返した。

聞こえないことは分かっていつつも、彼に告げる。

「お前にリディは渡さない。彼女は私の妃だ」

聞こえるはずもないのに、何故かマクシミリアンが悔しげに顔を歪《ゆが》めた。

ギロリと私を睨《にら》みつけ、馬を操り、背を向ける。そんな彼を守るように、二十騎ほどがあとを追った。

ウィルがハッとしたように言う。

「殿下、マクシミリアン国王が逃げます！　魔術で追いますか」

「……いや、深追いはしたくないし、勝ったのならそれでいい」

「ですが……放置すればまたマクシミリアン国王はヴィルヘルムを狙《ねら》います」

「そうだろうな」

ウィルの言葉に同意する。

今、見逃《みのが》せば、また同じことが起こる。それはその通りだと思ったけれど、わざわざ後を追おうとまでは思わなかった。

「来るのなら、また追い返すだけのことだ。それにたとえ彼を捕らえ、処刑したところで変わらないと思うぞ。何せサハージャは血の気が多い国だ。国王が替わったくらいで、国の方針が変わるとも思えない。どの国王になったところで、起こることは同じだ」

「……確かに、それはそうかもしれません」

私の言葉に、その場にいた全員が渋い顔をした。

サハージャという国は昔から好戦的なのだ。それを皆、よく知っている。

逃しても良いと言うと、ウィルは息を吐き、笑顔を向けてきた。

「追うなとおっしゃるのならやめておきます。ですが殿下、ひとつだけお願いしても？」

「何だ？」

首を傾げる。ウィルは笑いながら私に言った。

「勝ち鬨《どき》を上げて下さい。僕たちは勝ったのですから」

「ああ、そうだな」

目を瞬かせ、頷く。

確かに敵軍をほぼ壊滅状態にした上で、敵の大将は逃げたのだ。

勝ち鬨を上げるのが正しいだろう。

「……」

皆が私の言葉を待っている。それを理解し、声を上げた。

「皆、勝ったぞ。ヴィルヘルムの勝利だ！」

少し遅れて、歓声が上がる。

一番うるさかったのが、私の周囲を飛び回るアーレウスだ。

何故か『王様しか勝たん』という立て札を持っている。一体どこから出してきたのか本当に謎だ。

「王様！　僕の王様の勝利！　そうだ！　久しぶりに僕の『王様ノート』を更新しなくちゃ！　あ、新しい王様になったんだから新章にした方がいいかな。やだ～、滾《たぎ》る～」

「……王様ノート？」

「僕の秘蔵のノートなんです。王様の勇姿を書き留めるための素敵ノート！　あ、ご覧になります？　王様になら見せてあげますよ！」

「……必要ない」

「えー、残念」

口を尖《とが》らせつつも、どこか楽しそうなアーレウスにため息を禁じ得ない。

ウィルたちがアーレウスを変なものを見る目で見ている。時々私に視線を向けるのは、早く説明して欲しいからだろう。

どう説明したものかと思いつつ、響き渡る歓声の中、空を見上げた。

そうして、呟《つぶや》く。

「リディ、勝ったよ」

戦いが始まってからずっと、そして今も、全身でリディの存在を感じていた。アーレウスが助けてくれたことには違いないが、彼はあくまでも手助けしてくれただけ。私の力を回復させてくれたのは、今は遠く離れた地にいる彼女なのだと分かっていた。

私のつがいである彼女が力をくれたから、だから私は勝てたのだ。

リディに負担はないという話だから、必要以上には心配していないが、今すぐ会って彼女を抱きしめ、ありがとうと言いたかった。

リディがいなければ、きっと勝てなかった、と。

王都のある方角を見つめる。

リディがいるそちらに向かって手を伸ばした。

「いつだって、私を助けてくれるのはリディなんだ」

愛《いと》おしいつがい。

私の唯一《ゆいいつ》、私の全て。

私の生殺与奪を握るただひとりの女性。

今、どうしようもなく、リディの顔が見たかった。

7・薬の魔女と毒の魔女（書き下ろし・デリス視点）

遠く離れた場所から、歓声が聞こえる。

勝利を喜ぶ声だ。

どちらの軍勢が発したものなのか、言われなくても分かる。

ヴィルヘルムが勝ったのだ。

「ほら、私の言った通りだっただろう？」

地面に膝《ひざ》をつくギルティアを哀れみの籠《こ》もった視線で見つめる。

そもそも、あの王子に勝とうなどと考えたのが間違いだったのだ。

彼が初代国王の生まれ変わりであることは、早い段階から予想できていた。

そもそもが、象徴華が青薔薇《ばら》なのだ。

象徴華。

昔から、ヴィルヘルム王家に男児が産まれる時には、王族居住区のとある場所に花が咲く。

それは咲くまで分からない。

男児が産まれてから見にいくと、今まで何もなかったはずの場所にひっそりと花が咲いているのだ。

その花が象徴華で、王華《おうか》の儀式を行う時に、妃《きさき》の胸元に現れる華でもあった。

象徴華はひとりひとり違うものだが、過去、青薔薇を象徴華に持った王族は初代国王を除けばあの王子しかいない。

しかも王子は歴代に類を見ないほどの強い力の持ち主。

父親である現国王などは先祖返りと判断したようだが、私の見解は違った。

そして、あの子《リディ》が現れる。

この時点で、ほぼ確定していた。

なにせ、初代王妃は中和魔法の使い手だったから。

あの子もまた、中和魔法の使い手。そして、青薔薇の王子のつがい。

あの子の身の内に、あの子のものでない力が渦巻いていることには気づいていた。そのせいで、普通の魔法が上手《うま》く使えないみたいだったが、まあ、そこは些細《ささい》な問題だろう。

王華があればなんとでもなる。

私はずっと友人としてあの子と、その夫である王子を観察し続けてきた。

おそらく初代の生まれ変わりであろうふたり。彼らに記憶はないようだったが、それは幸せなことだと思う。

千年も前の記憶など持っていたところで良いことなど何一つないのだから。

そして少し前、予想は確実なものとなった。

王子の持つ神剣が、あの子の血を受け、覚醒したのだ。

青白く光る刀身を見て、ああ、これは間違いないとその場にいた魔女の誰《だれ》もが確信した。

あの子たちは、初代国王夫妻の生まれ変わりだ。それ以外、あり得ない。

過去、誰一人として、刀身の色を変化させたものはいなかった。

初代国王が持っていた神剣の刀身が本当は青白く輝いていたことを知るのは、今や魔女である私たちくらいだ。

初代国王崩御と共に神剣は眠りに就き、その身を黄金色へと変えた。

いつか彼が帰ってくる。それを信じ、およそ千年も眠っていたのだ。

それをあの子と王子が目覚めさせた。

神剣はあの子の血を受け、かの王が還《かえ》ってきたことを知り、本来の姿を取り戻した。

そしてそうなった以上、サハージャがいくらギルティアを味方につけたところで、勝利を掴《つか》めるはずもない。

事実、ヴィルヘルムは勝利した。

精霊は目覚め、自らが仕える王のために働いた。その結果がこれだ。

「これに懲りたらヴィルヘルムに絡むのはやめな。もう分かっただろう。あんた程度がどうにかできる国じゃないんだよ」

「……」

認めたくないのかギルティアは私たちから顔を背けた。

その表情は悔しげだ。

ギルティアは昔から自分の力を誇示することに拘《こだわ》りを見せていた。だからこそ、己の思う通りに事が運ばなかったのが許せないのだろう。

「サハージャは負けた。あんたは負けたんだ。そして、何よりもあんたはやりすぎた。魔女としてやって良い範囲を逸脱しすぎたんだよ。しかも何度も。だから、あんたを封印する」

「っ!? 冗談じゃない！」

ギョッとした顔でギルティアが私たちを見る。

「封印だって？ 何故《なぜ》、そんなことをされなきゃならない。私はただ、私という存在を皆に知らしめたいだけだ。それの何が悪いっていうんだ！」

「悪いに決まっているだろう。魔女は、前に出ていくものじゃない」

「ふざけるな！ 私は封印などされない。されるものか！ これからだって私は好きに生きていく！」

ギルティアが立ち上がり、魔法を行使しようとする。だが、させない。

ミーシャとアマツキがギルティアより先に魔法を使い、彼女の動きを封じた。

メイサが封印の呪文を唱え始める。

「待て、待ってくれ！ 私は、まだ――」

地面から緑色の蔓《つる》が伸び、ギルティアの身体《からだ》を拘束していく。対魔女用の特別な拘束魔法だ。

いくらギルティアでも、ひとりでこれを解くことはできない。

いつか長い時間が経《た》ち、自然に魔法が解ける時がくるかもしれないけれど、それは百年後か二百年後か。それくらい先の話だ。

私もメイサに協力し、呪文を唱える。蔓に覆われたギルティアは断末魔のような声を上げた。

「ア、アアアア――！」

「ここまでしたくなかったんだけどね」

世界に七人しかいない魔女。

仲間意識は弱くはない。だけど、ルールはルールだから。

拘束が完了したギルティアが土の中へと沈んでいく。それを四人で見送った。

ギルティアの姿が完全に土の中へと消えたのを確認し、息を吐《つ》く。

そうして小さく呟《つぶや》いた。

「あんたはもう退場するしか道はなかった」

それだけやりすぎたということ。

今回の件だけでなく、ギルティアはこれまでにも色々と魔女として罪を犯しすぎた。

だからこその顛末《てんまつ》。

それは魔女を戦場に連れてきたあの国王にも言えることだけど。

それは人同士で解決すべき問題で、私たちが口を挟むことではない。

だから私たちは私たちの世界に生きる者を私たちの掟《おきて》に従い封じ、あとのことには目を瞑《つむ》った。

8・銀灰の王と自業自得（書き下ろし・マクシミリアン視点）

「こんな……信じられるものか……！」

退却を余儀なくされながらも、吐き捨てるように呟《つぶや》く。

どうしてこんなことになった。

勝てるはずだった。今度こそフリードリヒに勝ち、その首を持ち帰るはずだったのに――。

◇◇◇

ヴィルヘルムとの戦は我が軍の優勢で進められた。

何せ、今回の戦にはギルティアが出ている。

向こうの魔術を無効化させ、逆にこちらの魔術は強化させる。そんな魔法をあの魔女は離れた場所から行使しているのだ。

「くくっ……」

魔術が使えないことに動揺するヴィルヘルム軍。

彼らはこちらの攻撃に為《な》す術《すべ》もなく、総崩れ状態になっていた。

それは最前線にいるフリードリヒもだ。

彼は今、魔力を失い、必殺の魔法剣を使えない。

慌てふためく彼らの様子がおかしくて堪《たま》らなかった。

今のヴィルヘルム軍に反撃する気力はない。この機に一気に崩し、倒しきる。

そうしてこの戦を制するのだ。

まずは一勝。敗走するであろう奴《やつ》らを追い、西の砦《とりで》を落としたあとは、王都に攻め入る。

計画は完璧《かんぺき》だった。

完璧のはずだった。

なのに、いきなり風向きが変わったのだ。

まず、突然、向こうの魔法が使えるようになった。こちらの攻撃が向こうに阻止されるようになった。

おかしいと思い、ギルティアを呼び出そうとした。

だが、いくら呼んでもギルティアは反応しない。どういうことかと苛《いら》つくも、返事を待つ余裕はなかった。

何せ、向こうはすっかり軍勢を立て直しているのだから。

「仕方ない」

魔術攻撃が効かなくなったのなら、剣を持って攻めるしかない。

魔術で片付くならそれに越したことはなかったが、無理なら別で対応するのみ。

剣と剣を交えた戦いは泥沼になりそうな様相を見せ始めた。

うちの兵は、ギルティアの薬のお陰で、普段では出せない力を発揮できている。

だが、ヴィルヘルムの兵は強いのだ。

フリードリヒが前線で皆を鼓舞しているせいか、士気が異常に高く、なかなか決定機を作らせない。

そのせいか、短期決戦で決めてしまいたかったのに、時間が掛かり始めていた。

これはまずい。このままでは最終的にフリードリヒの方に軍配が上がるだろう。奴が一騎当千の剣の使い手であることはよく知っているし、兵のドーピングにも限界がある。時間が経《た》てば経つほどこちらは疲弊し、逆にフリードリヒにとっては有利な状況になっていく。

「全軍突撃」

だから、早めに手を打つことにした。

この今のタイミングなら、数で押せる。

いくらフリードリヒでも、ひとりでドーピングが効いている状態のサハージャ全軍の相手はできないだろう。

反撃されるとすれば魔法剣しかないが、その手段は封じられているのだから。

勝てる、と思った。

フリードリヒの上に立てると疑いもしなかった。今度こそ奴を倒せると。

だが、現実はあまりにも無情だ。

あっという間に戦況はひっくり返された。

何が起こったのか。瞬きの間に全《すべ》ては終わっていた。

「？」

本当に何が起こったのか分からなかった。

サハージャ軍に突撃され、少なくない被害を受け敗走するであろうはずが、何故《なぜ》かフリードリヒは剣を構え、あの悍《おぞ》ましい魔法剣を放ったのだ。

魔法剣。

ヴィルヘルムと戦うにあたって、私が何よりも警戒していたもの。

あれは最早、兵器だ。

一撃放たれれば、どんな強者《つわもの》を集めていても無意味。軍は壊滅状態となってしまう。

それが分かっていたからこそ、フリードリヒが魔力を失う時を待っていたのだし、その上で全ての計画を練った。

ギルティアは言っていた。

奴はまだ一週間は、本調子に戻らないと。

つまりは、一週間しか猶予はないのだ。奴が全快するまでに全てを決着し、その首を取る。それしかないと分かっていたのに。

「何故だ……」

目の前に映る光景が信じられない。

大勢のサハージャ兵が負傷している。中には死んだ者も、大怪我《けが》を負った者もいた。

かなりの人数を投入した今回の戦。

その実に八割が、彼の一撃で戦闘不能に陥った。

突如として繰り出された鮮烈な攻撃。雷《いかずち》が走る。逃げる暇などなかった。

ヴィルヘルムに突撃を仕掛けていた兵たちの殆《ほとん》どが奴の攻撃範囲内に入っており、気づいた時にはそのほぼ全てが倒れていたのだ。

私が攻撃を受けなかったのは、運が良かっただけ。

最後尾にいたのと、奴の射程範囲内からほんの少しずれた場所にいたから。それだけだと分かっていた。

「……」

呆然《ぼうぜん》と死屍《しし》累々となった戦場を見る。

そこは、地獄だった。怪我を負った兵士たちの呻《うめ》き声と、無事で済んだものの戦意を喪失してしまった兵士たちの嘆きで溢《あふ》れていた。

一瞬でこの地獄を作り上げたフリードリヒにゾッとする。

「痛い……痛い……助けて……助けてくれ……」

「ああ、やっぱり……悪夢の王太子は健在だったんだ」

「ヴィルヘルムに手を出すことが間違っていたんだ……」

「嫌だ。もう二度とあの王子の前に立ちたくない」

「紫の光が走って……うわあああああ」

戦場に負の感情が充満している。

ギリッと唇を噛《か》みしめた。

先ほどまであった勝利の予感はとうに消え去っていた。今、私が感じているのは途方もない絶望と無力感。そしてどこまでも縮まらない奴との距離。

「……どういうことだ」

フリードリヒは、魔力を失っているのではなかったのか。

回復するまでまだ一週間あるのではなかったのか。

それならどうして奴は、あの忌ま忌ましい魔法剣を使えているのか。

八割以上の兵士を一瞬で失ったことが俄《にわ》かには信じがたい。

だが、戦場の状況が、これが現実なのだと強烈に主張してくる。

「フリードリヒ……」

兵士が倒れたせいで見通しの良くなった戦場。その先にいる、あの男と目が合った気がした。あっさりと戦況をひっくり返した男は、青白く輝く剣を持ち、凪《な》いだ瞳《ひとみ》で私を見つめている。そのことにも腹が立った。

私の姫を妃《きさき》として娶《めと》った男。

私の姫に——愛されている男。

「……くそっ。一旦《いったん》退却する」

こんな全滅と言っていい状態で、これ以上あの男とはやり合えない。

何せ、奴は使えなかったはずの魔法剣を行使してきたのだ。他《ほか》にどんな隠し球を持っているかもしれない中、僅《わず》かな兵を率いて突撃するには無理がある。

「ついてこられる者だけついてこい」

言い捨て、馬を駆る。

「陛下、お待ち下さい！」

すぐに側近たちが後を追ってきた。とにかく今はできるだけ遠くに逃《のが》れることだ。

認めたくはないが、あの男の攻撃をまともに受けて、無事でいられる自信はない。

先ほど兵士も言っていた『悪夢の王太子』という二つ名を嫌でも思い出してしまう。

ああ、まさにこれは悪夢だ。

勝利を目前にしておきながらのどんでん返し。手の届くはずだったものが、あっという間に遠ざかった。

これを悪夢と言わずして何と呼ぼう。

「……覚えておけ、フリードリヒ。私はこんなものでは終わらない」

幸いにも、ヴィルヘルム軍は追っ手を出していないようだった。

何を考えているのかは分からないが、助かる。

とにかく今は一刻も早く国に戻り、現状を把握。

ヴィルヘルムに使者を送り、休戦協定を結ぶ算段をつけなければ。

今回の戦は、これで終わりだ。

勝てる目が消えたのに続けるような真似《まね》はしない。それはただの愚か者がすること。

再び牙を隠して爪を研ぎ、いつか来るその日に備えるのだ。

業腹ではあるが仕方ない。

「はあ、はあ、はあ……」

三十分ほど駆けたところで、一度馬の速度を緩めた。

かなりのスピードで走り続けたことで馬に限界がきていたのだ。サハージャ王都に繋がる転移門はまだ先にある。

本音を言えば、そこまで一気に駆け抜けたいところではあるが、追っ手も来ていないようだし、不用意に足を失いたくはなかった。

場所を確認する。周囲に木々の多い山道だ。下り坂で無理をすれば本当に馬がやられてしまうだろう。

「少し休憩する」

ついてきた部下たちを振り返り、告げる。

私についてこられたのは二十騎ほど。

あの混乱の最中、敗走してきたことを思えば、十分すぎるほどの数だ。

中には、私の側近であるファビウスもいた。肩から血を流していたものの、重傷というほどでもなさそうだ。

「ファビウス」

側近の名前を呼ぶと、彼はすぐに私の側《そば》にやってきた。

「陛下」

「ソレはどうした」

傷に視線をやる。ファビウスは恥じるように目線を下げた。

「申し訳ありません。フリードリヒ王子の技に掠《かす》ってしまったようで……なんとか直撃だけは免れたのですが」

「そうか」

私とは違い、ファビウスは奴のギリギリ射程範囲内にいたらしい。それでもなんとか直撃を避けたのだから褒めるべきところだろう。

「動けるのならそれでいい」

「はい」

他の部下たちにも目を向けると、彼らも少なからず傷を負っているようだった。

恐るべきはフリードリヒ王子。

どうやったらあんな化け物が生まれてくるのか。

あれだけ念入りに準備を重ねたというのに、たった一撃で全てを終わらされてしまった。

フリードリヒと直接戦うのは今回が初めてだったが、対峙《たいじ》しないとその恐怖は分からないものだ。

少し前までは奴と戦った兵士たちが心を折られている様を見て情けないと思ったが、今はそれも仕方のないことと分かる。

個人が万単位の敵を屠《ほふ》るなど、あり得ない。

実際にあの男の放つ技を見て、コレと正面切って戦うのは不可能だと改めて理解した。

如何《いか》なる手段を用いたのかは知らないが、力が回復したというのなら、一旦退却すべきだ。

あの攻撃は防げない。今、私に勝ちの目はない。

「陛下がご無事で良かった……」

舌打ちしたい気持ちでいると、ファビウスが目を潤ませながら告げてきた。気持ちを立て直し、皆に指示を下す。

馬が回復したら、近くにある転移門を目指す。そう言うと、皆は頷《うなず》き、少し安堵《あんど》の表情を見せた。

だが。

「――やっときた。待ってたぜ」

「……」

山道。その脇の、草木が生い茂った場所から、私たちの進路を塞《ふさ》ぐように馬に乗った男が現れた。

ひとりだけではない。その男に従っている様子の男たちがざっと五十人ほど、木々の奥から次々と出てくる。

皆、目を爛々《らんらん》と光らせている。

山賊か、と思ったがすぐに気づく。

目の前に立つ男。彼はタリムの第八王子、ハロルドだ。

彼とは国際会議でも直接話しているので、ひと目見れば分かる。

「ハロルド王子……か」

「マクシミリアン国王。ここで待っていれば会えると思っていた」

淡々とした口調で告げるハロルド王子を見る。

口調こそ普通だったがその目は憎々しげに私を睨《にら》みつけていた。

タリムといえば、三日ほど前、突然戦場から兵を退《ひ》かせたと聞いている。それまでヴィルヘルムと戦っていたのに、タリム軍に何があったのか、急に全軍を撤退させたのだ。

それを受けたヴィルヘルムも軍を退き、結果、フリードリヒは私の到着に間に合った。

フリードリヒがタリムに手こずっている間にこちらを落とせればと思っていただけに、予定を狂わされて驚いたことは記憶に新しい。

その時の私は、それなら直接フリードリヒを葬ってくれると思っていたが、今となれば、どうしてもう少し粘ってくれなかったのかと文句を言いたいところだ。

フリードリヒさえいなければ、西の砦を落とすくらいは可能だったと思うのに、予定は総崩れで、今、私は敗走を余儀なくされている。

その元凶となった男を睨む。

こんなところに現れる暇があるのなら、サハージャ軍に合流してくれれば良かったのに。

腹立たしく思う気持ちが、棘《とげ》のある言葉となって口から零《こぼ》れる。

「突然軍を退き、タリムに逃げ帰ったはずのお前が何故、ここに？　悪いが私はお前と違って暇ではない」

一応まだタリムとは、同盟状態にあると分かっていたが、どうしたって煽《あお》るような物言いになってしまう。

だがハロルド王子もそれは同じようだった。

「オレだって暇じゃない。帰って父上に報告だってしなければならないしな。だが、それより先にすることがある」

「……なんだ」

眉《まゆ》を寄せる。

ハロルド王子は腰に差していた剣を抜き、刃《やいば》を私に向けた。

「オレを謀《たばか》ったこと、決して許しはしない。マクシミリアン、お前にはここで死んでもらう」

こちらを睨みつける目には憎悪が籠《こ》もっていた。

それで気がつく。

なるほど。この男に向けて吐《つ》いた嘘《うそ》もばれたと、多分そういうことなのだろう。

だが、まだそうだと決まったわけではない。

私は慎重に口を開いた。

「謀った？　何の話をしているのか、さっぱり分からんな」

「ふざけるな！　何がシオンは帰れない、だ。何が彼に自分の力を見せつけ、取り戻せば良い、だ。全部全部、嘘だったくせに。シオンはもうこの世界にいない。いないことを知っていて、お前はオレを利用したんだ。——絶対に許さない」

「さて、私は嘘を吐いた覚えはないが」

「まだ言い逃れしようとするのか。話は全部フリードから聞いたし、シオンから文も貰《もら》った。——お前が自分のためだけにオレを通してタリムを利用したことは分かっているんだ。マクシミリアン。タリムの第八王子を謀っておいて、何の代償もなく逃れられると思うなよ？」

「……」

——ちっ。

心の中で舌打ちをした。やはり、私の企みは全部バレてしまったようだ。

アルカナム島といいタリムといい、一番嫌なタイミングで全《すべ》てが露見するとは運が悪い。

「……それで？　お前たちはここで私を待ち伏せしていたと、そういうことか？」

「そうだ。フリードがお前に負けるとは思わなかったからな。お前が敗走ルートとして使うだろう道を予想して、ここで張っていた」

「……」

ますます舌打ちが零れる。

私が負けると思われていたことも業腹だが、このタイミングでの待ち伏せも非常に苛立つ。

剣をこちらに向けたハロルド王子は言葉通り私を無事で帰すつもりはなさそうだ。

「このオレ、タリム第八王子ハロルドを謀った罪、自らの命で償うがいい」

ハロルド王子が剣を振りかぶる。

ファビウスが私の前に飛び出し、その身を晒《さら》した。

「陛下！」

「ファビウス！」

「陛下、お逃げ下さい。私共が時間を稼ぎます。ですから、陛下はサハージャにお戻りを……！」

ファビウスの声に呼応するように、ついてきた兵たちがひとり、またひとりと私を守るように立ちはだかる。

「陛下、お逃げ下さい！」

「陛下、ここは私たちが！」

「……良かろう」

確かにここでハロルド王子と戦うのは宜《よろ》しくない。人数的にもこちらの方が不利だ。

「行かせるか！」

ハロルド王子が叫ぶが、こちらの兵士が行く手を塞ぐ。それを確認して、馬に飛び乗った。

「残念だったな」

言い捨て、馬を走らせる。後ろから剣と剣がぶつかる金属音が聞こえたが、無視した。

立ち止まっている暇はない。

なんとしてもサハージャへ戻らなければ。

「……遠回りとなるが仕方ない」

最短距離で転移門のある場所へ行こうと思っていたが、邪魔が入ってしまったのでそれは難しい。

別の道を使うことにする。

すでに護衛はひとりもいない状況だ。誰《だれ》かが追ってくるかとも思ったがその気配もない。

いや、追ってくる者が味方とは限らない。兵力は向こうの方が多かったのだ。全員片付けたあと、あの王子が配下を引き連れ、私を追ってくる可能性は十分すぎるほどあった。

やはりのんびりしてはいられない。早急に転移門へ行き、王都へ帰らなければ。

逸《はや》る気持ちを抑え、ひとり馬を走らせる。

転移門のある場所まであと少し。だが、碌《ろく》に休憩できなかったせいで馬が限界を迎えていた。

気は乗らなかったが、少しだけ休むことにする。

今、走っている場所は街道から少し外れたあまり舗装されていない道で、すぐ側には川が流れていた。人の気配もなく、多少の休息ならできるだろう。

馬から降り、水辺へと連れて行く。馬が水を飲んでいる間、その身体を拭き、私も近くにあった大きめの石に腰を下ろした。

「……まったく、何もかもが上手《うま》くいかない……ん？」

呟きながら地面を見ると、私以外の影が落ちた。

顔を上げる。そこにはヴィルヘルムに派遣したはずのシェアトが立っていた。

「シェアトか」

「や、王様」

そう言い、片手を上げるシェアトはいつも通りに見えた。

どうしてシェアトがここにいるのかは分からないが、護衛のひとりもいない現状は好ましくないので今回は不問とする。それに、気になることもあった。

「シェアト。姫はどうした」

「うーん、ごめんね。カインに撃退されちゃった」

「何？」

「思ったよりカインってば強くてさ。ほら、ここナイフで刺されちゃったし。これじゃあ、カインを出し抜いてお姫様を誘拐なんて不可能だなって思ったからやめたよ。別に良いよね？」

「……しくじったのか」

　無意識に眉が寄る。

　シェアトには、私がフリードリヒと対峙している間に、王都にひとりでいるであろう姫を連れてくるよう命じてあった。

　赤の死神が側に仕えていることは分かっていたが、死神ひとりくらいなら、シェアトが行けばどうとでもできる。そう判断したのだ。

　フリードリヒを戦場で亡き者にし、その隙に姫をこちらに連れてこさせる。

　それが私の考えた作戦。

　フリードリヒに勝つことはできなかったが、シェアトならきっと姫を連れて戻ってくると信じていた。

　せめて姫だけでも。そう思っていたところに水を差された気分だ。

「お前なら姫を連れてこられると信頼していたのにそのざまか。まったく期待外れだな」

　フリードリヒに予定外の魔法剣を放たれた苛立ちもあり、どうしても当たりはキツくなる。

吐き捨てるように告げると、シェアトは「ごめんね」と謝った。

「僕も連れてきたかったんだけどね。さすがに片手がまともに使えない状態でカインとやり合うのは無理があったし。あ、そうだ。ねえ、確か、ヴィルヘルムに派遣したのは僕だけって言ってたよね？　それがどうして他の連中がウロウロしてたのか、教えてくれない？」

「ああ。可能なら、ついでに国王と王妃、あと、ヴィルヘルムに滞在しているイルヴァーンの王女を暗殺しておこうと思っただけだ」

　上手くいけばこちらにとって色々と都合が良くなる。

　そう告げると、シェアトは嫌そうな顔をした。

「そうだったんだ。でもそれならそうと、先に言っておいて欲しかったな」

「どうしてお前に言わなければならない。お前はただ私の命令に従っておけばいい。お前は私の道具だろう」

　駒に私の考えを一から十まで教えてやる必要はどこにもない。

　そう告げると、シェアトは「そう」と感情の籠もらない声で言った。

「僕だけって聞いていたからさ。てっきり彼らは勝手に来たのかと誤解しちゃったよ」

「誤解？」

「うん。僕だけのはずなのに、どうしているんだって腹が立ったから、殺しちゃったんだ。あ、ひとりは僕が見つける前に、向こうの王様に殺されてたけどね。あといた何人かは、責任もって僕が片付けたよ。本来僕は、ターゲット以外の殺しはしないんだけど、これは黒のギルドマスターの義務だからね。ま、実際は誤解だったみたいだけど、僕は知らなかったんだし……良いよね？」

にこりと笑うシェアトに罪悪感は見えない。

本気で悪いと思っていないのだろうが――さすがにそれでは困る。

「私の手駒を命令なく殺すな。シェアト、お前最近勝手が過ぎるぞ」

元々シェアトは割合自由な気質があったが、このところそれが酷《ひど》いような気がする。

シェアトは私の駒なのだ。駒は駒らしく私の命令を忠実に守るべきで、逆らうことなど夢にも考えさせないようにしなくては。

「大体、姫を連れてくることもできず、のこのこ帰ってきたというのもあり得ない。命令を完遂するまで戻らないのがお前たち暗殺者の矜持《きょうじ》だろう」

「矜持のために死ぬのは嫌なんだよね。ほら、君だって僕との約束を覚えているでしょう？　僕は君が大陸を統一したあと、故郷に戻って母さんと暮らすんだって。そのために頑張ってるんだから、無理をするつもりはないんだ」

「故郷に、か。そういえばそんなことも言っていたな」

シェアトと契約を交わした時のことを思い出す。

今から十年以上も昔の話だ。その時私は確かに彼と約束をした。

だが、それはシェアトを頷かせ、連れていくための方便で、本気で守る気などあるはずがない。

それも当然だろう。

私は王族でシェアトは暗殺者。

国を治める王族である私が、一介の暗殺者如《ごと》きと交わした約束を守る道理はない。

特にあのころならまだしも、今となれば黒の背教者として非常に便利に使えるようになったのだ。

シェアトには死ぬまで私のために働いてもらわなければならないし、それこそが駒としての使い道。

「……」

シェアトを見る。彼は縋《すが》るような目を私に向けてきた。

なるほど。ヴィルヘルムの連中に何か言われたか。

そして不安になって直接私のところへ来たと、そういう話だろう。

それなら私の答えはひとつだけだ。

「もちろんだ。お前との約束は覚えている。私の野望が叶《かな》ったその時には遠慮なく出ていくといい」

心にもないことを笑って告げる。

シェアトは何故か目を見開き、そして俯《うつむ》いた。

しかし、これ以上シェアトに構っている時間はない。

何せ、タリムの第八王子が来ているのだ。足止めをしている兵たちを倒し、私を追ってくる可能性もある中、いつまでもくだらない問答を続けたくはなかった。

私は腰掛けていた場所から立ち上がり、シェアトに言った。

「もう良いな？　タリム軍が追ってきている可能性がある。シェアト、王都まで私の護衛をしろ」

「……だった」

「？」

俯いたシェアトが顔を上げない。

時間がないというのに、主人に手間を掛けさせるとはとんだ愚か者だ。

「シェアト、聞いているのか。命令だ。私の護衛を――」

「嘘吐きの顔だった」

「は？」

シェアトが顔を上げる。その目は私を見ているようで見ていなかった。

「シェアト、何を」

「君は嘘を吐く時、とても綺麗《きれい》な顔で笑うんだ。僕はソレを知っている。だってずっと君の護衛として側にいたんだもの。君がタリムの王子様に嘘を吐いた時も、アルカナム島の人たちに嘘を吐いた時も、君はその顔で笑っていた。そして皆がいなくなったところで吐き捨てるように言っていたよね？『信じるとは馬鹿《ばか》な連中だ。扱いやすい、愚か者共』って」

「……」

「ふふ、おかしいな。僕は知っていたのに、どうして今の今まで忘れていたんだろう。君が、僕と約束してくれた時もその顔をしていたって。……どうしてそれを、カインの話を聞いた今になって思い出してしまったんだろう」

感情の籠もらない声でシェアトが告げる。背中がぞくりと寒くなった気がした。

このままではまずいと、本能が警鐘を鳴らす。

「シェアト――、待て。落ち着け。お前は何か誤解している」

「誤解？　何が誤解なの？　君が僕を解放する気がないということ？　ああ、そうだね。カインの言った通りだ。君が便利な僕を手放すはずがないって、誰よりも僕が知っていたのに」

ブツブツと呟くシェアトの顔は正気のものとも思えなかった。

「シェアト、私は」

「ねえ、もう一度聞くよ」

私の言葉を遮り、シェアトが私を底なし沼のような目で見る。

無意識に唾を呑《の》み込んだ。

「なん……だ」

「君は、世界平和のために大陸を統一したい。だから僕に協力して欲しいんだって言ったよね。それは本当？」

「あ、当たり前だ」

昔の話。

それもシェアトと出会った頃の話をされ、慌てて頷いた。

ここで返答を間違えると大変なことになると分かっていたからだ。

とはいえ、世界平和などどうでも良いのが実際のところだが。

何故なら、世界平和など絵空事だと知っているから。

たとえ大陸を統一したところで平和は訪れない。少し考えれば分かることだ。

私の望みは、この大陸のトップに立つこと。

ずっと、それこそ生まれた時から目の上の瘤《こぶ》だったヴィルヘルム。そしてフリードリヒ。

次の国王となる奴を倒し、サハージャこそが大陸一の最強国家だと呼ばせることが私の願い。

最強なのはフリードリヒではなく私。

最後に姫を手に入れるのは、あの男ではなく私。

それを皆に認めさせたいのだ。

そしてゆくゆくは全ての国を服従させ、支配下に置く。

ああ、それこそが私の描く甘美な――。

「そう。それも嘘だったんだね」

「っ!?」

ドキッとした。

シエアトを見る。彼は全く表情を動かさず私に言った。

「今、分かったよ。本当の君の気持ち。君は平和なんてどうでもいいんだね。ああ、そっか。やっぱり全部嘘だったんだ。最初からずっと、ずっと僕を、僕と母さんを騙《だま》し続けてきたんだ」

「待て、シエアト、違う……」

「何も違わない。大丈夫、分かってる。馬鹿だったのは君を信じた僕だ」

「……」

「タリムにもアルカナム島にも、誰に対しても平然と嘘を吐く君が、どうして僕だけに嘘を吐かないと思うのか。カインが言った言葉だよ。確かにその通りだね。どうして僕は自分だけを除外したんだろう。本当は気づいていたのに、見て見ぬ振りをし続けて、君に従い続けたんだろう。――いや、分かってる。夢を叶えてくれると信じたかったから。ああ、僕は本当に愚かだ。少し考えれば真実は見えたはずなのに、カインに指摘されるまでそれにすら気づくことができなかったんだから」

「……シェアト」

「平和のために大陸を統一をしたい。そのために力を貸して欲しい。平和が成った暁には、僕を解放し、故郷に帰してくれる。全部が全部、僕にとって心地良い耳触りの良い言葉だった。君を信じていた頃は幸せだったよ。だって、君に従っていればそれだけで良かったんだから」

まるで懺悔《ざんげ》をするように告げるシェアト。

そんな彼に私は言った。

「……今もそれは同じだ。私に従え、シェアト。お前の望みは私が叶える。そのために働け。くだらないことは考えなくていい。お前はただ、私に従っていればいいのだ」

「無理だよ。だってもう僕は気づいてしまった。君は僕を手放す気はないし、世界平和なんてどうでもいいんだって。そんな君には従えない」

「お前は黒だ！　私の支配下にある黒のギルドマスター！　私に従う義務がある‼」

「ごめんね。普通ならそれで皆頷くんだろうけど、僕は違うから」

「シェアト！」

「君が呼んでくれる名前の響き、それだけは嫌いじゃなかったよ。でももう、僕には他にも名前を呼んでくれる人ができたから。――君でなくても構わない」

「っ……！」

最後の言葉を酷薄に告げ、シェアトが私を見る。

「僕を騙していた君に、さよならを言わなくてはいけない。僕はもう、君に使われる気はないからね。僕は僕の理想のために生きていて、それを叶えてくれないのなら一緒にはいられないから。ねえ、君に最後の慈悲をあげるよ。僕からの最初で最後のプレゼント。苦しまないように一瞬で、あの世に送ってあげる。――さあ、祈りの時間だよ」

「待て、シェアト！　分かった、お前を手放す。だからどこへでも自由に――」

「もう遅いよ。それに、君は喉《のど》元を過ぎれば熱さを忘れてしまうでしょう？」

「ちが……」

シェアトの黒い目が獲物を捉える。

それに逆らおうと手を伸ばした。銀色の糸が光る。

それを目で捉えたのが最後。

「あ――」

「お休みなさい、永遠に」

耳元で聞こえた声は酷く優しい。首に何かが巻きつく感触。

その時、脳裏に蘇《よみがえ》ったのは、私が生まれて初めて好きになった女の姿だった。

いつも私ではなく、大嫌いなあの男に駆け寄っていく愛《いと》しい私の――。

「姫――」

愛している。

一度も言葉にはしなかったけれど、彼女へ向ける気持ちが愛と呼ぶべきものであることはとうの昔に気づいていた。

愛している。愛している。

お前を、心から。

お前を愛したから、何を犠牲にしても手に入れたい。そう思ったのだ。

あの男にではなく、私に向けて笑いかけて欲しい。

役に立つと思ったのは本当だ。でも、それ以上にあの強い紫色の瞳に焦がれている。

他の女なんて要らない。

欲しいのはお前だけだ。

それが私の本音で、だけどそのような女々しい言葉を告げるつもりは永遠になかった。

惚れたと告げるくらいがせいぜい。でもそれで良い。

私だけが分かっていればいい。

だってお前は信じないだろう。

だけど――。

今は、今だけは無性に口にしたかった。

私の言葉を。

私の真実を。

姫を、どうしようもなく愛しているという事実を。
だけど全ては遅かった。
だってもう何も見えず、何も聞こえない。
「ひ、め……」
焦がれるように虚空に向かって手を伸ばす。もちろん何も掴《つか》めない。
ただ暗闇《くらやみ》が私を包み込み——そうして私の世界は閉ざされた。

9・背教者と迷子の子守歌（書き下ろし・シェアト視点）

葬送の鐘が鳴る。

大嫌いな音。

僕と母さんを引き離す、この世で一番嫌いな音だ。

◇◇◇

昔々、僕がまだ、十歳にも満たなかった頃《ころ》の話だ。

サハージャの西側にある小さな村で、僕は母さんとふたりで暮らしていた。

父さんは、僕が五歳の頃に流行《はや》り病《やまい》で亡くなった。母さんは僕を女手一つで育ててくれて、僕はとても母さんのことが好きだった。

だから頼まれなくても母さんの手伝いを積極的にしたし、母さんのためになることならなんでもやった。

母さんの役に立ちたかった。

母さんの笑顔が僕の幸せで、それ以上を僕は望まなかったのに――。

その日は、あまりにも唐突にやってきた。

ある冬の日の朝、村長が村民を全員集め、厳しい顔をして言ったのだ。

「サハージャ軍がこの村の西側にある国に宣戦布告を行った。この村は戦場となるだろう。そうなる前に逃げるんだ」

と。

サハージャが他国によく戦争を仕掛けていることは知っている。

領土拡大のためとかで、だけど僕たちには関係ないとそう思っていた。

だってそうだろう。

ただの村民である僕たちに、国の偉い人たちの考えは分からない。戦争に駆り出されることも今のところはないし、どこか遠い世界の話、くらいにしか思っていなかった。

だけど、僕たちの村の西側にある国に戦争を仕掛けるというのなら、無関係ではいられない。

その国へ行くには、この村を通らなければならないから。

おかげで行商人や荷馬車がよく行き来し、その人たち相手に商売ができたのだけれど、今回はそれが裏目に出た。

サハージャ軍は間違いなくこの村を通っていく。下手《へた》をすればここは戦場になる。

逃げなければ。

誰《だれ》もが村長の言葉に身を固くし、逃げるための算段を脳裏に描いた。

だが、それは遅すぎたのだ。

逃げる準備をするため、一旦皆、それぞれの家に帰った。

せめて路銀と、あとは最低限の着替えを用意しなければと思ったのだ。まだそれくらいの余裕はあると思った。

だけどその見込みは間違いだった。

僕たちが逃げる時間は、すでになくなっていたのだ。

母さんとふたりで逃げる準備をしている最中、突然、鬨《とき》の声が上がった。

「な、何……？」

普段、この村では絶対に聞くことのない音に、身構える。

母さんも不安そうな顔をしていた。

そうして訪れたのは、目を覆いたくなるような惨状。

不幸なことに、僕たちの村は通り道などではなく、戦争の場として使われることになってしまった。

絶え間なく鳴り響く金属音。

それとは別に、あちこちの家から悲鳴のような声が聞こえてくる。

戦っている者たちとは別に、民家を荒らしている者がいるのだ。

悲鳴と怒号が聞こえる中、家の中で震えるしかない僕たち。

隣の家から、知り合いの女の子の泣き叫ぶような声が聞こえる。その声はやがて聞こえなくなった。

「かあ……さん」

ギュッと母さんの服を掴《つか》む。

どうして女の子の声が聞こえなくなったのかなんて、説明されなくても分かった。

殺されたのだ。

戦争は人を狂わせる。戦いで興奮しきった兵たちが、偶然見かけただけの女子供に勢いのまま暴力を振るうというのはよく聞く話で、僕も知識としては知っていた。

それが今、この場所で起こっている。

ぶるぶると母さんの服を掴む。

次は、僕たちの番だ。

金目の物を漁《あさ》った男たちは、きっと僕たちの家にも来るだろう。

僕たちは貧乏で、お金になるようなものは何もない。だけど言っても無駄だということくらいは分かっていた。

時間の問題だ。すぐに彼らはここに来る。

「シェアト」

母さんが小さな声で僕の名前を呼んだ。少し引き攣《つ》ったような、硬い響きだった。

顔を上げる。母さんは僕の手を掴むと、家のすぐ隣にある牛小屋へと連れていった。

牛小屋には牛が一頭だけいる。

母さんは飼い葉桶《おけ》に僕を無理やり押し込んだ。まだ十歳にも満たず、しかも他《ほか》の子供たちに比べ小さかった僕は、普通なら隠れることのできない飼い葉桶に入ることができた。

できてしまった。

「か、母さん」

「……シェアト、ここに隠れていなさい」

言いながら、母さんが僕の身体《からだ》を隠すように飼い葉で覆う。

「私がいれば、兵たちはあなたのことまで探そうとはしないでしょう。だからシェアト。お願いよ。何があってもここから出ないで。私が良いと言うか、兵士たちが完全に去ってしまうまで、ここにいると約束して。このままではシェアトまで殺されてしまう。それは嫌なの」

「か、母さんも一緒でないと……」

ひとりでなんて嫌だ。

だが、母さんは首を横に振った。

「駄目よ。うちに私が隠れられるような場所はないわ。あったとしても一瞬で見つかってしまう。だから、それくらいなら最初から姿を見せておいた方が良い。そのことで、あなたが見つかる可能性が少しでも低くなるのなら、その方が良いのよ」

「嫌だ……嫌だ、母さん」

「わがままを言わないで、シェアト。――ねえ、この危機を乗り越えたらふたりでもっとのんびりした、戦争とは関係のない場所でゆっくりと暮らしましょう？　戦争のない平和な場所でふたりっきりで。そのために、今は我慢して欲しいの。約束できる？」

にこりと微笑《ほほえ》む母さんは、今まで見た中で一番綺麗《きれい》で、そして一番悲しかった。

「や、やくそく……する」

「ええ、良い子ね」

母さんが僕の頭を撫《な》でる。首に掛かっていた十字架のネックレスが揺れた。

母さんはとても信心深い人なのだ。毎朝の祈りだって欠かさない。

十字架を見ていると、母はふわりと笑った。

「大丈夫よ。私には神様のご加護があるから」

「……うん」

母さんは毎日一生懸命心からお祈りをしているのだ。きっと神様は母さんを守ってくれる。そう思った。

母さんが僕の上にたっぷりと飼い葉を掛ける。

「じゃあ、大人《おとな》しくしていてね。母さん、すぐに戻ってくるから。ああ、返事は要らないわ。あいつらにバレたら困るもの」

「……」

返事をしたかったけど、そう言われてしまえば何も言えない。

母さんが牛小屋から出ていく気配がする。

追いかけたい。

でも、母さんと約束してしまったからそれはできない。

僕はただ、ぶるぶると飼い葉の中で震えることしかできなかった。

どうか母さんが無事で。

神様、どうか母さんを守って下さい。

ひたすら祈り、時が過ぎるのを待つ。

どれくらい時間が経《た》っただろう。僕の耳に、微《かす》かに悲鳴のような声が聞こえてきた。

「えっ……」

本当に小さな声。だけどそれが母さんのものだと、僕は疑いもしなかった。

母さんにじっとしておけと言われたことなど忘れ、飼い葉桶から飛び出る。

母さんが酷《ひど》い目に遭っているのだと思えば、他のことは何も考えられなかった。

母屋に向かう。その途中で手斧を見つけ、持っていくことにした。

別に何かあると思ったわけではない。反射的に手にしてしまっただけ。

母屋が見えてくる。

「っ！」

三人の男が、家から出てきた。さっと物陰に隠れる。男たちは機嫌良さそうに笑っていて、僕に気づいた様子はなかった。

男たちが完全に去ったのを確認してから家の中に入る。扉は開け放たれていて、キイキイと嫌な音を立てていた。

それがとても不吉に思えて怖い。だけど母さんを探さなければと思った僕は勇気を出して、部屋の中を見回した。

「あ」

目を見開く。

そこには信じられない光景が広がっていた。

仰向《あおむ》けに倒れている母さん。着ている服は無残にも破かれ、抵抗の跡なのか、身体中に傷があった。

大きく口を開け、目を見開いたままの母さんは、床の上でピクリとも動かない。

「え……あ……母……さ、ん？」

よろよろと母さんに近づき、名前を呼ぶ。だが、母さんは僕を見てくれないし、返事もしてくれなかった。

「あ……」

その場に両膝《ひざ》をつく。

首に赤黒い痣《あざ》のようなものがあることに気がついた。人の手の形。

首を絞められたのだと説明されなくても分かってしまった。

「あ、あ、あ……」

母さんは動かない。

何度呼んでも母さんが僕に笑いかけてくれることはなく、濁った瞳《ひとみ》で虚空を見ているだけだった。

死んでしまったのだと、あの男たちに殺されてしまったのだと理解し、悲しみよりも猛烈な怒りが込み上げてくる。

「あ……」

ふるふると怒りに震えていると、その側《そば》に母さんの大事な十字架のネックレスが落ちていることに気がついた。十字架の部分には、赤い血の跡がついていて、鎖部分は引き千切られている。

それはまるで、母さんの信仰を嘲笑《あざわら》うかのようで、神の加護はどこにもないと知らしめるには十分すぎる姿だった。

「はは……ははは……」

力なく十字架を拾い上げる。鎖がするりと滑り落ちた。

それを僕は穿《は》いていたズボンのポケットに押し込んだ。

「……」

母さんを見つめる。

女手一つで僕を育ててくれた母さん。

これからも一緒に生きていくはずだった母さん。

優しく笑いかけてくれる、大好きな、僕の母さん。

それを奪われた怒りが、再び湧《わ》き上がる。

悲しみももちろんあったが、それ以上に怒りの気持ちが強かった。

それと同時に、僕の中にあった何かが、音を立てて壊れていくのを感じていた。

それは倫理だったり善だったり、優しさだったりと、いわゆる人間に必要とされるものばかりで。

でも、それがなくなっていくのが分かっても、なんとも思わなかった。

だってあったところで、何の役にも立たないのだと知ってしまったから。

「……ちょっと待っててね。母さん」

ゆらりと立ち上がる。持ってきていた手斧を握り直し、にこりと笑った。

「――すぐに片付けてくるから」

そうして母さんを残し、先ほど出て行った男たちを追いかけた。

不思議なほどに心は凪《な》いでいた。

家の外に出る。戦いは終わっているようで、とても静かだ。キョロキョロと辺りを見回す。

のんびりと歩く男たちの後ろ姿を見つけた。

彼らは自軍へと合流するつもりのようだ。

戦いに参加せず、一般人を手に掛け、何食わぬ顔で笑っている。

あいつらは人の皮を被《かぶ》った悪魔だ。

生きている価値もない。

「こんにちは」

小走りで駆け寄り、後ろから声を掛ける。僕の声を聞き、男たちが振り返った。

「……あ？」

その隙を逃《のが》さず手斧を振るう。

ざくりと男の横腹に手斧が刺さった。いきなりの暴挙に全員が目を見開き、僕を見る。

僕はそんな彼らにとっておきの笑みを浮かべ、口を開いた。

「――祈りの時間だよ」

そして始まる狂瀾《きょうらん》の宴《うたげ》。

母さんを殺した三人の男。僕は彼らを笑顔のまま、容赦なく地獄へと送りつけた。

◇◇◇

夕方を知らせる鐘が鳴っている。

男たちを殺した僕は、途方に暮れていた。

母さんに戦果を見せたかったが、それは不可能だと気づいたからだ。

「どうしよう……」

僕に三人もの男の死体は運べない。どうにか方法はないかと考え、そうだ、首を持っていけば良いとようやく思いついた。

奇《く》しくも母さんも、首を絞められ殺された。

同じ場所を痛めつけてやりたいという気持ちがどこかにあったことは否定しない。

でも、こんなに簡単に殺せるのなら、隠れているんじゃなかった。

母さんをひとり行かせるのではなく、最初から僕が行けば良かったんだ。

「……」

血の滴る首を持ち、ゆっくりと歩く。

周囲に人気はない。生きている人たちは皆、逃げ出してしまって、誰も残っていないのだ。

おそらく近くの村へでも避難しているのだろう。

僕も、母さんが生きていたらそうしていたはずだった。

「はぁ……」

息を吐《つ》く。

ぽたりと額から血が落ちた。

子供の僕が成人男性を三人も殺したのだ。当然、無傷で済むわけがなかった。

向こうも殺されるつもりはないから、必死に抵抗してきた。だけど勝利したのは僕だった。

多分だけど、母さんを失って『怖い』という感情がなくなったから。だから勝てたのだと思う。

剣を振りかぶられても、拳《こぶし》で殴られても蹴られても、恐ろしいとは思わなかった。ただ、こいつらを殺さなければという強迫観念にも似た思いに囚《とら》われていただけ。

「ただいま」

家に戻る。

母さんは出ていった時のまま、そこにいた。

当たり前だ。もう、死んでいるのだから。

「母さん……お土産があるんだ」

小さく呟《つぶや》く。

母さんは返事をしない。僕は気にせずその側に座り、三つの首を並べた。

「母さんを殺した奴《やつ》ら。全部殺して持ってきたよ。こんなことで母さんの無念が晴れるとは思わないし、母さんが復讐《ふくしゅう》なんて望んでいないことも知ってるけど……でも、僕が我慢できなかったんだ。母さんを殺しておいて、のうのうと生きているなんて許せない。だから殺した。——良いよね」

どこからか『仕方ない子』という母さんの声が聞こえた気がした。

気のせいであることは分かっている。でも、母さんに己の行動が許された気がして嬉《うれ》しかった。

母さんをこのままにはしておけないので、家の庭に穴を掘り、その中に横たえる。

土を被せ、最期の別れを告げた。

「お休みなさい」

今や形見になってしまった十字架をポケットから取り出す。

母の信仰の象徴とも言える十字架。

何かあればきっと神様が助けて下さる。だから信じるのだと母さんはずっと言っていた。

でも。

「神様は助けてなんてくれないんだ」

それが事実だ。

いくら信心深くても、毎日の祈りを欠かさなくても、神様は助けてくれない。

一番助けて欲しい時に助けてくれないのでは意味がないではないか。

「ごめんね、母さん」

母さんの教えに背くのは申し訳ないと思うけど、僕はもう、神様なんて信じられない。

「……」

母さんが埋まった土の上に、遺品となった十字架を置こうとし、ふとその十字架を逆に向けた。

逆十字。

神に逆らう、神に反抗するその形を見て、自分の中の何かに嵌《は》まった気がした。

「……やっぱりもらってもいいかな」

これなら僕の決意の表明になる。

僕たちを助けてくれない神様なんてクソ食らえ。僕は神なんかに頼らない。

そう思った。

こんもりと膨らんだ土を見つめる。

もう母さんを見ることはない。何故《なぜ》なら母さんは死んでしまったから。

墓を作ったことで、それをより強く実感した気がした。

「あ、あ……あああああ……」

ぽたりと涙が零《こぼ》れ落ちる。

我慢できなくなり、十字架を握り、声を上げた。

母さんが死んでからずっと出なかった涙が、次から次へと溢《あふ》れてきた。

母さんはもういない。

あの優しい声を僕には聞かせてくれないのだ。

それがこんなにも悲しくて、認めがたいことだなんて知らなかったし、知りたくもなかった。

「ひっ、うっ、あっ、ああっ……」

ただひたすら泣き続ける。そこに呆《あき》れたような声が聞こえてきた。

「……子供の泣く声が聞こえたと思ったら……声の主はお前か」

「えっ……」

泣くのをやめ、声を掛けてきた人を見る。

銀色の髪をした男の人。眼光は鋭く、僕を真《ま》っ直《す》ぐに見つめていた。

「……君、誰？」

「自国の第一王子の顔も分からないとはな。辺境の村の民ならそんなものか」

「王子……様？」

吐き捨てるように言う彼は、十代後半くらいの年に見えた。

彼は僕の立っているすぐ側を見て、目を見開く。

「お前……それは？」

「ん？」

彼が見ていたのは三つの生首だった。これは母さんのために持ってきたもの。だから母さんの墓の前に供えていたのだ。

彼の視線に気づき、億劫《おっくう》な気持ちで口を開く。

「これ？　母さんへのお土産」

「土産？」

「うん。本当はお供え物っていうのが正しいのかな。母さんを虐《いじ》めた奴らなんだ。僕の母さんを虐めたんだもの。死んで当然だよね」

「お前ひとりで……男三人を殺したのか？」

「そうだけど。何か問題でもある？」

殺さなければならないと思ったから殺した。後悔はしていないし、もう一度彼らが僕の目の前に現れたとしても、きっと僕は大喜びで彼らを再度殺すと確信できる。

彼は信じられないものを見たという顔で僕を見て、そして大声で笑い始めた。

「ははっ、はははっ、これは傑作だ！　大の男三人がこんな年端もいかぬ子供に首を狩られたとはな！」

「……怒らないの？」

彼が王子様だというのなら、兵を殺した僕は怒られるのが当然。だが、王子様は怒るどころか上機嫌で言った。

「どうして怒る必要がある。こんな屑《くず》たちよりももっと価値のある道具が見つかったというのに。ああ、気にする必要はないぞ。どうせ軍規も守らなかったような愚か者共。いてもいなくてもそう変わらない」

「……そう。それならいいけど」

怒られないのならそれでいい。

少しばかりホッとしていると、彼が僕に向かって手を差し出してきた。

「？　何？」

「お前、私と共に来い」

「えっ……」

何を言われたのか分からず、王子様を見つめる。彼は自信満々に僕に向かって言った。

「お前の狂い様が気に入った。私と来い。お前には才能がある」

「才能？」

「そうだ。人を殺すという稀有《けう》な才能だ。私と来て、私のために働け。それがお前の運命だ」

目を瞬かせる。

何も答えられないでいると、彼が笑って僕に告げた。

「この私、サハージャ第一王子マクシミリアンのために生きることこそ、お前に与えられた定め。粛々と受け入れるが良い」

堂々と告げられた言葉に呆気《あっけ》にとられる。

彼は僕についてこいと言っている。

僕には人殺しの才能があるから、一緒に来て、彼のために生きろと。

確かに母さんを失った僕にはもう何も残っていなくて、この先どうするのかなんて何も考えてはいなかったけれど、でも、だからといって、ただ彼についていくのは違うと思った。

それに――。

「嫌だ。僕は行かない」

「ほう、何故だ。好待遇を約束するぞ？」

「別にそんなのどうでもいい。ただ――」

ちらりと母の眠る場所を見る。埋めたばかりだから、まだ土は軟《やわ》らかい。そこには僕が集めてきた花が少しだけ散らしてあった。

「僕は、母さんの側から離れたくないんだ。だから君とは行かないよ」

　これからどうなるか、どうするのか何も決めてはいないけれど、でも、母さんと離れる選択肢は僕にはなかった。

　僕は母さんに寄り添って生きていたい。

　朽ちるその時は、母さんの側で。同じ場所に眠りたいと、それだけは分かっている。

　だから王子様と一緒になんて行けないのだ。

　だが、王子様は諦《あきら》めなかった。

「母の側にいたいという願い、息子としては真っ当なものだ。だが、考えてみてはどうだ。お前の母親は、戦争のせいで亡くなった。つまりは、戦争がなければ亡くなることはなかったと。そうではないか？」

「そう、だけど」

「ならば、亡き母のために、お前が戦争のない世界を作れば良い。そうすれば亡きお前の母も喜ぶのではないか？」

「……母さんのために？」

　王子様の言葉に、ピクリと肩を揺らす。

　母さんが言っていたことを思い出したのだ。

『――ねえ、この危機を乗り越えたらふたりでもっとのんびりした、戦争とは関係のない場所でゆっくりと暮らしましょう？　戦争のない平和な場所でふたりっきりで。そのために、今は我慢して欲しいの』

母さんは戦争のない平和なところへ行きたいと言っていた。そこでふたりで過ごしたいと。

僕はその言葉に頷《うなず》き、約束したのだ。

「僕は……母さんと平和な場所で暮らすんだ」

「そうか。だが、今のこの大陸に平和だと確実に言える場所なんて存在しないぞ。どこに行ってもなんらかの諍《いさか》いはあるだろう。お前の望みの場所はこの大陸にはない」

「……」

黙り込む。

王子様の言うことはその通りだと思ったからだ。

毎年、大陸のどこかで戦争は起こっていて、完全に安全と言える場所なんてない。

でも、僕は母さんとの約束を叶《かな》えたかった。

もう死んでしまった母さんの最後の望み。ふたりで平和な場所で暮らすこと。

それを叶えるためならば悪魔に魂を売っても良いと、そう思った。

だから。

「……君と一緒に行けば、それが叶うっていうの？」

「もちろんだ。私は大陸を統一する予定だからな。世界がひとつになれば、平和になる。どの場所でも安心して暮らせるだろう。お前が母と穏やかに余生を過ごすことも十分に可能だ」

「……本当に、できるの？」

「私を誰だと思っている。サハージャ第一王子マクシミリアンだ」

当然のように言われ、少し頼もしく感じた。

彼なら僕の願いを叶えてくれるのかもしれない。彼についていけば、僕の――母さんの最後の願いは叶うのかもしれないと、そう思えた。

「僕……」

「私は世界平和のために大陸を統一したいと考えている。お前と私の望みは同じだろう。同じ目的を持つ私に協力することこそが、お前の望みを叶える一番の近道だ」

「世界平和のために……」

「ああ、大陸を統一すれば、全ての民が等しく平和に暮らせる世界が訪れる。それを作るのが私の目的だ」

自信満々な物言いに心が揺れる。

「……すごいね、君。ちょっと悪くないかなって思えたよ。でも……うん、君についていくにはいくつか条件があるんだけど、良いかな」

「ほう？　この私に条件を言い出すか。面白い。言ってみろ」

顎《あご》で促され、微笑んだ。

「僕は君が大陸統一するのを成し遂げるために協力する。でも、協力はそこまでだ。統一が成った暁には僕を解放するって約束してくれるのなら、君についていってもいい。ねえ、君は僕と約束してくれる？　僕に平和な世界を見せてくれるって。　そのあと、　僕が母さんとふたりで静かに暮らすことを許してくれるかな」

「良いだろう。私についてくれれば、お前にその景色を見せてやる」

告げられた言葉には自信が漲《みなぎ》っていて、彼が本気で大陸の統一を、平和を望んでいることが分かる。

「そう。じゃあ、僕は君のために動くよ。君の願いを叶えるためにできることはなんでもしてあげる」

大陸統一は、母さんの願った平和へ繋《つな》がる。

彼についていけば、彼に協力すれば、母さんの願いを叶えることができるのだ。そして夢を叶えた先では、母さんとふたり、静かに暮らすことができる。

「お前の名前は？」

「――シェアト」

名前を告げる。王子様は頷き、美しく笑った。とても綺麗な笑み。

そしてもう一度手を差し出してきた。その手を今度は迷いなく握る。

「よろしく、王子様」

「全てを差し出せ。大陸統一は甘くない」

「うん。分かってるよ」

僕にできることならなんでもしよう。

互いの望みを叶えるためだ。彼の道具になったところで心は痛まない。

だってもう、僕は壊れてしまったから。

母の遺品となった十字架を握りしめる。

僕の進む道は決まった。母さんが最後に望んだ夢を叶えること。そのために働くことが僕の望みだ。

「母さん、行ってくるね」

僕たちの望みを叶えるために。

僕はもう神様を信じることはできないから、自分の望みは自分で叶える。

この人と一緒に。

◇◇◇

覚悟を決め、サハージャの王子様についていった僕は、暗殺者ギルド『黒』へと預けられた。

そこで僕は暗殺者となるべく訓練を受け、一年が経った頃には黒の背教者と呼ばれるようになった。

背教者。

その由来は簡単だ。

母さんの遺品である十字架。それを僕が逆十字のネックレスにして首に掛けるようになったから。

それに合わせて、仕事時には黒い神父服を着るようになった。

黒を選んだのは返り血が目立たないからだったけれど、神父服を選んだのは彼だ。

「本来神に仕えるはずの神父が殺人を行う。まさにその逆十字に相応《ふさわ》しい装いだとは思わないか？」

「僕は神様なんて信じてないよ。神父だなんて嘘《うそ》っぱちだ」

「それで良いのだ。人は己の見たいものを信じるのだから」

至極楽しそうに彼が笑う。

彼がそれでいいと言うのなら、構わない。

僕は、黒の背教者として生きていこう。

気づけば彼以外、誰も僕の名前を呼ぶ者はいなくなってしまったけれど、たったひとり、僕の契約者である彼が呼んでくれるのならばそれでいいと、そう思った。

◇◇◇

「……ふふ」

彼との昔の出会いを思い出し、低く微笑んだ。

もう、ずいぶんと昔の話。

僕がまだ、彼を信じきれていた時の話だ。

彼の命令を聞くのは大変だったけど、嫌ではなかった。少しずつ、目的に近づいている気がしたし、やりがいもあったから。

彼のためならなんでもやった。

とはいっても、女性をターゲットにするのだけは遠慮させてもらったけど。

母さんのことがあり、僕は女性を殺すことに抵抗がある。

男ならいくらでもその命を奪えるけど、女性だけはどうしても無理なのだ。

だから僕の標的は男だけ。

女性がターゲットの場合は、殺しを含まない命令だけを受けていた。

これは僕のわがままだ。だけど彼はそんな僕のわがままを受け入れてくれた。有り難かったし、だからこそもっと彼のために頑張ろうと思えた。

でも、彼がとても嘘吐きだということを僕は知っていた。

自分の望みのためならどんな嘘でも平然と吐く。それを僕は彼の一番近くにいて見ていたから、知っている。

少しずつ、少しずつ、疑念が胸に一滴ずつ溜《た》まっていく。

もしかして、彼は僕にも嘘を吐いているのではないだろうか。

最初に疑ったのは、彼の父——先代の王様を殺した時。

これから忙しくなると笑う彼を見て、ふと、不安が湧き起こったのだ。

この人は、本当に僕の願いを叶えてくれるのだろうか、と。

何せ、ヴィルヘルムの王子様の力を実際に見てしまったあとだったから。

この王子様に勝てるのかと疑念を抱いたのだ。

でも、彼はそんな僕の不安な気持ちを一蹴した。自分についてくれれば、自分に全てを差し出せば願いを叶えると言っただろうと答えてくれたのだ。

その言葉に僕は大いに安堵《あんど》した。

ああ、大丈夫だ。彼には大陸を統一するヴィジョンが見えている。彼についていけば間違いない。

そう再び思わせてくれた。

だから僕は邁進《まいしん》し、国王となった彼のために更に頑張った。

やりたくなかったけど『黒』のギルマスにもなったし、彼の命令なら大概のことは聞き入れた。

彼に敵対する者を片付け、彼が権力を振るいやすいように場を整える。それが僕の役目。

大陸統一のために犠牲が出るのは仕方ない。

大事を成すには、そういうものに目を瞑《つむ》らなければならないと彼は言っていたし、僕もそうだと納得したから。

でも、そんな時だった。カインが僕に、疑問を投げかけてきたのは。

彼に命じられ、お姫様を攫《さら》いに行った先。

そこで対峙《たいじ》したカインは言ったのだ。

お前はマクシミリアンに騙《だま》されているのではないか、と。

全《すべ》てが叶った先に、僕が自由になる未来なんてないとそう断言してきたのだ。

ドキッとした。

だってそれは、何より僕が考えないようにしようとしてきたことだったから。

大陸統一のために邁進するのは良い。だけど、そのあと、本当に彼は僕を解放してくれるのか。

信じなければならない。分かっているのに時折不安になっていたのは事実で、だからこそ、カインの言葉に動揺してしまった。

関係のない他人からでもそう見えるのかと思ってしまったから。そしてその隙を上手《うま》く突かれ、僕は傷を受けた。

あれは、完全な僕のミスで油断だった。

傷を負った状況でカインに勝てるとはさすがに思えない。

カインは僕に肩を並べる存在。僕が唯一嫌われたくないと思った、多分、世界でたったひとりの壊れた同類。僕の特別。

そんな彼に手負いの僕では敵わないと分かっていたから、退《ひ》いたのだ。

あの人の命令は覚えていたけれど、でも僕の望みはあくまでも母さんとの未来。

こんなところで無駄死になんて絶対にごめんだし、そんな危険を冒したくはない。

あと、もう一度だけ、あの人に確認したいと思ったから。

僕との約束を覚えているのか。

ちゃんと履行するつもりがあるのか。

本当にサハージャが大陸を統一できるのか。僕を、解放してくれる気はあるのか。

今一度、確認して安心させて欲しかった。

結果は——ある意味想像通りだったのだけれど。

それはそうだろう。

僕ほど便利な道具はそうはいない。

そして間の悪いことに、思い出してしまった。

彼が僕を宥《なだ》めるために、笑みを浮かべたのを見て。

彼が、嘘を吐く時の仕草を。

彼は嘘を吐く時、とても綺麗な笑みを浮かべて笑うのだ。それを僕は、ずっと近くで見てきたから知っている。

タリムにも、アルカナム島の皆にもその顔を見せていた。

だから気づいてしまったし――唐突に思い出してしまった。

昔、彼が僕と約束した時、その時も今と同じ顔をしていたことを。

――ああ、全部嘘だったんだ。

彼が手を差し伸べてくれた時のあの綺麗な笑みは嘘だった。

彼には最初から僕との約束を守る気なんかなかった。平和なんて興味がない。

僕を自分の道具として使えればそれで良かったのだ。

僕が大事にしていたものをグチャグチャにされたような気持ち。

同じように大切にしてくれていると信じていたのに裏切られてしまった。

十年以上も、彼だけに尽くしてきたのに。

汚れ仕事だって笑って引き受けた。どうせ壊れた僕だからと、何百人となく殺してきた。

別にそれはいい。実際、何も気にならなかったから。

殺すことにも壊すことにも何も感じない。僕と同じような壊れ方をしているカインのことだけは気になったし、彼と話している時だけは心が動くけど、それ以外はなんとも思わないから。

でも、それとこれとは話が違う。

僕の献身は意味のないもので、対価などそこに存在しなかった。

その事実がどうしても許せない。

僕が今まで彼に差し出してきた全て。それに見合うものなど何もなかったのだと嘲笑われた気持ちになり、一瞬で、憎悪が膨れ上がった。

だから、さようならをすることにした。

僕が彼と決別するために。

彼にせめてもの対価を払ってもらうために。

それは呆気なく終わり、僕はあっという間に根無し草となってしまった。

後悔はしていない。

僕は為すべきことをしただけだ。

◇◇◇

ざくざくと山道を歩く。

向かうは、僕の故郷。

母さんが眠る、僕たちが暮らしていた、今は廃村となってしまった場所だ。

以前は一年に何度か帰ることができたが、最近は忙しくて里帰りできていなかった。

だから一度帰って母さんに顔を見せよう。そう考えていた。

「久しぶりにゆっくりできそうだなぁ」

これからどうするのか、何も考えていない。

サハージャの『黒』のギルドに戻る気はなかった。あそこにもう用はない。

だって僕の、僕たちの願いを叶えてくれる人はいなくなったのだから。

それなら僕はどうするのか。

もちろん母さんとの約束を諦めるなんて選択肢はない。だって僕はずっとそれを叶えようと、そのためだけに生きてきたのだから。

平和になった場所で、母さんとふたり暮らす。

それをするには僕ひとりだけの力では不十分だ。彼と同じくらい偉い人にお願いしなければ、叶わない。

僕は所詮道具でしかなくて、誰かに使ってもらわなければ真価を発揮できないのだから。

でも僕は優秀な道具だから、皆が喉《のど》から手が出るほど欲しがっていることも分かってる。

高く売りつければ良い。一番、僕の願いを叶えてくれそうな人に。

「誰なら僕を上手く使ってくれるかな」

何人か候補を思い浮かべる。

もし、また裏切られたら、なんて考えない。

裏切られたら、責任を取らせれば良いだけのこと。彼のように。

そうして次へと向かうのだ。そのうち、辿《たど》り着くだろう。

僕と母さんの願いを叶えてくれる人のところへと。

「大丈夫。諦めたりなんてしないから」

胸に下がる逆十字を握りしめる。

あの日、母さんとした約束。

それをずっと忘れない。

手放すことだってしやしない。

だってそれは僕が生きる上で、一番大切なものだから。

だから一度は里帰りをするけれど、すぐに旅立つことを母さんには許して欲しいと、そう思う。

「また、たーくさんお土産を持っていくからね」

ふふっと笑う。

もう僕の心に彼はいない。

彼は僕の願いを叶えてくれなかった人だから、覚えていても仕方ない。

大事なのはこれからだ。

後ろに背負った荷物の中身が、ごろりと転がる音がする。

僕は機嫌良く口笛を吹きながら、懐かしい我が家へと続く帰路を辿った。

10・猫の姉と終幕の時（書き下ろし・フィーリヤ視点）

「あーらら、やっぱりこうなったのね」

みっともなく敗走するサハージャ軍を丘の上から眺めながら、無感動に呟《つぶや》く。

サハージャ国王マクシミリアンは、ヴィルヘルム王太子フリードリヒに完膚なきまでに負けた。

多分そうなるだろうなとは思っていたが、予想以上の大敗だ。

なんて情けない。

多くの死者を出しているし、重傷者もかなりいる。

これは立て直すにも相当の時間が掛かるだろう。

「でも、彼にそんな時間は残されていないわ」

時間切れ、なのだ。

黒のギルマスとなった背教者が、マクシミリアン様に見切りをつけたことは察していた。

背教者とマクシミリアン様の関係は傍《はた》から見ていても、歪《いびつ》だったから。

どこかずれた背教者と、その彼を自らの欲望のためだけに使うマクシミリアン様。

ふたりは噛《か》み合っているようで絶望的に噛み合っていなかった。

だからいつかは破綻し、そしてそれなりの代償を負うのだろうと分かっていた。

もちろん、代償を負うのはマクシミリアン様で、ついにその時が来たのだということ。

となれば、彼の命は風前の灯火《ともしび》。

サハージャは色々な意味で変わるだろう。そのゴタゴタを最後まで見届けるつもりは私にはなかった。

潮時、なのだ。

「どうせ、うちのギルマスはサハージャに帰ってこないだろうし、私もこのまま『黒』を抜けようかしら」

残っていたところで楽しいこともないだろう。

元々ずっとこの場所に残る気はなかった。

退屈な島を飛び出し、面白い方、面白い方へと向かって、ここに辿《たど》りついただけ。

暗殺者として生きるのも飽きてきたところだったし、ちょうど良い。

とはいえ、次にどこへ行くかなんて何も考えていないけど。

「……」

ふと、思い出す。

奴隷として捕らえられた同胞たちがヴィルヘルムに解放され、故郷へと戻ったことを。

捕まった彼らが悪いのだ。

肉の盾として使われるのも自業自得と思っていたから、別にそれについては何も感じないけど、今、島がどうなっているのかは気になった。

でも――。

「それより、背教者がこれからどうするのかの方が気になるわね」

黒の背教者。

シェアト、と呼ばれていた彼。うちの、『黒』の最後のギルマス。

彼がこれからどう動くのか。誰《だれ》のもとで働くのか。

それともひとりで行動するつもりなのか。

それがどうにも気に掛かった。

背教者とはそれなりに時間を過ごしたが、未《いま》だに何を考えているのか分からない。

いつも感情の見えない顔をしていて、こちらに己の意図を読ませない不思議な男だ。

でも、彼のことは嫌いじゃなかった。

だって彼は、一度も女を馬鹿にしなかったから。

女性というだけで見下す連中が多い中、唯一彼だけは性別で態度を変えなかった。辛辣な言葉こそ吐かれたが、それは男も女も同じこと。誰に対しても彼は平等だった。

そしてもうひとつ。彼は、決して女を殺そうとはしなかった。

何か理由があったのだろうけど、誰に何を言われても、女性を殺す仕事だけは受けなかった。

背教者とまで呼ばれた彼が、何を思い、そんな不可解なスタンスを掲げているのかは分からなかったが、でもそういう彼が嫌いではなかった。

だから。

「……彼がどこへ向かうのか、見届けるのも楽しそうだわ」

言ってみて、悪くないと思った。
きっと退屈な島に戻るより、よほど刺激的な生活ができるだろう。
「今なら追いつけるかしら」
黒の背教者に。
彼が今どこにいるのか分からないけれど、でもなんとかなるような気がした。
だって私はいつだってそうして生きてきたから。
心のままに動けば、きっといつかは目的地に辿りつく。
それが私の生き方で、誰にも否定させたりはしない。
撤退していくサハージャ軍にもう一度目をやる。
「さようなら、マクシミリアン様」
——私、決してあなたのこと、嫌いではなかったですよ。
どこまでも強欲な彼についていくのは、悪くなかった。
でも、敗者に興味はないから。
私は私が楽しいと思う道を行く。
だから私はかの国との決別を決め、神父服を着た男を追いかけることを決意した。

11・彼女と勝利

黒の背教者を退けたあと、私はカインに言われて急いで自室に戻った。

もしかしたら他《ほか》にも暗殺者が忍び込んできているかもしれない。その対策のためだった。

部屋にはフリードが張ってくれた結界があるので、よほど腕の立つ者以外は近寄ることもできない。

だから戻れと言われ、頷《うなず》いたのだ。

「まあ、シェアトを撃退した今、オレの敵になるようなのはいないけど、一応念のためな。何かあってからでは遅いから」

「うん、分かってる」

そうしてカインと部屋に戻った私はようやくひと息吐《つ》けたのだけれど、完全に気が抜けたわけではなかった。

だってずっと、王華《おうか》が熱を持っている。

「フリード、大丈夫かな」

近くにあったソファに座り、胸を押さえながら呟《つぶや》く。

戦場で戦っているフリードに何か起こっているのだろうか。

じっとしていると、やがて王華に集まっていた熱が治まっていった。

「……？」

首を傾げる。

結局何が起こっていたのか分からないままだったが、何か変わったのだろうか。

とはいえ、確かめる術《すべ》もない。仕方なく部屋で大人《おとな》しくしていると、扉がノックされる音がした。

「はい」

「ご正妃様、カーラです。宜《よろ》しいでしょうか」

私付きの女官長の声を聞いた私は、反射的にカインを見た。

もしかしてカーラの振りをした誰《だれ》かだったりしたらと警戒したのだ。

先ほど、王族居住区のど真ん中でシェアトに襲われたことを忘れてはいない。

私の視線を受け、カインが頷いた。

「……女官長の気配で間違いない。大丈夫だ」

「ありがとう。——いいわ、カーラ。入って」

返事をすると、カーラが扉を開け、入ってきた。

その姿は私も知る彼女のもので、カインに太鼓判をおしてもらったにもかかわらず、少しホッとした気持ちを感じてしまった。

カーラが深々と頭を下げる。

「失礼いたします」

「どうしたの？　何かあったのかしら」

私の言葉に、顔を上げたカーラはにっこりと笑った。

「おめでとうございます、ご正妃様。もうすぐ殿下が戻られますよ」

「えっ……!?」

パッとソファから立ち上がった。後ろに控えていたカインも目を見開いている。

「え、戻るって……えっ!? まだ一日も経《た》っていないんだけど!」

タリムの時のように最低でも一週間くらいはかかるかと覚悟していただけに、今日行って今日帰ってくるというのは訳が分からなかった。

だってフリードは、本調子にはほど遠いし。

魔法剣が使えれば、当日中に帰ってくることも十分に可能だろうが、今は無理なのだ。それなのに今日帰ってくるとか、一体何がどうなってそうなったのかさっぱりだ。

もしかして負けたのか……一瞬、不穏な考えが浮かんだが、すぐにそれはないと打ち消した。

フリードが負けるはずないし、何よりカーラが笑っているから。

だからきっと勝ったのだろうとは思うが……ええ? 本当に誰か私に説明して欲しい。

彼が戻ってくるのはもちろんとても嬉《うれ》しいのだけれど、状況がよく理解できなくて困惑する。

「ええっと、フリードは勝った、のよね?」

そこは間違いないだろうと思いながらカーラに尋ねる。彼女は「ええ」と首肯した。

「もちろんです。殿下はサハージャに勝利なさいました。もうしばらくすれば凱旋《がいせん》なさるでしょう。私はそのことをご正妃様にお伝えすべく、陛下から遣わされたのです」

「……勝った。えっと、どう、やって?」

サハージャ軍が援軍を出しているのは知っている。マクシミリアン国王を大将としているとも聞いているし、これは間違いなく激戦となるだろうと覚悟していたのに。

ひたすら首を傾げる私に、カーラは笑みを浮かべたまま言った。

「私も詳細を知らされてはおりませんので、なんとも。ですが、陛下が『勝利した』とおっしゃったのです。殿下の勝利は間違いないでしょう」

「……」

「ご正妃様。お召し替えを。殿下のお出迎えにいかれるでしょう？」

「も、もちろんよ」

慌てて頷いた。

フリードが帰ってくるのなら、私が行かないはずがない。

カーラがパンパンと手を叩《たた》く。すぐに女官たちが着替えを持って入ってきた。

混乱したまま、それでも何とか支度を調《ととの》える。

「いってらっしゃいませ」

カーラたちに見送られながら部屋を出た。着替え中、廊下に追い出されていたカインが合流する。護衛としてついてきてくれるようだが、彼も狐につままれたような顔をしていた。

歩きながら話しかける。

「……ねえ、ヴィルヘルムが勝ったって本当かな。いくらなんでも早すぎない？」

「オレもそう思うが、女官長が嘘《うそ》を吐いているようにも見えなかったしなあ」

「私も。いや、もちろんフリードが戻ってくるのは嬉しいんだけど、なんか拍子抜けというか……」

首を傾げる。カインも私に確認してきた。

「なあ。王太子はまだ力が回復しきっていなかっただろう？」

「うん、していない。今朝、生活魔法くらいなら大丈夫とは言ってたけど、魔法剣みたいな大技はまだ難しいって聞いたし」

「だよなあ。じゃあ、どうやってサハージャの大軍を片付けたんだ？」

「分かんない……」

とはいえ、その辺りはフリードに会えば分かることだ。

ふたりで首を傾げつつも、転移門がある場所へと向かう。途中、義母と国王に遭遇した。

「陛下。お義母《かあ》様」

「おお、姫。ちょうど良いタイミングだったな」

国王が笑顔を向けてくる。その隣にいた義母も柔らかい笑みを浮かべていた。

――あれ？

なんとなくだけれど、昨日《きのう》までとふたりの雰囲気が違うように思える。

ちょっと聞いてみたいと思ったが、今はそれよりも夫のことが気になるので、この問題はひとまず棚上げしておいた。

ふたりに駆け寄り、挨拶《あいさつ》をしてから本題に入る。

「あの……フリードが帰ってくると聞いたのですが。その、本当に？」

「もちろんだ。先ほど連絡が入ってな。サハージャ軍を打ち破り、勝利したという報告を受けた。戦後の事後処理は残っているが、まずは帰りたいと言われて許可を出した次第だ」

「本当に勝ったんだ……」

嘘だと思っていたわけではないが、それでも国王から直接聞かされると衝撃が違う。

「でも、どうやって？」

「魔法剣を使ったと聞いている。詳細は帰ってからと言われたが、どのような手段を用いてか、力を回復させたようだ」

「……回復、できたんですか？」

「そのようだな」

国王は平然とした様子で頷いていたが、私は懐疑的だった。

だってメイサさんは言っていたのだ。フリードが戦えるくらいまでに回復するには二週間は掛かると。

それを少しでも早めたければ、彼とのエッチを頑張れと言われたのは覚えているし、だからこそ昨日だって可能な限り付き合った。

それ以外の手段があることなど知らないし、聞いてない。

一体何をどうしたらフリードの力が魔法剣を放てるレベルにまで回復するのか、皆目見当もつかなかった。

フリードに何か負荷が掛かるようなことが起きていなければ良いけれど。

先ほどまで王華が熱かったこともあり、夫のことが心配で堪《たま》らない。

唇を噛みしめていると、国王が柔らかな声音で言った。

「その辺りは息子が帰ってくれば分かることだろう。それより今は、無事三ヶ国を退けることができたことを喜ぼう」

「っ！　そう、ですね」

確かにその通りだ。

事実としてフリードは勝利し、ヴィルヘルムに帰ってくるのだ。

まずはそれを喜ばなければ。

国王の言葉に頷く。国王の隣にいた義母が優しい口調で話しかけてきた。

「リディは心配しすぎです。フリードリヒが大怪我《おおけが》を負ったなどという話も聞いていませんし、私たちは安心して迎えにいけば良いのですよ」

「怪我はないんですね。良かった……！」

話を聞き、ホッと息を吐く。

戦争へ行くたびにどうしたって気になるのが怪我の有無だ。

フリードは強い人だから大丈夫だと分かっているけれども、妻としてはどうしたって気になってしまう。

「さ、行きましょう」

「はい」

義母に促され、返事をする。

怪我もしていなくて勝ったのなら、それ以上はないではないか。

しかも、思ったよりも早く帰ってきてくれたのだから。

今は国王や義母の言う通り、素直に彼の帰還を喜ぼう。

ふたりと一緒に歩きながら、ようやく私はそう思うことができたのだった。

◇◇◇

ドキドキしながら、フリードの帰りを待つ。

すでに大勢の人が集まっていた。転移門には魔術師団の団員たちが張りついていて、必死に準備を進めている。

何せ、今朝方、転移門を起動させたばかりなのだ。今日中にもう一度起動させることになるとは思わず、焦っているのだろう。

だが雰囲気は明るい。

出迎えに集まっている面々も、勝利の一報を聞いたあとだからか、皆、笑顔だ。

話を聞きつけた兄や近衛《このえ》騎士団の団長であるグレンも、少し遅れてやってきた。

兄は目聡《めざと》く私を見つけると、軽く手を上げ、声を掛けてきた。

「よ、リディ」

「兄さん」

「フリードが勝ったって聞いたんだが、マジか？」

「うん、そうみたいだよ」

兄も魔法が使えない状態のフリードを知っているだけに、現状を信じられないようだった。

驚いたように首を横に振っている。

「はー、つくづく常識を覆してくる奴だな。まさか一番の難敵を僅か数時間で片付けてくるとは思わなかった。本当、あいつ、どうなってんだ？」

私も兄の意見には同意しかなかったので頷いた。

「そうだよね。私もびっくりしたもん。でも、早く帰ってきてくれるのは嬉しいよ」

「俺《おれ》も嬉しい。しばらくはひとりで仕事しないとって覚悟してたからなあ。フリードが戻ってくるならものすごく助かる」

側近ならではの言葉だったが、私はそんな兄に指摘した。

「フリードには戦後処理があるから、兄さんがひとりで仕事をしなきゃいけないのは変わらないんじゃない？」

「……え」

「むしろ、戦後処理も一緒にすることになったりして。……なんてね！」

冗談交じりに告げると、兄は分かりやすく頭を抱えた。

「さすがにそれはないと思いたいが……いや、可能性はあるな」

「冗談のつもりだったんだけど……」

「いや、マジであり得る。フリードじゃなく、親父《おやじ》が言いそうなんだ」

「あー……。確かに、お父様なら言い出しかねないね」

「だろ」

うんざりした顔をする兄を見る。そう言いながらも全部こなしてしまうのが彼なのだ。

だからこそ更に色々抱え込む羽目になるのだけれど、これは性分だからどうしようもないのかもしれない。

ちょっと可哀想《かわいそう》かなあと思っていると、転移門が白く輝き始めた。

「あ！」

どうやら転移が始まったらしい。

ドキドキしながら転移門を見つめる。すぐに光は消え、軍勢が現れた。

いつもながら、大勢の兵が突如として現れる様は壮観だ。

勝利したからだろう。皆、明るい顔をしている。

軍勢の先頭にはフリードがいて、愛馬ヴェンティスカに何か語りかけているようだった。

その様子に変わったところはなく、元気そうだ。

「フリード！　……ん？」

声を掛け、駆け寄ろうとし、足が止まる。

なんだか奇妙なものがフリードの側《そば》でパタパタと飛んでいるのが見えたからだ。

「ん？　ん？　んん？」

青色の物体、いや、竜のように見える。

竜なんてそれこそ神話でしか聞かないような生き物で、まさか本物のはずはないと思うが、二本の角といい、背中に生えた翼といい、どう見ても竜のようにしか思えなかった。

まじまじと竜を観察する。

体長三十センチほどの小さな竜だ。だけどその見た目は完全にぬいぐるみ。

リアルドラゴンではなく、愛らしいフォルムのミニドラゴンだった。

金色の目は丸く、頬はピンク色。お腹はクリーム色で、太く長い尻尾がある。

庇《ひ》護《ご》欲《よく》を誘う可愛《かわい》らしい姿でふよふよと飛んでいるが、どうしてそんなものがフリードの側にいるのか、全く意味が分からない。

「あ、あの……フリード？」

さすがに訳の分からない生き物のいる前で夫に飛びつく気にはなれず、おそるおそる声を掛ける。

フリードはすぐに私に気づくと「リディ」と名前を呼んでくれた。

ミニドラゴンを気にしつつも、その側にいく。

「えっと、お帰りなさい。もっと時間が掛かるかと思っていたから嬉しい」

「ただいま。うん、私もそうなると思っていたんだけどね。魔法剣が使えるようになったから」

やはり国王に聞いていた通り、魔法剣が使えるようになったらしい。

その辺りの経緯もとても気になるところではあるが、目下一番知りたいのはそこではない。私は意を決し、ミニドラゴンに目を向けながら口を開いた。

「あ、あのね、フリード。その……それ、何？」

「……」

フリードが口を噤《つぐ》む。妙に申し訳なさそうな顔になった。

「……フリード？」

「いや、うん。その、話すと長くなるんだけど、実は――」

「王妃様だ～！」

フリードの言葉を遮り、ミニドラゴンのぬいぐるみが実に嬉しげに言った。

目を煌《きら》めかせ、私を見ている。

「うわ～、王妃様も変わってない～。でもやっぱり若いですね！　は—、王様と王妃様が並んでいるところを再び見られるなんて感無量。推しが近くにいるっていいなあ！　最高！」

「え、わ、私、王妃じゃないけど……」

人違いだ。

ブンブンと首を横に振る。

フリードの隣にいたミニドラゴンが私の側に移動してきた。その様子はとても好意的で、逆にこちらの方が戸惑ってしまう。

「え、え、え……」

「良いんですよ。王妃様は王妃様なので。ところで、王妃様、お名前は？　ちなみに僕はアーレウス

といいます」

「ご、ご丁寧にどうも。そ、その……私は、リディアナ、だけど……」

彼のペースに流され、つい自己紹介してしまった。アーレウスと名乗ったミニドラゴンは目をキラキラさせている。

「素敵なお名前ですね。今世の王妃様のお名前はリディアナ様。僕、覚えました」

「今世？　え、何の話？　フリード？」

意味が分からなさすぎて、夫に助けを求めた。

フリードは渋面《じゅうめん》を浮かべている。

「ああ、うん。あとで説明するから。アーレウス、大人しくしろ」

「はあい」

フリードに窘《たしな》められたミニドラゴンがくるんとその場で一回転する。浮かれているのが一目で分かる有り様だ。

不可思議な生き物に、私だけでなく皆が注目している。

ご機嫌な様子のミニドラゴンのぬいぐるみもどきをなんとも言えない気持ちで見ていると、国王たちもやってきた。

彼らもまたミニドラゴンを見て、目を見開いている。

「フリード……」

国王の顔が『何だそれは』と言っていた。

いや、国王だけではない。フリード以外の全員が同じことを思っているのは明らかだ。

近くにウィルがいたので、小声で話しかける。

「お帰りなさい。ね、ウィル。その……あのミニドラゴンのぬいぐるみのこと、フリードから何か聞いてる？」

お帰りの言葉がおざなりになってしまい申し訳なかったが、ウィルもそれどころではないようで、ミニドラゴンをガン見しながら首を横に振った。

「いや、僕たちも何が何やら。その……戦いが終わってすぐ帰るという話になったから、帰ってから皆にまとめて話をすると殿下はおっしゃっていて」

「そ、そうなんだ」

確かに何度も同じ説明するのは面倒だと思うし、戻ってくるまでに詳細を話すような時間もなかっただろうけど、ちょっとウィルが気の毒だ。

だってすごく気になる。

見たことのない、一見ドラゴンのような外見の存在。でも、ぬいぐるみ感が溢《あふ》れすぎていて、ドラゴンだとも断言できないから、本当に何者なのかさっぱり分からないのだ。

しかし、これでフリード以外の全員が、この謎の生き物について何も理解していないことが分かった。

皆の注目を集めまくったフリードは、はあ、と息を一つ吐くとミニドラゴンを捕まえ、国王の前に差し出した。

「あっ、何をするんです、王様！」

「私を王と呼ぶなと言っているだろう。……父上、この生き物の名前はアーレウス。……認めがたい話ではありますが、神剣アーレウスに宿るといわれる精霊です」

「えっ!?」

声を出したのは国王だけだったが、全員同じことを心の中で思ったと思う。

――こいつが精霊？　と。

皆が驚愕《きょうがく》の顔でミニドラゴン――精霊アーレウスを見る。私も皆と同様、とても驚いていた。

何せ、精霊なんて生まれて初めて見たから。

――精霊なんて本当に存在したんだ。

パタパタと羽を動かすミニドラゴンが剣に宿る精霊なんて嘘みたいな話だ。

国王は目をパチクリさせて、精霊アーレウスを凝視している。

「精霊……いや、もちろん神剣に宿る精霊の話は私も知っているが……まさか本当に存在したとは……いや、本物か？」

国王の言葉に、フリードも同意する。

「そうおっしゃりたい気持ちは分かりますが、間違いなく本物の精霊かと。何せ、彼に助けられたお陰で今、私たちはこの場に立っているのですから」

「なんと……」

国王も知らなかったのか、目を丸くしている。

精霊アーレウスはといえば、えっへんと胸を張っていた。見た目が可愛らしいので、とても愛らしく見える。

「まあ、僕は優秀な精霊ですから！　最推しの危機に駆けつけないなど、ファンの名折れ。王様はこの僕が全力でお守りしますよ！」

「アーレウス。その、だな。力を貸してくれたことには感謝しているが、何度も言う通り、私を王と呼ぶのはやめろ」

「嫌でーす。僕にとって王様は王様なんですから。それ以外では呼びません」

「アーレウス……」

頭痛がするとでも言いたげなフリードだったが、精霊はぷいっとそっぽを向いてしまった。

ふたりのやり取りを目を丸くして見ていた国王だったが、すぐに表情を引き締めると、丁重に精霊へと語りかけた。

「精霊アーレウス殿。初めましてと言うのもおかしいでしょうが、初めまして。私はヨハネス。ヴィルヘルム王国の現国王を務めております」

「……」

精霊が国王に視線を向ける。だがそれは一瞬だった。

すぐについっと顔を背けた。

「僕、王様と王妃様以外、興味ないから」

「アーレウス」

「だって〜」

フリードに咎《とが》められ、ムスッとした顔をする精霊。なんというか、とても自分に正直な性格をしているようだ。

「私にではなく父上に対して敬意を示せ」

「いや、それは難しいですね」

きっぱりと告げ、精霊が言う。

「僕、王様に惚《ほ》れて、王様の神剣に宿ることにしたんですもん。王様にお願いされたから、その子孫だって守ってきましたけど、こうして会えたんですよ？　それなら僕はもうあなたにしか仕えたくありません。千年も待ってたんですから、少しくらいわがまま言ってもいいでしょう？」

「アーレウス」

「フリード、構わぬ。精霊アーレウス殿がそう言うのだ。私は気にしない」

「ですが」

嫌だと態度で示す精霊をフリードが窘めるも、国王がそれをやめさせた。

「精霊アーレウス殿は、神代から生きる最古の精霊ともいわれている。そのような方に私たちが指図するわけにはいかない」

「そのとーり！　でも、王様は大丈夫ですよ。だって王様ですから。いくらでも命令しちゃって下さい！　僕、王様の命令なら大体のところは聞いちゃいます」

キリッとした顔を作る精霊。そんな彼にフリードが即座に告げた。

「私の命令を聞くというのなら、それこそ父に対し、敬意を示せ」

「無理でーす。僕にとって彼は庇護の対象ではあっても、敬意の対象ではありませんから」

「アーレウス」

「むーりーでーす」

　間延びした口調で繰り返す。

　フリードに睨《にら》まれても精霊は気にした様子もなかった。

　何というか、すごくマイペースだ。

　国王が慎重に話しかける。

「精霊アーレウス殿。宜しいでしょうか」

「ん？　良いけど、何？」

「ありがとうございます。先ほどからあなたは息子を王と呼んでおられましたが、それはどういう意味でしょうか？」

「意味なんてないよ。王様は王様だからそう呼んでる。でも、そうだね。あえて説明するなら、僕がずーっと、それこそ千年掛けて待っていた人。それが彼だよ」

　精霊の言葉は要領を得ない。

　フリードを見る。彼は私が見ていることに気がつき、困ったように肩を竦《すく》めてみせた。

「アーレウスが出てきてからずっとこんな感じなんだよ。私のことも王と呼んで、いくらやめろと言っても改めない」

「そ、そうなんだ」

「リディのことは王妃様って呼んでいたよ」

「……そういえば、さっきもそう言われた」

最初に話しかけられた時に『王妃様』と呼ばれたのを思い出した。

「私が王妃って……」

「王妃様は王妃様ですよ！　えーっとですね、生まれ変わりって分かります？　王様は初代国王の生まれ変わりで、王妃様もそうだっていう話なんですけど」

「初代国王の生まれ変わり!?」

予想もしていなかった言葉に、思わず声を上げる。フリードも目を丸くしていた。

国王や義母、そして私のすぐ近くにいたウィルも皆、驚きを隠せないといった様子だった。

国王がこめかみを押さえながら、ちょっと待って欲しいというように、片手を前に出す。

「す、すみません。突然の話についていけなくて。精霊アーレウス殿。申し訳ありませんが、場所を移させていただいても？　さすがにこのような重大すぎる話を、皆がいるところで続けたくはありませんので」

「いいよ」

「ありがとうございます」

国王が頭を下げ、フリードに言う。

「フリード、そして姫よ。私の執務室まで来てもらえるな？」

「分かりました」

「は、はい」

フリードに続き、首を縦に振る。

国王は同じく迎えに出てきていた宰相である私の父に後を任せると、義母と私たちだけを連れて、執務室へと向かった。

父も精霊のことは気になるようだが、ついていきたいとは言わない。

キビキビと皆に指示を出し始めた。それを見ながら歩き出す。

精霊はパタパタと暢気《のんき》に空を飛びながら私たちについてきた。

なんとも愛らしい姿だ。

しかし何度見てもこれが精霊とは思えない。

なんとなくだけど思い描いていた姿とは違うので、未だ強い違和感があるのだ。

じっと見ていると、私の視線に気づいたのか、精霊がこちらを見た。

「？　何ですか、王妃様」

「わっ……」

「ん？　今、僕のこと見ていませんでした？」

「見、見ていたけど……ご、ごめんなさい」

不躾《ぶしつけ》だっただろうか。無礼な真似《まね》をしていたのなら謝らなければと思い、謝罪の言葉を紡ぐと、精霊はニコニコと笑って言った。

「謝る必要なんてないですよ～。王妃様なら大歓迎ですからっ。むしろ僕の方こそたくさん王妃様を眺めていたいと言いましょうか……はあ……千年ぶりの王妃様。ちょっと以前とは印象が違いますけど、やっぱり中身はちゃんと王妃様ですねぇ。お久しぶりです～。今世も王様同様きっちり推していきますからね！」

「は、はあ」

キラキラとした瞳《ひとみ》を向けられ、目を瞬かせた。

先ほど精霊は私とフリードを初代国王夫妻の生まれ変わりだと言っていた。

普通なら、生まれ変わりなどと言われたところで疑いしかないのだけれど、何せ私自身前世の記憶を持つ身。

もうひとつ前の前世が実はあるのだと言われても「へえ、そうなんだ」くらいにしか思わなかった。

だって、私は私でしかないので。

初代王妃と言われたところで、私の何かが変わるわけではないのだ。

改めて精霊を見る。慎重に話しかけた。

「ええと、アーレウス様？」

敬称をつけたのは、もちろん相手が精霊だからだ。

国王も精霊を敬っていたし、私もそれに倣《なら》うべきだと思った。

だが、何故《なぜ》か精霊はショックを受けたような顔をする。

「が、がーん!!」

「えっ……」

「嘘でしょう？　王妃様に敬称つきで呼ばれるとか、あり得ないんですけど。王妃様、おやめ下さい。僕は推しに敬称や敬語を使われる趣味はありません」

「で、でも……」

国王が敬語を使っているのを見たあとで、友達口調で話すとか、そちらの方こそあり得ない。

わたわたとしていると前を歩いていた国王が振り返った。

「姫」

「へ、陛下、あの……」

「アーレウス殿は我が国に代々伝わる神剣に宿る偉大なる精霊。申し訳ないが姫もかの方の要望には最大限添ってもらいたい」

「えっ、あっ、はい」

真面目《まじめ》な顔で諭されてしまえば、拒否することなどできるはずもない。

私が頷くと、精霊は「わーい」と嬉しそうに尻尾を振った。

「えへへ。良かったです。で？　王妃様、僕に何か聞きたいことがあるんですよね？」

「えっと、う、うん。その……あなたが竜の姿をしているのがびっくりだなって思って。精霊って人の形をしてたりとかするのかなって勝手に思っていたから」

「あ、それ別に間違ってませんよ。僕も最初は今とは違う形でしたから」

「そうなの!?」

「はい。僕がこの姿になったのは、王様をリスペクトしているからに他なりません。初代国王が竜神だったというのはもちろんご存じですよね？」

「うん」

「王様と出会ったのは、彼がまだ竜神だった時のこと。僕はかの方に惚れ、一生ついていくと決め、その決意表明として今の姿を取るようになったのです！」

　鼻を膨らまし、自慢げに語る精霊を見る。

「姿って変えられるものなの？」

「僕みたいな力の強い精霊なら可能です。でもじゃあ、元の姿に戻れって言われても無理です。もう忘れちゃいましたよ。でも、僕はこの姿を取ったことを後悔していませんし、むしろ誇りに思っているんです！」

「そうなんだ。その青薔薇《ばら》のチョーカーもよく似合っているね」

　首に巻かれた青い薔薇のチョーカーに目をやり告げると、精霊はぱあっと顔を明るくした。

「そうでしょう！　これは王妃様が下さったもので、僕の宝ものなんですよ～」

　ぴょいぴょいと空中をスキップする精霊は本当に楽しそうだ。見ているこちらまで笑顔になってしまう。

　というか、動きがコミカルで愛らしいので、基本可愛いものに目がない私は、どうにも心が擽《くすぐ》られてしょうがなかったのだ。

　だからか、思わず言ってしまう。

「あ、あの、ね。その、良かったらその、ちょっと触らせてもらってもいい？」

「もちろん！　王妃様なら大歓迎です!!　いつでもどうぞ！」

「駄目に決まってるでしょう」

ドキドキしながら告げた言葉には、ＯＫとＮＯの両方の答えが返ってきた。

ＯＫを出してくれたのは精霊で、ＮＯを突きつけてきたのはもちろん私の旦那《だんな》様だ。

フリードが私を睨《ね》めつける。

「リディ。私というものがありながら、他の男に触れるとかどういうつもり？」

「あ、ご安心下さい、王様。僕は無性なので、男ではないです。あと、王妃様は恋愛対象外です。僕は推しを応援したいのであって、恋とか解釈違いですから」

「そういう問題じゃない」

「えー、結局のところ嫉妬でしょう？　間違ってないと思いますけど」

ぶうぶうと膨れながら精霊が告げる。だが、何だろう。妙に嬉しそうに見えた。

見当違いの妬心を向けられているのにどうして喜んでいられるのだろうと思っていると、彼は不意に、まるで名案でも思いついたかのような顔をした。

「そうだ、王様。僕を王妃様の護衛に使って下さいよ。僕、以前も王妃様の護衛としていつもお側にいたんです」

「……ずいぶんと唐突だな」

何を企んでいるのかと、フリードが訝《いぶか》しげに彼を見る。精霊は尻尾をフリフリさせながら言った。

「まあまあ。こういうことは早い者勝ちですから。それに僕を王妃様の近くに置いておくと、とーっても便利ですよ。僕と神剣は一心同体。神剣を通して王様に連絡もできますし、先ほども言った通り、僕、かなり力の強い精霊なので、王様がいない時に王妃様をお守りできます」

「必要ない。……リディにはすでに専属の護衛がいる」

にべもなくフリードが切り捨てる。だが、精霊は諦《あきら》めなかった。

「へえ、それって何人ですか？」

「ひとりだが……彼はかなりの手練《てだ》れだ。任せることに不安はない」

「ふうん。手練れってことは、攻撃面に突出してるってことですよね？」

「……そうだ。彼がいるから問題ない」

フリードが言っているのはカインのことだろう。

カインに不足があるはずもない。

私も頷いたが、精霊は分かってないなあと言わんばかりに人差し指をチッチと振った。

「違いますぅ。僕が言っているのは攻撃面の話じゃないですよ。もちろん、攻撃でもお役に立てる自信はありますけど、でも王様、絶対の守りって欲しくないです？　僕、障壁を張ることには一家言あるんです。たとえこの城が崩れ落ちたとしても、王妃様を傷ひとつなくお守りできる自信、ありますよ？」

「へえ！」

思わず、会話に参加してしまった。私の興味を引けたのが嬉しかったのか、精霊が自慢げに言う。

「更に更に、人間の攻撃くらいなら余裕で無効化できますっ！　物理は当然、魔法や魔術、秘術にだって対応可能！」

「秘術も!?」

「ええ、僕は優秀ですから！　どうです。一家に一台、最古の精霊。特に王妃様の護衛がひとりなら、守備の専門要員がいるのは悪くないと思いますよ～」

　確かに彼の言うことは間違っていない。

　フリードも反論はないようだ。それどころか興味を持った様子である。フリードの興味を引き出せたことに気づいた精霊はにんまりと笑った。

「というわけで、僕を王妃様の護衛にして下さい」

「……」

「王様、王妃様に傷ひとつつけたくありませんよね？　何かあった時、王様が側にいることができれば、そりゃあそれが一番ですけど、そうでないことも多々ある。その時、守備専門要員がいれば、安心ではありませんか？　しかもその守備要員は鉄壁の守りを提供できるんですっ！」

　さあどうだと言わんばかりに精霊がフリードを見た。

　うん、己の売り込み方が非常に上手い。

　フリードがちょっと考える顔になっているのがその証《しょう》拠《こ》だ。

「……悪くないな」

「そうでしょう。それに王様は僕の張った防御壁の威力をご存じでしょう？　先ほどの戦い、王様を守る防御壁を張ったのは僕ですから」

精霊の言葉にフリードが頷く。

「やはりあれはお前だったのか」

「はい！　僕、あんまりにも奥深くで眠っていたせいで、出てくるのが遅れてしまって。でも王様がピンチじゃないですか。障壁だけでも先にと思ったんです。お役に立てて良かった」

「確かにあの防御壁は見事だったし、助かった」

フリードの賞賛を聞き、精霊がエッヘンと胸を張った。

「でしょ。しかも、しかもですよ？　僕は身元がはっきりしています。なんといっても王様の神剣ですからね！　千年もの間、ヴィルヘルム王家を守ってきた僕。これ以上安心安全な存在はいないと言って過言ではないと思いません？」

「……」

フリードの顔がその通りだと言っていた。

ヴィルヘルム王家を初代から守り続けてきた神剣に宿る精霊。彼自身とは初対面だとしても、信頼できないとは口が裂けても言えないのだろう。

「……父上。彼をリディにつけても宜しいでしょうか」

前を歩いていた国王にフリードが尋ねる。国王は振り返り「もちろんだ」と言った。

「精霊アーレウス殿の決めたことに反対する気はない。それにすでに神剣はお前に譲り渡しているからな。私にいちいち確認する必要はない」

「……ありがとうございます」

国王の言葉に感謝したフリードが、精霊に目を向ける。

「お前の望み通り、リディにつけよう。必ずリディを守るように」

「お任せ下さい！」

ひゃっほう、と精霊が嬉しげにはしゃぐ。

そうして「あ、大事なことを言わなくっちゃ！」と思い出したように手を打った。

「守りについてなんですけどね、僕が王妃様に触れている必要があるんです。ほら、神剣だって同じでしょう？　王様が僕を手に取ってくれることに意味があるし、力を発揮できる。対象に触れている必要があるんですよ。なので、許しがたいかもしれませんが、王妃様に触れる許可を下さい。これは守りのためですから」

「……なるほど」

「王妃様の命には代えられませんよね」

「確かにそれはその通りだ」

一瞬、眉根《まゆね》を寄せたフリードだったが『私のため』と言われ、ややあって頷いた。

「……仕方ない。許可する」

「わーい、ありがとうございます、王様。ということで王妃様。許可が出たので心置きなくどうぞ！」

「ん？　何の話？」

いきなり話を振られ、目を瞬かせた。

話題転換が急すぎる。

精霊はニコニコしながら私に言った。

「だって今、お触りＯＫの許可が出たでしょう？　王妃様、さっき僕に触りたいって言っていたじゃないですか」

「それはそうだけど、そういう話だった？」

今していたのは守りがどうとかいう、とても真面目な話ではなかっただろうか。

それとももしかして、フリードに触って良いと言わせるためだけに、護衛の話を持ち出したのか。

疑念に思っていると精霊は「触れて良いってことなんですから同じですよ」と笑っている。

そうしていつでも来い！　とばかりに私の方を向いた。

だが、その頭をフリードが容赦なくぺしりとはたく。

「誰が関係ない時に触れて良いと言った」

「えー、別に良いじゃないですか」

「駄目に決まっている。それはそれ、これはこれ、だ」

「ぶうぶう！　せっかく王妃様に抱きしめてもらおうと思ったのに」

ちえっと文句を言いながら精霊がフワフワと飛び、私の頭の上に載る。

「わっ……」

ぽふっという音がした。

「王様の心が狭いので、仕方ありません。でも、抱きしめる必要はなくても、抱っこしてもらうか、頭の上に載るかくらいが一番防御壁を張りやすいのは事実なので、それは許して下さいね」

「……分かった」

不満たらたらな顔をしつつもフリードが頷く。精霊は私の頭の上で、もぞもぞしながら聞いてきた。

「ということで、僕の基本ポジションはこの辺りで良いです？」

どうやら収まりの良い位置を探していたらしい。

頭の上に載ってはいるが、本物の竜ではないせいか、殆ど重みは感じない。

感覚的には軽い帽子を被《かぶ》っているくらいだったので、頷いた。

「うん、大丈夫」

「肩が凝るようなら言って下さいね～。では、これから宜しくお願いします」

「宜しく。でも私で良いの？」

守るなら持ち主のフリードであるべきではと思ったが、精霊は否定した。

「王様には僕の本体がありますから。それに王様の大事な王妃様をお守りするのは昔から僕の役目なので。今世ももちろん全うするつもりですから、大船に乗ったつもりでいてもらって構いませんよ！」

「そ、そうなんだ」

初代王妃の守りを引き受けていたのだと聞き、目を瞬かせる。

王妃の守りであるのなら義母を守るべきではと思ったが、先ほど国王から、精霊の希望に添うようにと窘められたばかりなので、余計なことは言わないことにした。

あとは黙って歩く。頭の上に載った精霊は機嫌良さそうに鼻歌を歌っていた。

聞いたことのない曲だ。

「こちらです」

国王の案内で執務室に辿《たど》りつく。

人払いをし、国王と王妃、フリードと私、そして精霊という五人になったところで、それぞれ適当なソファに腰掛けた。精霊は相変わらず私の頭の上にいたが、なんとなく格好がつかないので膝《ひざ》の上に載せてみる。

なんだろう。猫を載せている心地である。

途端、フリードがものすごい目つきでこちらを見てきたが、先ほど頭の上か抱っこが基本と言われて了承したのは彼なのだから、少しは目を瞑《つむ》って欲しい。抱きしめているわけではないのだから。

しかし膝の上に置いただけでも分かったが、この精霊はフワフワが魅力的なマシュマロボディだ。いくらでも触っていたい素晴らしい触り心地で、できればギュウウッと力いっぱい抱きしめたいところである。

私の膝に載せられた精霊は、ふんふんとご機嫌の様子だった。

「ええと、それで、ですね」

国王が咳払いをする。皆が彼の方を向いた。

「精霊アーレウス殿。話を聞かせていただけますか」

「良いけど、王様が王様だってだけの話だよ？　僕はずっとその剣の中で眠っていて、王妃様の血に触れたことで、目覚めが促された。深い眠りだったからちゃんと目が覚めたのはついさっきだけど、起きた限りは王様と王妃様のために働く。それだけなんだけど」

「……息子が、初代国王の生まれ変わりというのは本当なのですか？」

「うん」

国王の言葉を精霊はあっさりと肯定した。

改めて驚く国王と義母。フリードは特に反応していない。それが気になったので声を掛けた。

「フリード、驚いてない？」

「いや、十分驚いているよ。ただ、生まれ変わりと言われても私自身、記憶があるわけではないからね。実感が湧《わ》かないってだけ」

「そうだよね。私も初代王妃の生まれ変わりって聞いても、ピンとこないもん。『ふーん』としか言えないんだよね」

「そういうこと。私もリディと同じだよ」

フリードの言葉に大いに納得した。

私の膝の上に載った精霊が話を続ける。

「昔も今も僕の王様はひとりだけだ。彼が死ぬ時、僕は言った。『いつかあなたがまたこの世界に戻った時にお力になれるように、僕も剣の中で眠ります』って。その僕が目覚めたんだ。彼は王様の生まれ変わりで確定しているし、そもそも僕が彼を間違えるはずない」

断言する精霊を国王は戸惑いが入り混じった顔で見つめていたが、やがて口を開いた。

「そう、ですか。私としては息子は先祖返りかと思っていたのですが」

「違う。それなら僕が目覚めるはずがない。王様と王妃様。ふたりが揃《そろ》わないと僕は起きないんだから」

「王妃。姫も初代王妃の生まれ変わりで間違いないのですか？」

「王様のつがいが王妃様でないはずないでしょう？　むしろそれ以外だったら、びっくりだよ」

「……」

「それに王妃様には、あの方が残した力が今も色濃く受け継がれ、残っているからね。さっきの戦場ではそれを使って僕は王様の力を回復させたんだ。王様は力を欲していたから、僕が協力した」

「協力というのは？」

国王が説明を求めるようにフリードに目を向ける。フリードは心得たように口を開いた。

「はい。力が回復しきっていない最中、もう駄目かと思った時に彼が現れ、リディの中にあるという力を私に流してくれました。そのお陰で魔法剣を使うことができるようになったのです」

「あなたがフリードを回復させてくれたの……」

先ほど少し話してくれた詳細を聞き、精霊を見つめる。

精霊は照れくさそうな顔をした。

「助けたなんて大袈裟《おおげさ》です。僕はあなたが持っていた力を王様に流し込んだだけですよ～。それに覚醒した時に、すでに力を流す道はできていましたしね。簡単なものです」

「私が持っていた力？　あ、もしかして、少し前、王華が熱くなったのって……」

思い当たることといえばそれくらいしかない。

心当たりを告げると、精霊は肯定した。

「あ、それです。それ」

「へえ」

気になっていた疑問が解消し、すっきりした。

フリードが焦ったように私を見る。

「そうだ、リディ！　体調は悪くない？　アーレウスはリディに不利益はないと言っていたけど」

「大丈夫だよ。何か起こっているのかなとは思ったけど、嫌な感じもなかったし、体調も普通」

「そう……それなら良いけど」

安堵の表情を浮かべるフリード。

とにかくこれで、フリードが勝利した理由が分かった。

目覚めた精霊が協力してくれたお陰で魔法剣が使えるようになったと、そういうことだったのだ。

国王が精霊に話しかける。

「なるほど。事情はよく分かりました。息子が初代国王の生まれ変わりというのも、あなたがおっしゃるのならばそうなのでしょう。それで……今後のことなのですが」

「今後？」

キョトンとする精霊に国王が言いづらそうに告げる。

「これからどうなさるのかという話です。あなたは長きに亘《わた》る眠りから目覚めた。もしかしたら何か重大な使命をお持ちなのかもしれませんが、できれば今後の予定などを教えていただければ助かります」

　神剣に宿る精霊の動向を知っておきたいというのは当然のことだ。

　国王の言葉に、精霊は「え、ここにいるけど」とあっさり言った。

「僕にとって大事なことは、王様と王妃様と一緒にいることだし。普通にここにいるよ」

「……それで宜しいので？」

「うん。今の僕は精霊といっても、神剣が本体みたいなところがあるから。元々あまり神剣から離れられないんだよね。それにさっきも言った通り、僕には王妃様を守るという使命があるから。ね、王妃様。僕、お側にいても良いんですよね！」

「え、うん。私は構わないけど」

　精霊がどんな性格をしているのか、まだ掴《つか》めないところはあるけれど、フリードや私に対してとても好意的なのは分かるし、側にいたいと言ってくれるのなら、そうさせてあげても構わない。

　それでも私だけの一存で決められることではないので、夫を見る。

「フリード。フリードはどう？」

「私の意見はさっきも言った通り。アーレウスがリディを守ってくれるというのなら安心できる。これに尽きるよ」

「嫉妬するのに？」

少し茶化して言うと、フリードは小さく笑った。

「それはもう、私だから仕方ないよ。でもアーレウスにならリディを任せても良いと思えるかな。何せ彼は、ヴィルヘルムを守り続けてきた神剣に宿る精霊だし、ある意味誰よりも信頼できるから。嫉妬しないとは言えないけど、でも、リディの安全を取りたいって思うよ」

「そっか」

「それにこの様子なら、私たちの邪魔をしようとか考えそうもないしね」

「それは、確かにそうだね」

むしろ熱烈に応援されている気がする。精霊はフリードだけではなく私のことも好意的に見てくれているようだし、フリードがゴーサインを出すのも頷けた。

「王様っ……僕、感動ですっ！」

話を聞いていた精霊がワナワナと震え出したかと思うと、突然フリードの顔に思いきり飛びついた。

予想外すぎる動きに対応できなかったのか、フリードが焦った声を上げる。

「うわっ！」

顔に張りついた精霊をフリードはベリッと引き剥《は》がした。

「何をする、アーレウス！」

「だ、だってぇ、嬉しかったんですよぉ。王様が昔と変わらず僕に信頼を寄せてくれたのが。僕、絶対に王妃様をお守りしますね。王様のために！」

うるうるとした目で見られ怒る気力がなくなったのか、フリードは怒気を引っ込め、代わりに大きすぎるため息を吐いた。

「……はあ。頼んだぞ」

「はい！」

きゃあ！　と黄色い声を上げ、精霊がフリードから離れる。その辺りを存分に飛び回り、満足したのか私の膝の上に戻ってきた。

可愛い。

思わず頬《ほお》が緩んでしまう。ポンポンと頭を軽く撫《な》でると「何ですか、王妃様」と言いながらこちらを向いてくるのが堪らなかった。

「くっ……可愛い」

あざと可愛いというのはこういうことを言うのだろう。

まん丸い目がきゅるんとしているのが、私の萌え心に突き刺さる。

国王が小さく笑い、確認するように言った。

「……それでは、精霊アーレウス殿は、基本は姫の側にいらっしゃるということで宜しいでしょうか」

「宜しいでーす」

国王の確認に、精霊が元気よく返事をする。

はーい、と小さな前肢を上げる姿に目尻が下がる。

突然現れた、神剣に宿る精霊アーレウス。

新たな仲間の出現には驚いたけれど、どこか憎めない彼に私は自分でも意外なほど好感情を抱いていた。

◇◇◇

一通り精霊と話を終え、ひと息吐いたところで国王が言った。

「今日はさすがに無理だが、明日の午後から祝勝会を開く予定だ。フリードはもちろん、姫にも出席してもらいたい」

「はい、分かりました」

国王の言葉に頷く。

祝勝会。

去年、タリム戦を終えたあとに行われたそれを、フリードの婚約者として出席したことを連鎖的に思い出した。

あの時は、正直まだ色々とピンときていなかったが、王太子妃となった今では、祝勝会の大切さはよく分かる。

皆を労い、勝利を改めて祝い合うのは大事なことだし、そこに私が出席するのは王族としての義務だ。

「もちろん出席させていただきます」

出席の意向を告げると、国王は頷いた。

「うむ。今回の勝利は、息子だけではなく姫のお陰でもあるからな。特にアルカナム島を退《ひ》かせることができたのは姫の功績。勝利の立て役者のひとりとしても是非、皆に姿を見せてもらいたいところだ」

「私だけの力ではありませんが。でも、ありがとうございます」

「祝勝会には、西の砦《とりで》の面々や北の辺境伯たちも呼ぶ予定だ。皆が話しかけてくるだろうが、対応してやって欲しい」

「はい」

「私も一緒だから、緊張しなくて大丈夫だからね」

フリードが言い添える。彼を見て、にっこりと笑った。

「うん、ありがとう」

フリードがいてくれるのなら、心配することは何もない。

それで話は終わり、私はフリードと一緒に執務室を辞した。

義母は、国王が部屋に送っていくと言っていた。大丈夫なのかなと義母の様子を窺《うかが》うと、ほんのりと嬉しそうに見えたので「あ、これは大丈夫なやつ」と安堵《あんど》し、任せることに決めた。

これは希望的観測でもなんでもなく、本当にふたりの間に何か革命的な出来事が起こったのかもしれない。是非、その辺り詳しく聞いてみたい。

精霊も私たちについてきた。彼はふよふよと飛んでいたが、すぐに私の頭の上に収まる。ぽふっという音がしたが、重さはないので気にならない。

「リディ」

部屋を出て少し歩いたところでフリードが足を止める。返事をすると、彼は申し訳なさそうな顔をして言った。

「悪いんだけど、先に部屋に戻ってくれるかな。宰相とアレクに戦後処理のスケジュールについて、確認しておきたいんだ」

「うん、分かった」

戦の後にそういう処理があることは分かっている。

しかも今回フリードはその辺りを全部ぶっちぎって敵を倒しただけでとんぼ返りしてきた。やらなければならないことは山積みなのだろう。

「帰ってきたばかりでお疲れだろうけど頑張ってね」

「ありがとう。できるだけ現地に行かなくていいようにするつもりだよ。リディと離れたくないし」

「ん」

私も同じ気持ちなので頷く。

「私に何かできることある？」

「ありがとう。でも、大丈夫だよ。部屋で休憩していて。話が終わったらすぐに行くから」

「そっか。分かった」

フリードがそう言うのなら、そうしよう。

頭の上で精霊が「はーい」とアピールした。

「僕は王妃様についていきますね～」

「ああ、頼んだぞ」

「お任せを！」

頭の上から降り、フリードの目の前までやってきた精霊は、胸に手を当て、まるで騎士のような礼を取った。

どうやら彼はすっかり私の新たな護衛役としてフリードに認知されているようだ。精霊自身もやる気満々の様子で可愛らしいばかり。

私はクスクスと笑いながら、精霊に話し掛けた。少し気になることがあったのだ。

「ね、私についてくるって言うけど、神剣から離れても大丈夫なの？　さっき、あまり離れられない的なことを言っていなかった？」

「あ、城内レベルなら全然大丈夫です。さすがに外国にいるとか言われるとちょっと厳しいですけど、そもそも王様と王妃様がそこまで離れることはないでしょう？」

「それはそうだな」

フリードが納得したような顔をする。そうして私に言った。

「じゃあ、リディ。あとでね」

「うん、あとで」

軽く額に口づけ、フリードが去っていく。それを見送り、自室へ向かった。

精霊は再び私の頭の上に載っている。

鼻歌を歌っているのが聞こえてきた。

さっき歌っていたのと同じ歌な気がする。

「それなんの歌？」

千年前に流行《はや》っていた歌だったりするのだろうか。

興味本位で聞いてみると、予想外な答えが返ってきた。

「あ、聞いちゃいます？　実はこれ、僕が作った王様を讃《たた》える歌なんです！」

「……え」

――まさかの自作？

古い伝承を元にした歌だとか民謡だとか、そういう答えを期待していただけに、咄嗟《とっさ》に答えを返せなかった。

「ちゃんと歌詞もあるんですよ！　十二番まであって、よく王様たちの前で歌ってました」

「……十二番もあるの!?」

「はい！　一曲歌い終わるのに、大体一時間掛かります！」

「た、大作だね」

つまり、一番を歌うだけでも五分かかるわけだ。

それはすごく迷惑なのではないだろうか。

十二番まである自作の歌とか。

興味がないわけではないが、最後まで聞き続けられる自信はなかった。

「す、すごいんだね」

「あ、お聞きになります？」

「い、今は良いかな！」

内心焦りながらも断ると、精霊は「残念。じゃあ今度王様と一緒に聞いて下さいね」と言ってきた。

フリードを讃える歌らしいし、聞かないというのも可哀想《かわいそう》かもしれない。

フリードと一緒なら付き合ってもいいかなと思った私は頷いた。

「分かった。じゃあ、今度お願いね」

「お任せを！　ワンマンリサイタル開きますよ～！」

やる気満々な返事が返ってきた。

どんな歌を聞かせてくれるのかは分からないが、これだけ楽しそうだとこちらもちょっと期待してしまう。まあ、最低一時間は覚悟しないといけないらしいんだけど。

「姫さん」

話しながら廊下を歩いていると、頭上から声がした。

声の主はカインだ。おそらく出てくるタイミングを見計らっていたのだろう。私は笑顔で彼の名前を呼んだ。

「カイン！」

カインがシュタリと上から降りてくる。何故か、憤然《ふんぜん》とした様子だった。

「？　どうしたの？」

何かあったのかと思っていると、カインは私の頭の上にいる精霊を指さした。

「こいつが護衛ってどういうことだ？」

「へ？」

目を瞬かせる。どうやらカインは、先ほどの国王たちとの会話を聞いていたようだ。

カインに聞かれてもいい話だったのかなと少し考えたが、フリードが気づかないはずないので、多分大丈夫なのだろう。本当に駄目だと思ったら、彼が放置するはずがない。

それに、意外とフリードはカインを信頼しているので。

口外しないのなら多少機密事項を聞かれたところで構わないというスタンスになっているのは気づいている。

「……」

ぶすくれた様子のカインを見つめる。彼はもう一度口を開いた。

「オレだけじゃ不十分だって言いたいのか？　新参者に任せないと不安？」

「え、そんなわけないけど」

目を瞬かせた。

どうしてそんな結論になるのか。

カインが物足りないなんてあるわけがない。いつだって彼は私の頼もしい忍者だし、つい先ほども私のことをシェアトから助けてくれたではないか。

そういうことを力説すると、カインはふっと脱力したように息を吐いた。それでもジト目で私を見てくる。

「……じゃあ、オレがお役御免ってことはないんだな？」

「ないよ、あるわけない。カインにはこれからも助けてもらいたいって思ってる」

ブンブンと首を横に振る。

カインは「それならまあ、良いけど」と言いながら、私の頭の上に載っている精霊に目を向けた。

「じゃ、そいつは？　オレがいるんだからそれは要らないだろ」

「カインも話を聞いていたのなら知ってるだろうけど、フリードは守りのために彼を私につけたって言ってたよ。ね？」

精霊に声を掛けると、彼は私の頭から降りて元気よく「はい！」と返事をした。

「僕の鉄壁の守りがあれば、王妃様は絶対に安全ですからね！」

「ほら、そういうことなの。別にカインが足りないってわけじゃない。それに、カインもこの方が動きやすいんじゃない？　今回みたいに誰かが襲ってきた時、私を守ってくれる存在がいれば、私のことを気にせず戦えるでしょ？」

「……それはまあ、確かに」

否定はできない、とカインは頷いた。だがその顔はとっても不満そうだ。

自分だけでは足りないと認識されたと思っているのだろう。そんなわけないのに。

「護衛の人数は多すぎても困るけど、ふたりくらいならちょうど良いんじゃないかな。それぞれ役割分担ができるって良いことだと思う。攻めと守り。フリードもそれを見越して彼に私の守りを頼んだんだよ」

「……」

「私の忍者はカインだけだし、それは今後も変わらない。ね、それじゃ駄目かな」

納得しがたいという顔をしているカインに尋ねる。

カインは渋々答えた。

「駄目、とかじゃないけどさあ」

「護衛として一番信頼しているのはカインだし、先輩として彼と仲良くしてくれると嬉しいんだけど」

精霊には悪いが、やはり一年近くずっと護衛をしてくれたカインを一番信頼している。

カインも私の言葉に「まあ、そういうことなら？　仕方ないけどさ」と譲歩の言葉を口にしたのだけれど――。

「ちょっと、それどういうことです⁉」

今度は精霊の方が噛みついてきた。

「この僕より、そこの男を信頼するとか、王妃様、それは納得できませんよ！」

「そう言われても、カインの方があなたよりも先輩なんだもの。実績を考えれば当然だと思うけど」

「実績……」

がーんという顔をする精霊。その表情がすぐに悔しげなものへと変わった。

「僕だって……僕だって、王様と王妃様がいらっしゃるのならすぐにでも目覚めて、お側に駆けつけたかった……。でも、仕方ないじゃないですか。王妃様の血を感じ取るまで、気づけなかったんだから。うう……出遅れた己が恨めしい……！」

ブルブルと身体《からだ》を震わせ、ギッとカインを睨みつける。

ビシッと、指（前肢）を突きつけた。

「そこのお前！　王妃様がどうしてもとおっしゃるから目を瞑るが、僕はお前を先輩だなんて絶対に認めないからな！」

「はっ、オレだってお前を後輩だなんて認めないし。姫さんがどうしてもって言うから、お前の存在に目を瞑るだけだって覚えとけよな」

「ハア!?　それはこっちの台詞《セリフ》だけど？　言っておくけど、僕は最古の精霊。本来ならお前如《ごと》きが逆立ちしたって会うことのできない高貴な存在なんだからな！」

高貴な存在は、こんな捨て台詞を吐かないと思う。

カインと精霊は、非常にレベルの低い罵り合いをしていて、なんだか頭痛がしてきた。

――フリード、助けて……。

まさかこのふたりがこんなに相性が悪いとは誰が思っただろう。

結局彼らは、本当はとても嫌だけれど、私の願いだから一緒に護衛をすることには同意する、というところに落ち着いた。

精霊がプスプスと膨れながらも私の頭の上に戻ってくる。

「全く。何が先輩なんだか。僕の方が長く生きているのだから、僕を崇《あが》め奉るのが当然なのに」

「そういうことは崇め奉りたくなるようなことをしてから言えよ」

「僕の存在自体が尊いんですー」

「ふたりとも」

放《ほう》っておくと、また言い争いを始めそうだと思った私は、仲裁の言葉を紡いだ。

ふたりが同時に言う。

「「だって、こいつが!!」」

「あ、うん」

目が点になった。

ものすごく息が合っている。

ご丁寧に、互いを指さしているポーズまで同じだった。

実は気が合うんじゃないのかなと思ってしまうレベルのシンクロ率に苦笑しつつも、再度私は彼らを窘めた。

「お願いだから、仲良くは無理でも、喧嘩《けんか》しないで」

「……」

「……」

返事がない。

これは前途多難かもしれないと額を押さえる。自室へ向かうまでの間、ふたりは互いに睨み合っていて、なんでこうなったのだとため息を吐くしかなかった。

◇◇◇

自室に着いた。

部屋の前にいた兵たちは、私が頭の上にミニドラゴンを載せていることに驚いていたが、国王から許可を得ていると告げると、微妙な顔で頷いた。

「わ、分かりました」

「陛下が了承されているのなら……」

彼らの顔にはとても分かりやすく「なんでドラゴンなんて伝説上の生き物がご正妃様の頭の上に載っているんだ」と書かれてある。

まあ、そうだろうなと思うし、とても気の毒だが、どこまで話していいものかも分からないのだ。きっと明日の祝勝会で国王が紹介してくれるだろうし、今、適当なことを言うのもどうかと思った私は、彼らをスルーして部屋の中へ入った。

カインもついてきたが、室内の安全を確認するとすぐに言った。

「特に問題なしっと。じゃ、オレは下がるから。なんかあれば呼んでくれ」

「え、カイン出て行っちゃうの？」

ここにいてくれるものと思っていた。

「守りはそいつに任せることにしたんだろ。オレは攻撃要員として、しっかり見張っておくさ」

「カイン……」

目を丸くする。彼は慌てたように言い添えた。

「あ、今のは別にイヤミで言ったわけじゃないぜ？　そいつは気に入らないけど、姫さんを守ろうとしているのは本当みたいだし、特別な力があるのも事実なんだろう？」

「ええっと、多分……そう、だよね？」

私自身は精霊のことをよく分からないので直接本人に確認すると、私の頭の上に載っていた精霊はふわりとカインの目の前まで飛んだ。

えっへんと胸を張る。

「もちろん。最古の精霊の力、舐《な》めてもらっては困ります」

「……だって」

「まあ、そういうことみたいだからさ。いきなり出てきて古参面してくんのはムカツクけど、姫さんにもそいつを認めるって言った手前、任せられるところは任せようかなと思ってさ」

「カイン！」

きちんと精霊のことを認め、役割分担をしようとするカインに感動した。

こんなに仲が悪くてどうしようと思っていたけど、その中でも彼はちゃんと精霊と協力体制を取ろうとしているのだ。

「すごい……。ありがとう、カイン」

「姫さんが礼を言う必要はないだろ。オレだって子供じゃない。王太子の意図は分かるし、確かにオレは守備より攻撃の方が得意だからな。守りを完全に任せられるのは有り難いんだ。まあ、認めたくはないけど」

「うう……そういう風に思えるところがすごい。……カイン、大人だ……」

「王妃様、王妃様！　僕も！　僕だってこいつと協力できます!!」

　パタパタと慌てながら精霊が割って入ってきた。

　どうやらカインが褒められたことが悔しかったらしい。

「僕は！　できる精霊ですからね。協力だってお手の物。まあ、この男がどれくらい使えるかにもよりますけど」

「カインは強いよ」

　赤の死神と呼ばれるレベルだしと思いながら答えると「王妃様がおっしゃるのならそうなのでしょう」と精霊は訳知り顔で頷いた。

「そうであれば、僕も気に入らないながらも協力します。ほら、僕、大人ですから？　伊達《だて》に千年以上生きていませんし？」

　だから自分のことも褒めてくれという目で見られ、申し訳ないがちょっと笑ってしまった。

　その頭を無造作に撫でる。

「うん。協力できるの偉いね」

「っ！　はいっ!!」

ぱあっと花が咲いたように精霊が笑う。その顔を見たカインが気勢を削《そ》がれた様子で言った。

「もうすっかり飼い慣らされてんじゃん」

「僕はただ、王様と王妃様に忠実なだけですぅ！　お前とは違うんで！」

「はあ？　オレだって姫さんの命令なら聞くし！」

「……」

「……」

再び睨み合いが始まってしまった。

だけどふたりがそれぞれに相手に対し妥協点を見出そうとしているのは伝わってきたので、あとは時間の問題なのかなとも思う。

私はパンパンと手を叩いた。

「はいはい、そこまで。喧嘩しないでって言ったよね。じゃ、カインは外の警備。アーレウスは私の警護ってことで良いのかな」

「良いぜ」

「はい！」

異口同音に返事があった。とりあえず、ふたりが納得してくれているのなら良いだろう。

あと、多分だけど、カインは気を遣ってくれたのだと思う。

私と精霊がふたりで話せるように、そのための場を作ってくれたのだ。

カインの気遣いに心の中で礼を言う。

カインは姿を消し、精霊は私の頭の上に戻った。

「ふふん。王妃様を直接お守りするのが僕の役目～♪」

「はいはい」

ご機嫌である。

頭の上でまたまた自作の歌（多分）を歌い始めた彼を降ろし、抱っこした。こう、大きなぬいぐるみを抱いているみたいでとても心地良いし、なんとも言えないフィット感がある。

「王妃様？」

「この方が楽だし。それとも駄目？」

確か、頭の上か抱っこするのが基本と言われたような気がすると思い出しながら告げると「大丈夫です」と返ってきた。

「王妃様ならどんな抱き方でもＯＫです！　嬉しいなあ。僕、王妃様に抱きかかえられるのが大好きだったんです。へへ……今世でもしっかりお守りしますね」

「私じゃない私の話をされてもなあ……」

彼が言っているのは前世……正確には前々世の私のことなのだろう。

前世の記憶はあるので、前々世の存在を疑う気はないが、こちらは覚えていないのでなんとも答えようがない。

だが、何より驚いたのは――。

「昔もフリードの奥さんだったんだね、私」

それが一番びっくりだ。

生まれ変わっても同じ人と結婚しているとか嘘みたいな話である。

たまにフリードが死んでも一緒だとかなんとか言っているが、この感じでは本気で来世でも捕まりそうな気がする。まあ良いけど。

彼以外を好きになる予定はないので、それならそれで構わない。

でも、前々世の私がどのような人物だったのかはとても気になった。

「ね、昔の私ってどんな人だったの？」

初代国王だったらしいフリードのことも気になるけど、まずは自分である。そう思い尋ねると、彼は嬉しそうに口を開いた。

「そうですね。とても可愛らしい方でしたよ。性格は今の王妃様より大人しい感じでしたけど、王様のことが大好きなのは同じですね。あ、あと、僕の抱き方も一緒です！」

「ふうん」

大人しいと言われ、もしかして前世の性格に近いのかなと少し思った。

私は前世は今よりもう少し大人しい性格だったのである。それが今世になり何故かこうなったのだけれど……まあ、今が楽しければそれでいい。

「王様……フリードのことが大好きなのは一緒なんだ」

「はい。だって王妃様もお胸に大きな王華を咲かせていらっしゃいましたし。おふたりはいつも仲良しで、僕はそんなおふたりを見るのが大好きだったんです」

「へえ。でも、私は私で、初代王妃ではないんだよ？　フリードもそれは同じ。その辺り、ちゃんと分かってる？」

「もちろんです！」

私の疑問に精霊は即答した。

「王妃様も王様も僕がお見送りしましたからね。……あそこでおふたりの人生は終わったのです。あの方々とあなた方は別の存在。でも同時にやっぱり僕にとっては王様であり、王妃様なんですよ。あなた方を見ていると、どうしたって昔のおふたりを思い出すし、でも、同時に新たな人生を歩んでいらっしゃることをとても嬉しく思います。生まれ変わってくれて良かった。戻ってきてくれて良かったって思います。また会えて嬉しいって。……そう、思ってはいけませんか？」

「……ううん。良いんじゃないかな」

心からの言葉に、笑みを浮かべる。精霊が、初代国王夫妻を大切に想っているのが伝わってきた。

ぽつぽつと精霊が続ける。

「千年待って、ようやく再会できたこと、本当に本当に嬉しいんです」

「……うん」

「別に昔の話をしたいわけじゃない。昔のあなたたちに戻って欲しいわけじゃない。ただ、今世も最期までお側にいたいんです。僕が望むのはそれだけ」

「そう」

彼の言葉に頷く。

「いいね」

王様や王妃、なんて呼ぶからてっきり私たちを過去の人物と同一視しているのかと思ったが、どうやらそうではないようだ。

精霊の頭をゆっくりと撫でる。

「ごめんね。意地悪なこと言ったね」

「……いいえ。王妃様が疑問に思うのも当然だと思いますから」

「もう言わない。ねえ、それよりもっと教えてよ。昔の私のこと。全然憶えてないから、昔の私がどんな感じだったのか知りたいな」

「はい！　いくらでも！」

精霊が楽しげに大昔の私たちの話を語る。それに耳を傾けながら、微笑《ほほえ》んだ。

精霊が思い出したように言う。

「そういえば王妃様は、王様の正装姿が特にお好きで。よく式典の際、王様に見惚《みと》れていらっしゃいましたよ」

「え」

時が止まった。

目を見開く私を余所に、精霊は過去を懐かしむように言う。

「正装姿の王様を前にすると、語彙力が溶けるそうです。僕もそれには同意しかありませんでした。王様の正装姿ってなんというか、えも言われぬ色気があるんですよね。たまりません」

精霊はぽぽっと頬を染めている。そんな彼を私はまじまじと凝視した。

「懐かしいなあ。僕はよく王妃様とふたりで正装姿の王様について語っていたんですよ。本当によくお似合いで。ああ、生まれ変わった今世の王様も昔と変わらず軍服がピタリと嵌《は》まっていて僕は感無量でした。戦闘用の軍服であれなら、式典用の正装はどれほどの衝撃を僕に与えてくれるのでしょう。今からすごく楽しみです――って、え、王妃様？」

「握手しよう」

「え」

戸惑いの声を上げる精霊に、私は迷わず手を差し出した。

前々世の自分も夫の正装姿にときめいていたという事実はちょっと考えたくない気がしたが、大事なのはそこではない。

今、私の目の前にいる精霊も、フリードの正装の素晴らしさを理解しているという点である。

私は目をキラキラさせながら言った。

「アーレウスもフリードの正装の良さが分かるんだね！」

「お、王妃様？」

「フリードのあの黒の軍服姿の素晴らしさ。時間も語彙も、全てを溶かすあのトキメキをアーレウスも理解できるんだね!!」

「王妃様、もちろんです!!」

アーレウスが勢いよく私の差し出した手を両手（前肢）で握った。

「あのお方はどのような格好も完璧《かんぺき》に着こなしますが、正装を着た時の衝撃は全《すべ》てを凌駕《りょうが》します。頭の天辺《てっぺん》から爪の先までパーフェクトです！」

「分かる!!」

アーレウスの言葉に大いに頷いた。全くもって彼の言う通りだ。

「フリードはどんな格好も華麗に着こなすけど、あの式典用の正装を着た時の格好良さは別次元なんだよね。黒いゴージャスなマントもストイックな詰め襟《えり》も、煌びやかな飾緒《しょくしょ》も、青薔薇の飾りも、白い手袋も全てがフリードを更に輝かせるパーツとなっているっ!!」

「さっすが王妃様！　王様のことを誰よりも分かっていらっしゃる！」

「でしょ!!」

再度、互いにがっちりと握手を交わす。

今、理解した。

精霊アーレウスは、重度のフリードオタクだ。

しかも私と趣味が合う。

今まで誰に言っても「はいはい、良かったね」としか返してもらえなかったフリードの軍服の魅力を全肯定された私は、ついに仲間を見つけたと目を輝かせた。

「あなたも！　フリードの軍服の虜《とりこ》なんだね！」

「ええ、王妃様、あなたも!!」

「もちろん!!　あの素晴らしさを理解できる戦友《とも》が現れて嬉しい！　是非、フリードの軍服について

熱く語らい合おうね！」

「ああ、王妃様。今世の王妃様もやはり王様の魅力を余すところなく理解できる素晴らしい方でした。僕、感激です!!」

お互い、理解者を見つけた喜びからか、テンションが異常に高い。

一瞬にして、互いの心の距離がなくなった気がした。

アーレウスとフリードの軍服について語り合う。私が白手袋が好きだという話をすると、彼は首がもげるくらいに頷いてくれた。

本当に趣味が合う。最高に楽しい。

「ねえ、アーレウス」

こんなところでフリードを理解できる存在を見つけるとは思わなかった私は、にんまりと笑って彼に話しかけた。

彼になら私の秘蔵のお宝を見せても良い。そんな風に思ったからだ。

「私、実はフリードの絵姿を集めていて。普段着から軍服まで様々なフリードを拝めるんだけど……見たくない？」

「見たいですっ！　見せて下さいッ!!」

反射的に答えが返ってきて、ますますテンションが上がる。きっとアーレウスならそう言ってくれると思っていた。

私は居室のキャビネットに向かい、上から二番目の引き出しを開けた。

そこには私のお宝が眠っている。

以前、趣味部屋を開いた時に多くのお宝はそちらに移してしまったのだが、私は予備を九枚持っており、そのうちの一枚をここにしまっていたのだ。お陰でいつでもフリードの素敵絵姿を眺めることができる。

十枚買うと判断した私、天才だったと思う。

私はその中でも一番のお気に入りで、きっとアーレウスも喜ぶであろう品を取り出した。

それは私とフリードが結婚した時に発売された絵姿。

なんとフリードが正装姿なだけでなく、髪型がレアな、前髪を分けているとっておきの逸品なのだ。

「これ。私の宝物なんだけど、見せてあげる」

両手で絵姿を差し出すと、アーレウスも同じく両手を使って受け取った。

その態度も実に良い。私の大切なものを同じように価値あるものとして扱ってくれるのは好感度が上がる。

「拝見します……っ！　こ、これは……！」

「私の一番のお気に入り。結婚式の時のものよ!!」

高らかに告げると、アーレウスは絵姿を掲げたまま、その場にははーとひれ伏した。

言っておくが、ふたりとも冗談でやっているわけではなく、マジである。アーレウスはフリードの有り難すぎる絵姿にひれ伏すしかなかった。そういうことなのだ。

「す、すごい……額を出した王様……これ、なんて色気の暴力……？」

「そうでしょ。でも本物を見た時の衝撃はもっとすごかったよ。結婚式の最中、フリードが気になって、未《いま》だ式のことはよく思い出せないもん」

「分かります」

即座に答えが返ってきた。

「絵姿でこれほどの衝撃を与えるのなら、本物はどうだったのか。ああ、どうしてその場に僕がいなかったのか。実物を拝むことができなかった己が悔しいっ！」

「わかりみが深い」

ドン、と床を叩くアーレウスの悔しさに心底同意した。私だってフリードの一生に一度の晴れ舞台を見逃《みのが》したと後で知ったら、血の涙を流すと思うから。

でも、ふと気がついた。

「アーレウスって、神剣に宿る精霊なんだよね？　じゃあ、結婚式も参加していたのでは？」

結婚式の時、装身具として神剣を身につけていたのは知っている。それを告げると、アーレウスは「違うんですよ」とどんよりした声で言った。

「王妃様の血を受けて目覚めるまで、僕はとーっても深い眠りに入っていて完全に意識のない状態でした……」

「そ、そうなの？　でも、今までだって神剣として働いてきたんじゃ？」

そうでなければ、長い間受け継がれてきたりなどしないだろう。そう思ったのだが、アーレウスは否定した。

「あれは別に僕の意思とは関係ありません。神剣の基本性能ですよ。神剣といわれるくらいなので、基礎能力が高いんです。決められた血の関係者を守ったりとかね。でももちろん、僕が目覚めた方がすごいですよ！　色々できます。そう、色々、色々ね！」

「色々できるんだ」

「はい！」

　色々を強調されたので同じように返すと、元気な声が返ってきた。いちいち可愛い。

「まあ、そういうわけですので、王様と王妃様の結婚式のことはまっっったく記憶にないんです。いや、実は参加していたとか、一番ショックなやつですよ。はああああ、本当に残念すぎて泣きそうです。……もう一度結婚式してみませんか？」

「それは無理かなあ」

　潤んだ目を向けられたが、二度目の結婚式とかさすがに不可能だと思う。

　アーレウスも分かってはいるようで「ですよねえ」と深いため息を吐いていた。

「でも、嬉しいよ。フリードの軍服の良さを分かってくれる人がいて。これから一緒にフリードについて語っていこうね」

「それは是非！　あ、それなら王様の先ほどの戦いの話でもしましょうか？　回復した王様がバチくそに格好良い雷《いかずち》の魔法剣を放った話。聞きたくないです？」

「は？　何それ、めちゃくちゃ聞きたいんだけど」

　思わず顔が真顔になった。

「え、また新技を出したの？　ついこの間、氷の新技を使ったって聞いたばかりなのに」

「氷？　いえ、あれは新技ではないですよ。氷も雷もどちらも制御が非常に難しい技ですから、あまり使わないというだけです。威力も相当なものになりますしね」

「へえ、そうなんだ」

さすが神剣に宿る精霊というだけあり、アーレウスはフリードの魔法剣事情に詳しいようだった。

彼は身振り手振りでフリードが放った魔法剣について語り、私は手に汗握ってその話に聞き入った。

稲光を帯びた神剣がおよそ八割の敵兵を屠《ほふ》ったと聞き、はあ、と息を吐く。

「すごいんだね……」

やはりフリードは規格外だ。驚いていると、アーレウスがじっと私を見つめてきた。

「？　何？」

「王妃様。王様のこと、怖いって思わないんですか？」

「怖い？　どうして？」

本気で分からなかったので首を傾げた。アーレウスは「一撃で敵兵の八割を屠ったんですよ？」と再度説明する。

「うん。聞いたけど」

「だから、それを聞いて怖いって思いませんでしたか？」

「思わないけど」

何故、フリードに対して恐怖を覚えなければならないのか意味が分からない。

フリードはとっても強い人だけれど、敵ではない人に対してその力を使ったりしないから。

それに私にはどこまでも優しい人なので、怖いなんて思うわけがなかった。

「フリードは優しいよ」

「それがいつ、ひっくり返るかとか考えませんか？　どこかの未来であなたにその力を向けるかもとか。何せ王様は初代国王の生まれ変わりでとんでもない力を秘めている。可能性がないとは言いきれませんよ？」

「フリードが？　ないない」

考えるまでもなく否定した。

「だってフリード、ヴィルヘルムの皆のことも、私のことも大好きだもん」

「……絶対とは限りませんが」

「言えるよ。大丈夫」

重ねて確認してくるアーレウスに笑顔で答える。フリードが私たちに刃《やいば》を向ける可能性なんて全くないと断言できた。

「私もフリードのこと大好きだしね。それなら大丈夫だよ。フリードはずっと私の、ヴィルヘルムの味方でいてくれる」

「……一ミリも疑わないんですね」

「そもそも疑う要素がないからね」

笑いながら告げると、じっと私を見ていたアーレウスが、パッと破顔した。

「僕もそう思います！」

「あれ？」

「ごめんなさい、王妃様。ちょっと試しちゃいました」

ぺろりと舌を出すアーレウス。

どうやら私は精霊に試されていたらしい。

「ええっと？」

「やっぱり王妃様はいつでも王妃様ですね。試す必要なんてなかった。僕、すごく嬉しいです」

「……あれだけフリードについて熱く語ったあとで試されても、何だかなあって思うんだけど」

「話の流れで試せそうだなと思ったので」

「思ったより、雑に試されていた件について」

すんっと真顔になってしまった。

アーレウスは「だから、悪かったですって〜」と悪びれない様子だ。

とはいえ、私も特に怒っているわけではないので、首を横に振った。

「別に良いよ。私がちゃんとフリードのこと好きって分かってくれたんなら、それでいい」

「それはもうしっかりと感じておりますとも！　ひゅう！　やっぱり今世も僕は王様×王妃様を全力で推していくことにしますね！　もちろん単体でも推しますけど。ああ、王様のことは王妃様と話すとして、王妃様のことは誰と語らい合いましょうか。王妃様についても熱く語りたい！」

キャア、と黄色い声を上げられ、思わず言った。

「え？　えと、じゃあそっちはフリードとでお願いできるかな……」

「そうですね！　そうします！」

私のことを私に語られても反応に困るので、それならニコニコして聞いてくれるだろうフリードの名前を挙げると、アーレウスからは「王妃様を最も推しているのは王様ですものね！　もちろん一番はお譲りします。僕は二番手で！」なんて言葉が返ってきた。

うん、なんやかんやでフリードとも仲良くなれそうな気がする。

しかし最古の精霊なんて呼ばれるくらいだから、もっと厳格な雰囲気かと思いきや、とても緩いし、サブカルチャー用語がバンバン出てくるのが意外すぎる。

「千年眠っていたわりには、ずいぶんと現代用語に詳しいんだね」

思ったことをそのまま告げると、アーレウスからは「精霊だって、常に現代知識について学んでいます！　時代に乗り遅れるわけにはいきません。世の中には睡眠学習っていう便利なものがあるんですよ！」とよく分からない答えが返ってきた。

精霊の睡眠学習ってなんだろう。そんなことが可能なのか。

一度距離が縮まってしまえば、彼と話すのは楽しいばかりで、私はアーレウスのことがどんどん好きになっていた。

特に、フリードのことが大好きなのが嬉しい。

王様王様と連呼するから、もしかして初代国王と彼を重ねているのかなと思いきや、そんなこともなかったし。

私のことも王妃とは呼んでいるが、話を聞けば、ちゃんと『リディ』だと認識してくれているのが分かった。

それなら王妃様呼びもついでにやめてもらえないかと思ったのだけれど、そこは駄目らしい。

義母に申し訳ない気持ちになるが、渾名《あだな》みたいなものと諦めるしかないようだ。

「でもそっか……渾名か……。ねえ、アーレウスには渾名とか愛称とかってないの？　初代国王と王妃様に何かつけてもらったりとかした？」

実はアーレウスというのはちょっと呼びづらいのだ。だから渾名か何かあればいいなと思い聞いてみると、彼からは「特にありません」と返ってきた。

「普通にアーレウスと呼ばれていましたよ。別に不自由もありませんし。あ！　じゃあ王妃様が僕を何か愛称で呼んで下さいよ。僕のアーレウスって名前は王様につけてもらったんです。だから愛称を王妃様につけて貰えたら嬉しいなって」

「え、私でいいの？」

「王妃様が良いんです！　是非！」

「……まあ、本人がそれで良いって言うのなら構わないけど」

アーレウスがワクワクとした顔で私を見てくる。その顔は本当に楽しそうで、こちらもやる気が湧いてくる。

「うん。愛称ね。アーレウスだから……アレス……とか？」

まずは直球ど真ん中を攻めてみた。だが響きに「ん？」と首を傾げる。

何だろう。何かを思い出したのだ。

「……アレス、アレス……アレス……アレク……うわっ、兄さんと同じイントネーション。……うん、これはやめておこうかな」

偶然なら仕方ないが、避けられるのなら避けておこう。

別に絶対駄目というわけではないが、気づいてしまうとなんとなく微妙な気持ちになるから。

「じゃあ……アーレウス、アーレウス……アーレウス……うーん、もういっそのことアル！　でどうだろう！　早口で言うと、アルって聞こえなくもないし！」

愛称というか、もうここまで来ると渾名だ。でも、悪くないのではないだろうか。

アル、なら呼びやすいし。

あと、秘密なのだけれど、前世で飼っていた猫の名前が実はアルだったりするのだ。アーレウスが猫っぽいというわけではない。でも大事な名前だから、これからきっと長い付き合いになるであろう彼に使って欲しいなと思った。

「駄目かなあ。愛称とは言いがたいけど、でも私、すごく好きな名前なんだよね」

実家にいた愛猫を思い出しながら言うと、アーレウスは目をキラキラさせながら言った。

「アル！　嬉しいです。えへへ。これからは僕のこと、アルって呼んで下さいね！」

わーい、と心底嬉しそうにその場で宙返りをするアーレウス——アル。ポーズではなく、本当に喜んでくれているようだ。良かった。

アルは目をきゅうっと細め「王様にもアルって呼んでもらえるようお願いしようっと」と言ってい

た。

キャッキャとはしゃぐアルを見る。

愛らしいミニドラゴンが嬉しげにしている様子は、動物好きな私には眼福だった。

あとはカインと仲良くしてくれれば言うことなしなんだけど……うん、まあさっきの様子を見ていれば、時間を掛ければなんとかなりそうな気もする。

喧嘩友達、みたいな関係で収まってくれれば良いなあというのが、ふたりを見た私の希望だ。

「ただいま」

思っていた以上に話せる精霊アルと会話していると、しばらくしてフリードが戻ってきた。

どうやらこちらに来る前に衣装部屋に立ち寄って着替えてきたようだ。

私の愛する軍服ではなく、普段着に戻っている。

軍服のままではフリードも寛《くつろ》げないだろう。国のため、民のために戦ってきたフリードに休息してもらいたい気持ちは大いにあるので、さすがに残念だとは思わなかった。

「お帰りなさい。もう良いの？」

もっと時間が掛かると思っていたのでそう言うと、フリードはこちらにやってきながら言った。

「うん。今してきたのは、大まかなスケジュール確認だったからね。そんなに時間は掛からない」

「そう」

「で、リディは何をしていたのかなって思ったんだけど……この短期間でずいぶんと仲良くなったみたいだね」

「うん！　アルってすごく楽しい子だから」

「アル？」

「渾名！」

「……精霊に渾名をつけたの？」

何故かフリードがギョッとしたように私を見た。慌ててアルに聞く。

「え、駄目だった？」

「僕、嬉しいって言いましたよ。王様、僕、王妃様に渾名をつけていただいたんです。王様も僕のことアルって呼んで下さいね～」

嬉しそうにしているアルをフリードは唖然《あぜん》とした顔で見ていたが、やがて深々とため息を吐いた。

「まあ、本人が喜んでいるのならいいか。アルだっけ？」

「はい！」

「呼びやすいし良い名前だ。良かったな」

「はい!!」

元気な声が返ってきて、フリードが苦笑する。仕方ないなあと言いたげな顔だ。

そうして私の方を見た。

「リディなら大丈夫だろうと思っていたけど予想以上だよ。でもこの短期間でどうやってアルと仲良くなったの？」

「えっとね、アルとフリードの話で盛り上がって――」

「私の？」

「うん」

アルが私に匹敵するレベルのフリードオタクだったという話をすると、彼は頭痛がするとでも言いたげにこめかみを押さえた。

「……そういえば、出てきた直後もそんな感じだったな」

「そうなの？」

「どこから出したのか、立て札みたいなものを持って応援してきたんだよ。こっち向いて、とか書いてあった」

アイドルを応援するうちわみたいなものだろうか。

「……アル、レベル高すぎない？」

「応援には最適かと思いましたので！」

キリッとした顔で告げるアルに思わず笑ってしまう。本人は真剣なのだろうが、戦場でそれをされたのだとしたらフリードは堪らなかっただろう。

シリアスな雰囲気が台無しである。

「まあ、リディと仲良くなったのなら良かったけど……あまり仲良くしすぎないでよ？　精霊と分かっていても良い気分にはならないから」

「う、うん」

嫉妬を滲《にじ》ませるフリードにちょっとドキッとした。途端、アルが胸を押さえ、感に堪えないというように声を上げる。床に転がり、ジタバタとし始めた。

「きゃあああああ！　王様の新鮮な嫉妬！　いただきましたぁ!!」

「……」

「いい！　いいですよ!!　そういうの、僕、大好物ですっ!!」

「アル……？」

むくりと起き上がり、器用にも親指を立てる仕草をするアルを見る。彼の目はご馳走《ちそう》でも目の前にしたかのように輝いていた。

「愛されていると分かっているのに、誰彼構わず嫉妬してしまう心の狭い王様……ああっ、それでこそ王様ですっ！　生まれ変わってもそういうところは変わらないんですね、最高っ！」

「……」

あまりの喜びようにフリードがすんと真顔になった。

まあ、そうだろう。私と会話していたのに、関係のないところでジタバタと勝手に悶《もだ》えられたら、虚無な気持ちになると思う。

でも、アルの様子を見ていて気がついた。

先ほど国王たちと話していた時、今と同じように嫉妬の感情を露《あら》わにしたフリードを見て、アルはどこか嬉しそうな顔をしてはいなかったかと。

もしかしなくてもあれは、本当は今のように喜びたかったが我慢していた、というのが正解だったのではないだろうか。

「アル、フリードが嫉妬するのを見るのが好きなの？」

おそるおそる確認する。アルはキリッとした顔で「大好物です！」と肯定した。

「ええと、じゃあ、さっきのフリードの嫉妬も？」

国王たちと一緒にいた時のことを示唆すると、アルは大きく頷いた。

「ええ！　最高でした。でも、さすがに第三者のいるところではと思い、我慢したんですよ～。それにあの時は、どうにか王妃様の護衛の座を勝ち取らねばとも思っていましたし」

「でも本当は叫びたかった、と？」

「そうなんです！　口元がにやけそうになって困りました」

「にやけてたよ」

指摘すると「えっ」という顔をされた。

「マジですか」

「マジです。隠せてなかったからね」

「なんという……僕、最大限に頑張ったのに」

がーんとショックを受ける様子の彼につい笑ってしまう。

そんな私にアルは恨めしげな目を向けてきた。

「笑わないで下さいよ。僕は真剣だったのに。でも王妃様なら分かって下さるでしょう？　王様の嫉妬、ほんのちょっとでも嬉しいって思いませんでした？」

「……それは、思うけど」

フリードに嫉妬されるのは悪い気がしないので頷くと、アルはニヤニヤとしてきた。

「やっぱり！　推しの嫉妬って美味《おい》しいですよね！　推しの嫉妬からしか得られない栄養があるんですよ～」

「……」

アルの言っていることが分からなくもない辺り、私も大概馬鹿《ばか》だと思う。

とはいえ、さすがにここで「分かる～」とは言えないので賢くも口を噤んでいると、フリードが特大のため息を吐いた。

「……疲れる」

「あっ、ごめんね」

アルとふたり、はしゃぎすぎたか。

焦りながらも謝るとフリードは「リディのことじゃないから誤解しないで」と言ってきた。

「リディはなんというかもう……ある意味今更だし、私のことを想ってくれているのが伝わってくるから何を言われても嬉しいだけなんだけどね。まさか神剣に宿る精霊まで『こう』だとは思ってもみなくて」

「ま、まあ、そうだよね」

「想定外すぎてちょっと……」

額を押さえている。

確かに千年眠っていた精霊が、ハイテンションオタクだとは誰も思わないだろう。

とはいえ、私は仲間ができたようで嬉しいけれど。

「アル」

未だジタバタと身悶えているアルにフリードが声を掛ける。途端、彼は「はいっ！」と姿勢を正した。

それだけで大人しくなるのはさすがだ。訓練されている。

フリードは言い聞かせるようにアルに言った。

「少し大人しくしていろ。できるな？」

コクコクと頷くアル。それを確認したフリードは振り返ると私に言った。

「改めて、ただいま。帰ってきたよ、リディ」

「っ！　お帰りなさい」

柔らかな笑みを見て、堪らず抱きついた。フリードは危なげなく受け止めてくれる。

「ちょっと色々ありすぎて、まともにただいまも言えなかったから」

「うん、そうだよね」

帰ってきた夫が見知らぬミニドラゴンを連れていた衝撃はちょっと言い表せない。

お帰りなさいもそこそこに「それは何」と聞いてしまったくらいだ。

感動もへったくれもなかった。

だけど改めて「ただいま」を言われると、フリードが帰ってきた喜びに勝手に頬が緩んでいく。

私はグリグリと彼の胸に顔を押しつけた。背中に手を回される。ギュッと抱きしめられるのが心地良かった。

「まさか今朝送り出して、今日中に帰ってきてくれるなんて思ってなかったからすごく嬉しい。長く掛かるかなって覚悟していたの」

「私も同じだよ。魔法剣が封じられている状態でマクシミリアンと戦うんだ。長期戦を想定していたからね」

「うん。アルには感謝だね」

回復しきっていなかった力を戻せたのはアルが目覚めてくれたからだ。しかも間一髪のタイミングで。

彼の話を聞くだに相当危険な状況下で助けてくれたみたいだし、ありがとうの気持ちしかなかった。

だが、フリードは否定する。

「少し、違うかな」

「ん？」

「もちろんアルが目覚めてくれたから回復できた、で間違っていないけど、私はリディのお陰だとも思っているよ」

「私？」

「うん」

彼の胸から顔を上げる。フリードがじっと私を見下ろしていた。

「戦いの最中、ずっとリディを感じていたんだ。比喩ではなく、リディが私に力をくれているように思っていた。それは気のせいではなくて、最終的にはアルに助けられはしたけど、リディがいなければ、今ここに私はいないと思っているよ」

「フリード……」

青い瞳に魅入られる。うっとりと見入っていると、彼はふっと表情を緩めた。

「いつだって私を助けてくれるのはリディなんだ。心身両方の意味でね」

「私、何もしてないけど……」

「してくれているんだよ。見えないところで力になってくれている。それを今回は特に強く感じたんだ」

フリードが私の手を握る。私もその手を握り返した。

熱い声が私の鼓膜を震わせる。

「愛してる、リディ」

「私も……愛してる」

フリードの顔が近づいてくる。そっと目を瞑ると「ああああああ」という奇声が聞こえてきた。

「ん？」

閉じていた目を開け、そちらを見る。

そこではアルがひとり、絨毯《じゅうたん》の上でジタバタと身悶えていた。

「いやあああ……尊い……なんと尊い光景……これは王様×王妃様推しの僕に対するご褒美？　ああもう、本当に眠りから目覚めて良かったアアアアア」

「……」

思わず無言になる。ふとフリードに目を向けると、彼はすっかりご立腹のようだった。

それはそうだろう。良い雰囲気だったところを邪魔されたわけなのだから。

「……アル」

声がとても怖い。

身悶えていたアルが「何でしょう、王様。僕、王様たちが尊すぎて先ほどから身体の震えが止まらないのですけど」とよく分からないことを言い始めた。

「おふたりのイチャイチャを再びこの目で見られるとは、なんという幸運。なんという眼福。ああっ、素敵すぎて過呼吸になるっ！　推しがっ、推したちがチュウしようとしている場面を見られるとか、僕、今日死ぬんですか⁉」

「……勝手に死ね」

フリードが冷たい。

だが気持ちはとてもよく分かる。

彼は苛々《いらいら》とした気持ちを隠そうともせず、アルに言った。

「私は大人しくしていろと言わなかったか？」

「はい！　言われました！」

「で？」

フリードが片眉を上げる。

その顔には『分かっていたのに邪魔をしたのか』と書かれてあった。

アルが必死に言い訳する。

「頑張ったんです。僕だってお邪魔しないよう、こう口を両手で押さえて必死に耐えたんです！　……ですが、念願の王様たちのイチャイチャを目の前にしてしまっては、この昂《たか》ぶる心を抑えることは到底できるはずもなく……ああ、いっそのこと王様たちのお部屋の壁にでもなってしまいたいっ」

「気味の悪いことを言うな」

嫌そうに言うフリードだが、私もさすがに自室の壁になられるのは御免被りたい。めちゃくちゃ気になって仕方ないではないか。というか壁って……。

アルの思考が全く理解できないと思っていると、フリードは再度「疲れる……」と言っていた。

何だろう。帰ってきた直後よりもよほど疲れているような気がする。

「フ、フリード……」

「リディの護衛にアルをつけたことは間違いだったのかなって思えてきたよ……」

げっそりした様子で告げるフリードの背中を思わず撫でる。

アルはと言えば、フリードの台詞にとても慌てていた。

あわあわとフリードの周囲を飛び回る。

「間違いだなんてそんな、そんな酷《ひど》いことをおっしゃらないで下さいよ！　僕、誠心誠意《せいしんせいい》頑張りますからぁ！　就任初日で解雇は嫌ですぅぅぅ！」

「そう言うのなら、お前はもう少し落ち着きを見せろ」

「ううっ……分かりました。ううう……でも、推しを目の前にして思いきり叫べないなんて、これ、なんという拷問？」

「アル？　私の言ったことをもう忘れたのか？」

「はいっ！　大人しくしてますっ！」

フリードが絶対零度の視線をアルに向ける。

解雇されるのは絶対に免れたいようで、アルはピシッと姿勢を正した。

その変わり身の早さに、つい笑ってしまう。

「リディ？」

声に出すつもりはなかったのだが、気づけば声に出して笑っていた。

胡乱《うろん》な目を向けられ謝る。

「いや、ごめん。でも、アルが面白くって……」

「面白いって……ただ面倒なだけだと思うけど」

「だってここまで自分に正直だともう笑うしかないじゃない」

一周回って、もう好きにしてくれとしか思わない。

「……まあ、リディがいいなら構わないけど」

気が抜けたのか、フリードがため息を吐きながら言う。チラリとアルを見ると、アルはどこから持ち出したのか『×』と大きく書かれたマスクをしていた。

僕は喋《しゃべ》りませんよという意思表示らしい。いや本当にやることなすこと全部面白いんだけど。

今までいなかったタイプだ。吃驚するくらいキャラが濃い。

アルの顔は真剣で、面白がらせようとしてやっているわけでもなさそうだ。

フリードも間抜けすぎるアルを見て、すっかり怒る気持ちもなくなったようだ。

気を取り直したように息を吐くと、私に目を向ける。

「リディ」

「ん？」

「アルのことは無視しよう」

「ええっと……うん」

チラリと横目でアルを見ると、彼は全力で頷いていた。

あれは『是非！　是非僕のことは道ばたの路傍の石とでも思っていただければ‼』という顔だ。

荒ぶる気持ちを叫び出したいようで、プルプルと震えていたが、さすがに二度はないと思っているのか必死に我慢しているようだ。

もうなんか、いちいち面白いし、それをやっているのが見た目ぬいぐるみのミニドラゴンだと思うと可愛くて仕方ない。

「ふふっ……」

「リディ、無視しようって言ったのに」

フリードがムッとする。それに「ごめんね」と返した。

「ちゃんとフリードに集中する。それでいい？」

「……うん」

彼が自分以外に気を取られていることを拗《す》ねているのには気づいていた。

私としても、大好きな旦那様が帰ってきてくれたのだ。拗ねられるよりは喜んでもらいたいし、イチャイチャしたいなと思う。

私の意識がきちんと自分に向いたことに気づいたのか、フリードの下がり気味だった機嫌が上向いた。

浮かべられた表情も自然と優しいものになる。

彼に手を差し出されたので、己の手を重ねる。引き寄せられ、抱きしめられた。

「ね、リディ。私が留守にしていた間、何事もなかった？」

「留守って……今日の話？」

「うん。思ったより早く帰ってこられたし、さすがに半日ほどで何もなかったとは思うんだけど、念のため聞いておきたくて」

「フリード、心配性？」

「まあね。こうしてここにリディがいるんだ。何事もなかったとは思うけど一応ね」

「あ、うん、そうだね。ええと、餃子《ギョウザ》を作って、そのあとお義母様とお茶をして……ええと、そうだ。シエアトが来たかな」

今日あったことを思い出しながら告げると、フリードの顔が一瞬にして恐ろしいものとなった。

「は？」

「ん？」

首を傾げる。フリードに頬を軽く引っ張られた。

「ん、じゃないよ。シェアトって、黒の背教者のこと？　彼が今日、ここに来たっていうの？」

顔が怖い。みょん、と頬を引っ張られた私は、おたおたと彼に説明した。

「う、うん。えと、なんか、マクシミリアン国王の命令で、私を攫《さら》いにきたとかいう話で――」

「あの男。見逃すんじゃなかった」

「ひえっ」

頬から手は放してもらえたが、鬼のような形相にはビクビクする。

自分が怒られているわけでないと分かっていたが怖かったのだ。

フリードの服の裾《すそ》を引っ張る。頼むから落ち着いて欲しかった。

「フリード、フリード。私、大丈夫だから。カインのお陰で怪我もしなかったし、この通り無事だから。ね！」

どうにか気を鎮めて欲しいと必死に訴えるも、フリードの怖くなった雰囲気は変わらない。

それどころか私に向かって真剣な口調で言った。

「……リディ。悪いけど、カインを呼んでくれるかな？　詳しい話を聞きたいんだ」

「カイン？　それは構わないけど、シェアトのことなら私も話せるよ」

その場にいたのだ。だが、フリードは首を横に振った。

「リディを信じていないわけじゃないけど、シェアトに対応したのは彼なんでしょう？　それなら直接カインから話を聞きたいんだ」

「う、うん。そういうことなら、分かった」

逆らえるような空気でもないので、大人しくさっき出ていったばかりのカインを呼び出す。

近くで待機していたのだろう。すぐにカインは戻ってきた。

秘術を使って私たちの目の前に現れた彼は、不思議そうに首を傾げた。

「ん？　なんかあったのか、姫さん。……つーか、何やってんだ、そいつ」

カインが言っているのはアルのことだろう。

彼は未だ『×』と書かれたマスクをつけて大人しくして……いや、なんか小さなプラカードのようなものを持っている。

プラカードには『僕は反省しています』と書かれていて、これがフリードの言っていた立て札か……と思ってしまった。

「なんで立て札？」

「リディ、気にしたら負けだよ」

「うん、いや、そうなんだけど」

フリードの言葉はその通りだとは思うが、これを無視するのは至難の業のような気がする。

ものすごくツッコミを入れたい。

ウズウズとしつつも視界に入れないようにして、コホンと咳払いをした。

「……ええと、アルのことは気にしないでもらえると嬉しいかな。私も気にしないようにするから。

まあ、簡単に説明すると、うるさいってフリードに怒られて、反省中って感じ」

「反省？　あの態度で？」

「それね」

私も全く同じことを思ったので、深く同意する。

だが、アルは真剣なのだ。実際、今だってソワソワこそしているものの、一言も発していない。

ただ、プラカードの文字が変わっている。

『僕は反省しています』から『僕はやればできる子です』になっていて、いや、笑ってはいけないと思うのだけど……うん、ギリギリなんとか堪《こら》えることができた。

「え、ええと、本人は反省しているつもりらしいから、そっとしておいてくれると嬉しいかな」

「……あいつ、すごい精霊なんだろう？」

「そうみたいだね」

「あれが？」

「言いたいことは分かる」

深く同意すると、アルの持っているプラカードの文字がまた変わった。

『僕はすごい精霊です』に変化している。

なんというか芸が細かい。

「姫さん……」

どうしたら良いんだという顔でカインに見られたが、私は首を横に振ることで応《こた》えた。

多分、反応するともっと面白くなるだけだと思う。

「構うとその分つけあがる。アルのことは無視しろ」

こそこそとカインと話していると、フリードがため息を吐きながら言った。

「でなければいつまで経っても本題に入れない。カイン。お前を呼んだのは他でもない。シェアトのことを聞かせて欲しい」

「あ、ああ」

確かにその通りだと、ハッとしたようにカインが目を見開く。フリードに向き直り、真剣な顔になった。

「シェアトのこと、姫さんから聞いたのか？　オレの主観で良いのなら話すのは構わないが」

「頼む」

フリードの言葉にカインが頷く。

話が少し長くなりそうだったので、ソファに腰掛けた。フリードは当然のように私の隣に座り、腰を抱き寄せてくる。

「ん？」

彼を見ると、甘ったるい視線が返ってきた。

「せっかくリディのところに帰ってきたんだから少しでもくっついていたいんだよ。駄目？」

「え、ううん、私もフリードと一緒がいいけど」

真面目な話をするのではなかったのかと思ったが、フリードはいつもこうだったなと思い直した。

マスクをしたままのアルがパタパタと飛んでくる。膝を叩くと、彼は素直に私の膝の上に着地した。その頭を撫で、ついでにマスクを外す。

いつまでもマスクは可哀想だと思ったのだ。あと、変にプラカードで会話されると、そちらの方が気になると分かったから。

「もういいよ。でも、大人しくしていてね」

「はい、王妃様。僕、とっても反省しました」

「そうだね。立て札にも書いてあったものね。でもあれ、どこから持ってきたの？」

「精霊パワーでちょいちょいっと？」

「精霊、パワー……？」

「はい！」

「……そうなんだ」

すごく無駄な力だなと思ったが、これ以上のツッコミはやめておくことにした。

キリがないからだ。

代わりに頭をわしゃわしゃと撫でる。フリードがムッとした顔をして言った。

「……私がいる時までアルを膝の上に載せる必要はないと思わない？」

「良いじゃない、別に」

「リディには私がいるのに」

「フリードとアルは違うでしょう？」

アルはマスコット的な立ち位置だが、フリードは私の旦那様だ。

「それはそうだけど、でも」

「やきもち？」

笑いながら聞くと、フリードはこっくりと頷いた。

「それ以外に何があるの。ほら、アルはその辺りに放っておけばいいから」

フリードが膝の上に載せたアルの首元を掴み、言葉通りぽいっと宙に放り投げた。

「あっ」

「大丈夫だって。ほら」

フリードの視線を追う。アルは器用にその場でクルクルと回転し、ピタッと宙で止まった。

そうして私とフリードに目を向け、ドヤ顔で言い放った。

「見ました!?　今の華麗な回転、百点満点だと思いません!?」

「……ね、気にする必要なかったでしょう？」

「そうだね」

「……オレ、あいつと張り合ってるの馬鹿らしくなってきた」

カインがボソリと言う。確かに私たちと一緒にいる時のアルを見ていれば、張り合うのも嫌になるだろう。天然でボケを連発してくるアルに、カインは完全に呆《あき》れ顔だ。

フリードが場を仕切り直すように言った。

「アルを相手にしていると時間がいくらあっても足りない。話を戻すぞ。カイン、シェアトと遭遇した時の話をできるだけ詳しく頼む」

「あ、ああ。そうだな」

カインも気持ちを切り替え、頷く。ようやく話が進みそうだ。

カインがメインで話し、時折私も話に参加し、つけ足していく。

さすがにアルも邪魔しなかった。定位置と決めた私の頭の上にいる。

先ほどフリードに怒られたので、膝の上は遠慮したのだろう。フリードは何か言いたそうな顔をしていたが、キリがないと分かっているのか、見て見ぬ振りを決めたようだ。

黙ってカインの報告を聞いている。

「――というわけでさ、シェアトは逃走。だけど手負いだし、かなり動揺していたからな。しばらくは来ないんじゃないか？」

「そうか……」

カインが報告を終えると、フリードは少し考えるような顔になった。

そんな彼に告げる。

「ね、フリード。カイン、本当にすごかったんだよ。シェアトに一歩も退かずに戦って。すごく格好良かった！」

戦っていた時のカインのことを思い出しながら言う。フリードにもカインが頑張ったことを知って欲しかったのだ。だがフリードは、褒めるどころか責めるような目で私を見た。

「リディ？」

「あっ」

その声で、カインを『格好良い』と言ったのが気に障ったのだと気づいた私は、急いでフリードを褒め称《たた》えた。

「もちろんフリードが一番格好良いよ！　当たり前、当たり前」

「……もう」

我ながら調子が良すぎるとは思ったが、フリードはそれ以上は言わないでくれた。

これは許してもらえたというよりは、カインの話を先に聞きたいだけだろう。あとでチクチク怒られる可能性もある。一応覚悟しておこう。

フリードの視線がカインに戻る。彼は厳しい表情でカインに言った。

「それで？　手負いの状態まで追い詰めておきながらとどめは刺さなかったのか？　マクシミリアンはリディを諦めたわけではない。黒の背教者は、また来るぞ」

当然といえば当然の話に、カインはやっぱりという顔をしながら答えた。

「あー、いや、オレとしては手負いになったシェアトを片付けてもいいと思ったんだけどさ」

「違うの、フリード。私の希望でシェアトを見逃してもらったの」

「リディ？」

さっと挙手する。シェアトの逃走を許したのは私の判断だ。カインが責められる謂《いわ》れはないと思った。

「シェアトが悪い子ではないなって思ったのもそうなんだけど、やっぱりとどめを刺して欲しいとは言えなくて」

「そう」

「きっと私の判断は甘いんだろうなっていうのも分かってるんだけどね。……ごめんなさい」

頭を下げると、フリードは私の顔を上げさせた。

「フリード？」

「どうしてリディが謝るの？」

「え、そりゃあ……多分、見逃しちゃ駄目だったんだろうなって思うから」

とはいえ、今、同様の状況下にあったとしても、同じ結論を下さない自信はないけれど。

でも、あれは駄目だったと言われたら、そうなのだろうなと思えるから、やっぱり私には謝ることしかできない。

フリードが労《いたわ》るように私の頭を撫でた。

「謝らなくて良いよ。リディがそうしたいと思ったのなら、それでいい」

「いいの？」

「リディに人を殺す命令を下して欲しいとは思わないからね」

「フリード……」

「そこまでリディが背負わなくていいんだ。それは、戦場へ行く私が持つべきものだから」

強い声で告げられ、目を瞬かせた。

カインも笑って言う。

「そうそう。オレもいるしな。姫さんが無理する必要ないって」

「……うん」

小さく頷く。

ふたりの気遣いが嬉しかった。

フリードが顎《あご》に手を当て、考えるように言う。

「しかし、あのマクシミリアンのことだ。黒の背教者だけを送り込んでいるとは思えないな。他にも黒のギルドの者を派遣している可能性は十分ある」

フリードの言葉に、カインも同意した。

「シェアトは『ない』って言ってたけどな。サハージャの国王は嘘吐きだから、シェアトには言っていないだけで、他に何人か送り込んでいる可能性は十分あると思う」

「そうだな。……カイン。悪いが王城内に黒の暗殺者が他にも入り込んでいないか確認してもらえるか？　リディには新たな護衛としてアルをつけたから狙《ねら》われたところで問題はないと思うが、城に暗殺者が入り込んでいるかもしれないという状況は好ましくない」

「いいぜ。主《あるじ》の危機を事前に回避するためなんだ。オレが動くのは当然」

カインが問うような目で私を見る。

主である私に行動の是非を問うているのだとすぐに理解し、頷いた。

「うん。お願い、カイン。行ってくれるかな」

「ああ、任せとけ」

ニッと笑い、カインがその場から姿を消す。早速調べにいってくれたのだろう。相変わらず頼もしい。

「カインが見てくれるのなら安心だね」

フリードに言うと、彼も同意してくれた。

「うん。暗殺者のことなら、カインに任せるのが一番信頼できるから。きっと明日には報告してくれるはずだよ」

「明日？　ああそっか。そろそろ夜だもんね」

時間を確認すると、すでに夕方を過ぎていた。

夕食の時間が近づいている。食堂へ向かった方が良いかと思っていると、フリードが言った。

「大丈夫。今日は部屋で食べると言ってあるから」

「そうなの？」

「うん。ゆっくりリディと話がしたいし、ふたりきりの時間を楽しみたかったから。それとも駄目だったかな？」

じっと見つめられ、首を横に振った。

嫌だなんてそんなことあるわけがない。

「ううん。嬉しい」

半日ほどしか離れていなかったくせにとも思うが、戦争に行っていたのだ。

心配したし寂しかったし、一刻も早く帰ってきて欲しかった。

そして帰ってきてくれたのなら、できるだけ側にいて欲しいと思う。

ふたり見つめ合っていると、アルが「それでは僕もそろそろお暇《いとま》しますね」と言ってきた。

「お暇？　アル、どこかに行くの？」

私の護衛としてずっと側にいてくれるのではなかったのか。そう思いながら聞くと、アルは輝かんばかりの笑みを浮かべて言った。

「僕、推しの邪魔をする気はありませんから！　おふたりが仲良くして下さるのを見守るのは確かに僕の趣味であり楽しみですが、同時におふたりのプライバシーも尊重したいと思っています。なので、僕は神剣に戻っていますね。覗《のぞ》いたり盗み聞きしたりするような無粋な真似はファン失格だと思っていますので、ご心配なく。ではまた明日。おふたりのうちどちらかが呼んで下されば、出てきますから！」

「……」

「良いイチャイチャタイムを！」

バイバイと大きく手を振り、アルが消えた。いや、白い煙のようなものがフリードの神剣へと吸い込まれていく。

「良いイチャイチャタイムって何？」

遅れてツッコミを入れるも、すでにアルはいない。

フリードに目を向けた。

「何だったの、今の……。ええと、これってアルが神剣に戻ったとかそういう？」

「多分……」

フリードが神剣をトントンと叩いてみるも、反応はない。だが、彼は複雑そうな顔をした。

「どうやら本当に神剣に戻ったようだよ」

「分かるの?」

「……うん。今、頭の中に『入っています』って声が返ってきたから」

「……えええええ」

いちいち反応がおかしい。

「なんか、アルって変わってるよね。その、性格が濃いっていうか」

「うん」

しみじみとフリードが頷いた。

「なんだか、この半日ほどだけでずいぶんと振り回されたような気がするよ」

「それは同意。でも悪い子じゃないのは分かる。含みがあるようにも思えないし、純粋に思ったことをそのまま口にしているだけなのかなって」

「ああ、そんな感じだね」

確かにと苦笑し、フリードは私を見た。その目が柔らかく細められる。

「でも、空気を読んでくれるところは悪くないかな。——そろそろふたりきりになりたいなって思っていたのは事実だしね」

「ふふ、そうだね」

賑やかなのは楽しかったけど、確かに私もフリードとふたりきりの時間が欲しいなと感じていた。

ふたりで笑っていると、扉の外から声がする。

「殿下、お食事をお持ちしました」

声の主はカーラだ。

「ああ、入ってくれて良い」

「失礼します」

扉が開き、カーラと女官たちが入ってくる。女官たちが二名、てきぱきと部屋の片付けに入った。

家具を移動させ、スペースを作る。

大きなテーブルが運び込まれてきた。軽食くらいならここまでしないのだが、夕食となると品数も多いので、こういう形となる。

前世でいうところのホテルのルームサービスみたいなイメージだ。

テーブルのセッティングが終わると、次にやってきたのは銀のワゴンカートだ。

そこには今夜の夕食が載せられていて、湯気が立ち上っている。

女官たちは手際良く、次々とテーブルの上に料理を並べていった。

スープにサラダ、パンに肉料理、副菜にデザート、ジュースやワインと、すぐに広いテーブルは所狭しと並べられた料理でいっぱいになっていく。

「他にご用はおありでしょうか」

あっという間に準備を整えたカーラたちが頭を下げる。フリードは「いや、いい」と断った。

「何かあれば呼ぶ。お前たちは下がっていい」

「承知しました。それでは、失礼いたします」

彼女たちは再度頭を下げ、退出していった。

テーブルの上を見る。今夜のメインはチキンソテーのようだ。美味しそうな匂《にお》いに引き摺《ず》られたのか、急激にお腹が空《す》いてくる。

「お腹空いた……」

「そうだね。じゃあ、いただこうか」

「うん」

それぞれ席につき、飲み物で乾杯する。フリードはワインだが、私は葡萄《ぶどう》ジュースだ。

アルコールがあまり得意ではないことを皆知っているので、別に用意してくれているのである。

「サハージャ戦の勝利おめでとう」

向かい合って座り、乾杯代わりに告げると、フリードは嬉しそうに笑った。

「ありがとう。無事、リディのもとに帰ってこられて良かったよ」

「うん。……あ、そうだ。怪我はしてないよね？」

あっさりと敵兵を片付けて帰ってきたのだ。

義母も大丈夫だと言っていたし、聞いたのは念のため程度の軽い気持ちだった。

フリードも笑って頷きかけたが「いや……」と途中で首を傾げた。

「小さな傷くらいはあるかな。何せ今日の戦いはかなり厳しかったから」

「え、フリード、怪我したの!?　嘘でしょ！」

まさかすぎる答えにギョッとした私は、椅子《いす》から立ち上がった。

「どこ!?　すぐに侍医を呼ばなきゃ！」

「大丈夫だって」

血相を変えた私をフリードが宥《なだ》める。

「掠《かす》った程度だから怪我というのも憚られるくらいだよ」

「でも……！」

「本当に平気。ただ、全く怪我をしていないと言うと嘘になるし、あとでリディに調べられたらバレてしまうからね。それなら正直に白状してしまおうと思っただけだよ。……ええと、ほら、怪我といってもこんな感じ」

フリードが上着を脱ぎ、シャツの袖《そで》部分を捲《まく》り上げる。そこは薄らと赤くなってはいたが、血が出ているとか、そんな風には見えなかった。

「……他には？」

「あるかもだけど、全部今みたいな感じか、あって打撲程度だから」

「……食後に侍医を呼ぶから、念のため診てもらってね」

「はいはい。リディは心配性だね」

「当たり前でしょ」

大事な旦那様に何かあったら困るのである。

「でも……本当に大変な戦いだったんだね」

フリードが怪我をするなんて余程の事態だ。

時間こそ短かったが、厳しい戦いだったのだろう。そう思っていると、フリードも重々しく頷いた。

「そうだね。向こうにはギルティアがついていたみたいで、こちらの魔術はほぼ無効化されていたから、わりと大変ではあったかな」

「えっ……それ、大丈夫だったの？」

魔女が参戦していたとか、しかもこちらの魔術を無効化されたとか、恐怖でしかない。

よく無事で、しかも勝って帰ってこられたものだと震えていると、フリードが言った。

「魔女デリス殿や、アマツキ殿、メイサ殿たちが来て下さったんだ」

「デリスさんたちが⁉」

「うん。さすがにやりすぎだから、ギルティアはこちらで引き取るっておっしゃって下さって。それ以降は厳しいなりに、まともに戦うこと自体はできたかな」

「そうなんだ……」

まさかデリスさんたちまで戦場に現れていたとは思わず驚いた。

何せ普段から『俗世に関わらない』を信条に掲げているような人たちなのだ。

戦争している真っ只中に現れたなんて目立ちすぎることをするとは思わなかった。

「それだけ、ギルティアの参戦はあり得ないってことだったみたいだね」

「だよね。デリスさん、直接ギルティアさんが参戦してくることはないって断言していたくらいだし」

「でも、ギルティアは来た。だから魔女たちも重い腰を上げざるを得なかったんだと思う」

「うん……」

「ギルティアの脅威がなくなっても、その影響は残っていてね。向こうの兵士たちは多分、ギルティアに強化されていたんだと思うけど、皆、おかしなくらいに強かったんだ。全員が全員、一騎当千みたいな強者《つわもの》状態で。その皆がマクシミリアンの号令で突撃してきて――」

思い出すように戦場でのことを語るフリード。私は聞きながらずっとハラハラしていた。

「ど、どうなったの!?」

「それこそ、父上たちにも説明した通りだよ。あわやというところでアルが神剣から現れて、私を助けてくれたんだ」

「そこに繋《つな》がるんだね……」

「うん」

ほう、と息を吐く。

思っていた以上に苦戦していたらしい。そりゃ、怪我もするだろう。むしろ掠り傷で済んだのが奇跡に近いと思う。

「皆、私を守ってくれたからね。この程度の怪我で済んだのはそのお陰だと思うよ」

「そっか……」

皆、大将であるフリードを必死に守ったのだろう。

彼らの献身があったからこそ、フリードは大した傷を負うこともなく帰ってくることができた。

本当に有り難い。

ふたりで話しながらのんびりと食事を終え、カーラたちに片付けてもらった後は、宣言しておいた通り、侍医を呼んだ。

フリードの怪我は本人の申告通り大したものではなく、消毒程度で済ませることができた。

傷はどれも浅く、跡が残るようなものもないそうだ。

「良かった」

「だから言ったでしょう。リディに嘘は吐かないよ」

「そりゃそうかもだけど、本人も認識していない怪我があるかもしれないし。お医者様に診てもらわないと心配だもの」

「大丈夫なのに」

侍医が部屋を出ていき、ふたりになる。

医者には特に問題ないとお墨つきをもらえたので、やはり呼んで良かったと思った。

プロに大丈夫だと言われるのは、安心感が違うのだ。

納得したあとは寝室へと向かう。

「リディ?」

「うん、ちょっとね。フリードも来て」

手招きすると、フリードもついてくる。

私は体力回復薬を隠し場所から取り出し、中に入っていた薬を彼に差し出した。

「はい、これ。飲んで」

「え」

「体力回復薬。この前説明したでしょう？」

「うん、それは聞いたけど」

何故、薬を差し出されているのか分からないという顔をする彼に私は言った。

「少しだけど怪我してるんだよね？　多分、効くと思うの。消毒はしていただいたから、それならあとはこれを飲めば完璧かなって考えたんだけど」

デリスさんの薬は、簡単な怪我なんかも治してくれる優れものだ。だからフリードの傷も治るはず。

「フリードが怪我したままなのは嫌だし、だから」

「でもそれはリディがデリス殿にもらったものでしょう？」

「フリードにあげたら駄目なんてデリスさんは言わなかったし、別に怒ったりしないと思うよ」

大事な人のために使うことを、あの優しい彼女が責めるはずがない。

「でも」

「いいから、飲んで。フリードだって分かるでしょう？　もし私が怪我をしていて、自分が治せる手段を持っていたら？　絶対に使いたいし、使うよね？　それと同じ」

フリードが目を見張る。だけど実際そうだと思うのだ。

大切な人を治せる手段を持っていて使わないなんてあり得ない。

グイグイと薬を押しつけると、ややあってフリードはそれを受け取った。

「……そう言われたら、断れないね」

「でしょ」

「ありがたくいただくよ」

「そうして」

フリードが薬を口に含む。彼女の薬は即効性だ。フリードも実感したらしく、両手を握ったり開いたりしている。

「……相変わらずデリス殿の薬はすごいね。一瞬で疲れまで吹っ飛んだよ。体力回復薬と銘打つだけのことはあるな」

感心したように言うフリードに、私も誇らしい気持ちになってくる。

「デリスさん印の薬には私もいつも助けられているから。でも、フリードが回復したようで良かった」

「うん。さすが魔女の薬だ」

「残念ながら魔力は回復しないんだけど」

「ああ、大丈夫。そっちはすっかり元に戻っているから」

「そうなの？　魔法剣を使ったのに？」

「うん。全く問題ない。なんだろう。あれから常に力が補充され続けている感じなのかな。溢れることはないんだけど、減ると補充される、みたいな」

「へえ……」

「リディの方に変化はない？」

「……？」

王華に意識を集中してみたが、全く分からなかった。

「何もない。王華にも変化はないし。明日、アルにでも聞いてみる？」

その辺りはフリードの回復を手伝ってくれたアルに尋ねるのが早いだろう。そう思い告げると、フリードも同意した。

「そうだね。まあ、何も困っていないし、時間ができた時にでも聞いてみるくらいでいいと思うけど」

「確かに。むしろ助かっている感じだもんね」

フリードに不利益がないのなら、急ぐ必要はない。

「リディ」

「ん、何？」

呼ばれ、彼を見る。フリードは私を抱きしめると、蕩《とろ》けるような甘い声で言った。

「これで安心してくれた？」

「うん。完全回復したもんね」

怪我が治り、体力に魔力も回復した。まさに鬼に金棒状態だ。

満足して頷くと、フリードが首筋に顔を埋め、口づけてきた。

「あ……ちょっと……」

「じゃあ、もういいよね、抱きたい」

ストレートに乞《こ》われ、一瞬言葉を失った。

「えっ？」

「満足してくれたんでしょ。それなら、ね……？　夕食も終わったし、夫婦の時間を楽しもうよ」

「え、ええと……」

「色々回復したら、余計にリディを抱きたくなってしまったんだよ」

「わあ……そう来たか」

ある意味、予想通りの展開に苦笑した。

フリードは私を抱きしめたまま離そうとしない。

そんな彼に私は、申し訳ないと思いながらも正直に言った。

「ごめん、フリード。できれば今日は寝かせてもらいたいなって思うんだけど」

「えっ」

「いや、昨日のこと忘れちゃった？　その、私、寝不足で……」

昨夜のことを思い出す。

昨日は一週間ぶりにフリードが帰ってきた喜びと、また戦いに行ってしまうという悲しみで、大いに盛り上がったのだ。

出発前にも、お強請《ねだ》りに負けて抱き合った。

完全に寝不足状態なのである。

そしてとても残念なことに、デリスさんの薬では睡眠不足は解消できないのだ。

私はフリードと違って、寝なくても大丈夫だなんて嘘でも言えないし。

寝不足解消のため、今日は昼寝をする予定だったが色々あって無理だったし、明日は明日で祝勝会がある。

これでフリードに付き合ったら、間違いなく明日の私が大変なことになるので、安易には頷けないのだ。

「別にしたくないって言ってるんじゃないんだよ？　でも、今日はちょっと遠慮して欲しいかな。明日、祝勝会が終わった後なら付き合うから、ね？」

祝勝会を二日連続の寝不足で挑みたくはない。

そう正直に告げると、フリードは眉を下げた。

「……そうだね。確かに昨日、無理をさせたのは私だ」

「う、うん」

なんだかとても胸が痛い。そう思いながらも頷いた。

フリードが悲しそうに続ける。

「リディが殆ど寝ていないのは知っているし、確かに朝もわがままを言ったし……」

「……う」

「リディには健康でいて欲しいしね。……分かった。今夜は諦めるよ」

「……」

——ああああああ！

心底残念そうに言われ、堪らなくなった私は心の中で叫んだ。

なんだかものすごく悪いことを言った気持ちになったのだ。

「ご、ごめん……」

「どうして謝るの。悪いのは無理をさせた私でしょう？」

「そ、それは……」

そうなのだけれど、罪悪感がすごいのだ。

今日一日のこととはいえ、戦争に行き、危ういところをなんとか勝利を掴んで帰ってきた。

その夫に求められ、私はたかが睡眠時間を理由に断るのか。

なんだか自分がものすごい非人間に思えてきた。

「……し、仕方ない」

「リディ？」

不思議そうな顔でフリードが私を覗き込んでくる。そんな彼に私は断腸の思いで告げた。

「わ、分かった。日が変わるまでなら付き合う」

「え？」

キョトンとするフリードの目を見つめる。

うん、やっぱり断るのは申し訳ない。

頑張って勝利をもぎ取り、私の元へ帰ってきてくれた夫の求めを拒絶するなど私にはできないのだ。

それに私だってフリードとしたくないわけではないし、夫には満足してもらいたいと思っている。

フリードのことは私が全部受け止めると、彼との結婚を決めた時に覚悟したのだから。

とはいえ、さすがに朝までとかは無理だけど。

ある程度、睡眠時間は確保したい。明日は昼間のうちに寝る、なんてことはできないのだから。

私の言葉を聞いたフリードが目を瞬かせる。

「良いの？」

その目には無理をさせたくないという私に対する心配と、期待が入り交じっていた。

そんな顔を見てしまえば、やっぱり無理とは言えないし、言いたくない。

うん、日が変わるまでに寝かせてくれるのならよしとしよう。

戦いのあと、気が昂ぶっているであろう夫を放置するのは妻としても心苦しいし。

「いいよ。でも、本当にたくさんは付き合えないから。それは明日の夜にしてくれると助かるかな」

「祝勝会があるものね。でもリディ、本当に良いの？　そりゃ、私は嬉しいけど」

遠慮気味に尋ねてくるフリードに頷きを返す。

「いいって言ったよ。……私だって、抱かれたくないわけじゃないんだから。ただ、朝まで付き合った場合の明日の自分がちょっと不安なだけで」

「その辺りはちゃんと加減する」

「ん、なら大丈夫」

求められるのが嫌なわけではないので、自制してくれると言うのなら、こちらも応えようではないか。

フリードの首に両手を回す。

「じゃ、ちょっとだけね」

「――うん、少しだけ」

優しい声音が聞こえたあと、抱き上げられる。

ベッドの上に横たえられながら、私は全てを終わらせて帰ってきてくれた旦那様に、甘くも優しいキスを強請った。

12・彼女と彼のスローな夜（書き下ろし）

思いの外早く帰ってきてくれた旦那《だんな》様。

その彼から抱き合いたいと求められた私は「日が変わるまで」と条件をつけはしたが、最終的に頷《うなず》いた。

せっかく夫が帰ってきたのだ。私だって、明日の予定さえなければいくらでも付き合いたいのが本音だけれど、祝勝会は休めないし、無様な姿は見せられない。

フリードの妃《きさき》として、可能な限り格好はつけておきたいのだ。

「リディ」

ベッドの上に横たわった私の上にフリードが覆い被《かぶ》さってくる。そんな彼の背中にうっとりと目を閉じながら手を回した。

「フリード、大好き」

「私も愛してる。リディがいないと眠れないから、帰ってくることができて本当に良かった」

「うん。私も同じだからフリードが帰ってきてくれてすごく嬉《うれ》しいの」

触れるだけの口づけを何度も繰り返す。

「んっ」

フリードの手が私の身体《からだ》の線を確かめるように這《は》う。服の上からだというのに、ゾクゾクした快感が私を襲った。

昨日も抱き合ったが、今日はまた違った感覚だ。

あの時は、久しぶりに帰ってきた嬉しさとまたすぐに行ってしまう寂しさが混ざり合って、とにかくフリードを求めることしかできなかった。でも、今夜はそうじゃない。

だって戦争は終わった。

明日からもフリードは側《そば》にいてくれる。そう思うと、自然と身体から力が抜けていく。

「リディ……」

「ん……好きにして……」

フリードが僅かに目を見張る。

「好きにして、なんてリディはずいぶんと煽《あお》ることを言ってくれるね。どうなっても知らないよ？」

「別にいいもん。フリードにされて嫌なことなんてないから」

好きな人から与えられるものはどんなことでも嬉しいのだ。

先ほどお願いした通り、時間さえ守ってくれればあとは好きにしてくれたらいいと思っている。

「そっか。じゃあ――」

フリードは一旦《いったん》起き上がると、上着を脱ぎ捨てた。

クラヴァットを緩め、抜き取る。シャツも脱ぎ捨てて上半身裸になった。

こちらを見る瞳《ひとみ》には欲が煙《けぶ》り、その目を見ているだけで期待感に身体が震える。

「フリード……」

「決めた。今日は私の方にも多少余裕があるし、時間いっぱいリディを可愛《かわい》がってあげることにする。ゆっくり、長く気持ち良いのが続くようにしてあげるよ」

「え……」

「明日を考えれば、無理はさせられないからね。だから、リディを蕩《とろ》かすことに集中しようかなと」

「そ、それ、どういう意味……んっ……」

質問しようとしたが、再度フリードが私の上に覆い被さり唇を塞《ふさ》いだので、できなかった。触れるだけかと思われた口づけは、今度は濃厚なものへと変化する。

「あ……ん……」

「舌、出して……」

お腹に響く低い声が、優しく私に命令をする。命じられるままに舌を出すと、彼の舌先に擽《くすぐ》られた。

「んっ……んんっ」

チロチロと互いの舌を擦《こす》りつけ合っているうちに、唾液《だえき》が溜まっていく。堪《たま》らず、ゴクリと飲み干す。もう一度舌が触れ、今度は優しく絡め取られた。

濃厚な口づけに、頭の中がぽーっと茹《ゆ》だっていく。

「ふぁっ……」

音を立てて舌を吸われ、あまりの心地よさに身体が疼《うず》く。

お腹の奥が酷《ひど》く熱い。彼に抱かれ慣れた身体は、積極的に準備を始めているのだ。

その証拠にどろりとした愛液がお腹の奥から生み出され、零《こぼ》れ落ちていく。下着に染みていく感覚

が恥ずかしかった。

――もう、早く服を脱がせて欲しい。

そう思っていると、フリードはキスをしながら器用に私のドレスを脱がせ始めた。

背中にあったドレスのボタンを外し、緩んだドレスを下げる。着ていたコルセットもさっと紐《ひも》を解《ほど》いてしまった。いつもながら手際が良い。

コルセットが外れると、締めつけがなくなった反動か、勝手に「ふう」という声が出る。

腰に穿《は》いている下着一枚となった私はもじもじと太股《ふともも》を擦りつけた。今更ではあるけれど、下着がべっとりと張りついているのを知られたくなかったのだ。

「リディ、足を閉じないで」

「あっ……」

太股に手を掛けられ、足を広げさせられた。

何度経験しようと、Ｍ字開脚のような体勢はどうしようもなく羞恥を誘う。

私は耳まで真っ赤にしながらも、フリードの視線から逃《のが》れるように顔を背けた。

フリードが指でつーっとクロッチ部分をなぞる。

「よく濡《ぬ》れてる」

「う、わ、分かってる……ひゃんっ」

グリグリと下着の上から蜜口《みつくち》を押され、甘ったるい声が出た。布一枚隔てているのがもどかしい。

「ふふ、下着を穿いていても、リディの形がよく分かるよ。でも、せっかくなら直接触ってあげたいからね。もう脱がせてしまおうかな。リディもその方が良いよね？」

「お、お願いします……」

顔を真っ赤にしたまま頷くと、フリードは腰紐を解いた。

締めつけのなくなった下着が力なく落ちていく。それをフリードが抜き取り、ベッドの向こう側へ放り投げた。

「あ……ひゃんっ」

フリードが私の足を更に大きく広げさせ、股の間に顔を埋《うず》めた。今も愛液を零し続ける蜜口に、舌を這わせる。

「ああんっ……！」

強烈な刺激に襲われ、甘ったるい声が出た。

フリードが二枚の花弁の形を確かめるように舌を動かしている。擽ったいのに気持ち良くて、分かりやすく身体が震えた。

私の反応に気を良くしたフリードが、刺激を受けて膨らみ始めた花弁を食《は》む。それも気持ち良くて、喘《あえ》ぎ声が止まらない。

「あっ、あっ、あっ……あああんっ！」

「ここを舐《な》められるの、リディは好きだもんね」

フリードが舌先で突っついたのは、蜜口の少し上にある小さな陰核だった。そこを掘り返すようにグリグリと攻められ、一瞬で快感が迫《せ》り上がった私は、耐える余裕もなく達してしまった。

「ああああああっ！」

快感が頭の先へと抜けていく独特の感覚に翻弄される。

「はあ、はあ、はあ……」

身体が怠《だる》い。

絶頂の余韻で、全身が痙攣《けいれん》したかのようにヒクついていた。ドッと汗が噴き出し、全力疾走した後のような気持ちになる。

脱力感にぐったりする私だったが、フリードは待ってはくれなかった。

これからが本番だとでも言うように、陰核に更なる攻撃を仕掛けたのだ。

「ひぃっ！」

舌先で上下左右、好き放題に弾《はじ》いていく。そんなことをされて耐えられるはずもない。

落ち着く間もなく新たな刺激に襲われた私の目には、分かりやすく涙が滲んでいた。

「あっ、あっ、やあっ、それ駄目……」

凄《すさ》まじいまでの気持ち良さに、またもや絶頂感が訪れる。陰核への刺激で蜜口はすっかり大きく口を開いていた。

快楽から逃れるように身体を捩《よじ》るも、しっかりと下半身を押さえつけられているので無駄だった。

「逃げないでよ。せっかく気持ち良くしてあげているのに」

「やっ……駄目……気持ち良すぎるのっ……あんんっ」

下から上へ、花芽を舐め上げられ、強請《ねだ》るような声が出る。

フリードが片手を伸ばし、乳房を掴《つか》んだ。絶妙な強さで揉《も》みしだかれ、形が変わる。先端で主張する突起を指で弾いた。

それもまた気持ち良くて、大きな声を上げてしまう。

「ああっ……！」

「両方虐《いじ》めてあげるね」

「ひいんっ……んっあっ……」

舌先で陰核を弄《いじ》られながら乳首を摘《つま》まれ、子宮が切なく痺れる。

優しい触れ合いが行われるものだとばかり思っていたのに、そんなものはどこにもなかった。暴力的なまでの快楽をひっきりなしに与えられ続け、随喜の涙が止まらない。

「ひっ、やっ……あっ……フリード……やあ、もう……キツイの……」

お腹の奥がグルグルと熱くうねっている。媚《び》肉《にく》が何かを締めつけるように何度も収縮を繰り返した。

気持ち良いけれど、こんなことをいつまでも続けられたら、私の方が耐えられない。

堪らなくなった私は、涙を流しながらフリードに強請った。

「も……ちょうだい……フリードの、中に挿《い》れて……」

蜜孔《みつあな》は完全にできあがっており、いつでも雄《おす》を受け入れられる状況だ。

早く肉棒を奥までねじ込んで欲しくて強請ったが、フリードはにっこり笑って『だーめ』と言った。

「え……」

「今日はリディを蕩かせるって言ったでしょう？　だからもう少し頑張ろうか」

「わ、私……もう十分……」

「私が満足していないから。もっとリディが快楽に喘ぐ顔を見たいんだよ」

「い、いつも見ているじゃない」

「今日は特に。ほら、泣いているリディってすごく可愛くて興奮するから、もっと、ね？」

「あああっ……！」

陰核への刺激が再開された。ぷっくりと膨らんだその場所をフリードは丁寧に嬲《なぶ》る。胸への攻撃も緩めることなく、指の腹で固くなった先端をねっとりと捏ね回し、これでもかと刺激を与えてきた。

過ぎた快感に悲鳴のような嬌声《きょうせい》が止まらない。

でも気持ち良い。頭が馬鹿《ばか》になりそうなほど気持ち良くて、フリードの望むままに啼《な》いてしまう。

「ひっ、あっ、も、駄目っ、気持ち良いのっ……あっ……やあ……またイくっ……」

「いいよ。いくらでもイって。可愛い顔を見せてよ」

「ああああっ!!」

ビクビクビクと全身を震わせ、達する。限界だ。全く身体に力が入らない。

「フリード……私、もう……」

いい加減挿入して欲しいという顔で彼を見る。フリードはそれには答えず、すっかり蕩けた蜜口の中に今度は舌を差し込んだ。

「あっ、あああっ！」

十分過ぎるほど濡れそぼった洞《ほら》を、彼の舌が無遠慮に掻《か》き混ぜる。

ビリビリと電流のような痺《しび》れが全身を走った。

舌で抜き差しされ、お腹が波打つようにヒクつく。

いつまで経《た》っても終わらない前戯に、気持ちいいけれど、だからこそ辛《つら》いという気持ちになっていく。

「フリード……お願い……も、挿れてえ……」

腹の奥底が疼いて仕方ないのだ。

いつもならとうに与えられているはずの刺激が来ないことに、子宮が物足りなさを感じている。

早く一番奥まで彼のモノを咥《くわ》え込みたい。深い場所を切っ先で抉《えぐ》って欲しい。

もう、そのことしか考えられなかった。

「奥……切ないの……お願い……」

「まだ、指で解《ほぐ》してないから、その後ね」

「やだあ……」

まだ前戯を続けるつもりなのか。

とっくに中はドロドロに蕩けているというのに、挿入してくれないリードを涙目で睨《ね》めつける。

「も、挿れて。意地悪は嫌なの……」

「意地悪をしてるつもりはないんだけどなあ」

「嘘だ……」

「本当だよ。リディに無理をさせたくないから、時間を掛けているんだ。それだけだよ」

そのわりにはしつこすぎると思うのだけれど。

いつもなら、私がもういいと言えば挿入してくれるのに、今日はいくら強請ってもくれない。

これが意地悪でなくてなんなのだろう。

フリードが柔らかく解れた蜜孔に指を差し込む。蕩けた泥濘《ぬかるみ》は彼の指をあっさりと呑《の》み込んだ。

「んっ」

ゆっくりと指で中を掻き混ぜられる。膣壁《ちつへき》をじんわりと押され、甘い声が出た。

「あんっ……」

「ここ、気持ち良いでしょ」

「んっ、気持ち良いけど……」

甘美な刺激は彼の言う通り心地良かったが、私が欲しいのは指ではない。

大体指では一番奥まで届かないのだ。

むしろこれじゃない感が強く、物足りない気持ちになってしまう。

「フリード……指、やだ……」

「足りないの？　じゃあ、三本に増やしてあげる。それならどうかな」

「んっ！」

指が三本、蜜の海に沈められる。三本の指は中を拡《ひろ》げるように動いた。

「ひっ、あっあっ……」

「ほら、気持ち良さそうだ」

激しく指を出し入れされ、ぞくぞくとした愉悦が湧《わ》き上がってくる。

襞肉《ひだにく》が強く彼の指を締めつけた。

また絶頂感が迫り上がってきて、堪《こら》えきれない。

「フリード……あ、も……やあ……」

「またイきそうなの？　うん、そのリディの追い詰められた顔、最高に可愛いね。私の大好きな顔のひとつだよ」

「そういうのは……良いから……」

はっはっと短い呼吸を繰り返す。蜜壺《みつつぼ》に埋まった指の動きは一段と激しくなり、淫《みだ》らな水音が響いていた。

とにかく身体が熱い。欲しいのはそれではないのに気持ち良さに逆らえない。

弱い場所を指でトントンと押され、また呆気《あっけ》なくイった。

「ひっ……！」

ドッと蜜が溢《あふ》れ、フリードの指を濡らしていく。

フリードが指を引き抜いた。私はぐったりとリネンに倒れ、最早虫の息だ。

連続で何度もイきすぎて、動けない。

でも腹の奥は熱いままで、全く満たされた気持ちになれなかった。

「フリー……ド……」

「うん、そろそろあげようか」

フリードが私の足を抱える。ややあって熱いものが蕩けた蜜口に当てられた。

――やっともらえる。

あまりにも焦《じ》らされたせいか、期待よりも安堵《あんど》の方が強かった。

「挿れるよ」

「ん……」

質量のある肉棒が、媚肉を押し広げるように中へと入ってくる。

強請りに強請ったものがようやく与えられ、蜜道が嬉しげに戦慄《わなな》いた。

襞が複雑にうねり、肉棒を絡め取って奥へ奥へと誘い込む。

「ああっ……」

最奥まで肉棒を押し込められ、息が零れた。

ずっと放置されていた場所が望みのもので埋められたことに膣壁が歓喜し、ギュッと雄を押し潰す。

フリードがいつもよりもゆっくりと肉棒を抽送させ始めた。

「あ……」

普段よりも時間を掛けた動きが物足りなかったのは、最初だけだった。

すぐに身体は彼の動きに馴染《なじ》み、気づけば合わせるように腰を動かしていた。

「リディ……」

「フリード……あっ……気持ち良いっ……」

じんわりとした心地よさが身体中に広がっていく。

トントンと膣奥を押されるたび、痺れにも似た快感に包まれ、翻弄される。

「ひぅっ、あっ、あっ……」

「たまにはこういうのも良いよね。リディの反応も変わるし。……気持ち良い？」

「すごい……気持ち良いの……ひゃんっ」

時間を掛けて快感を引き出されたせいか、全く堪えがきかない。

フリードは私の足を抱え、肉棒を最奥に押しつけていた。

大きな肉棒が根元まで埋め込まれている。肉棒は火傷《やけど》しそうなほどに熱く、私の中で強く自己主張していた。

「ひあっ、あっ、あっ……」

「ああ……リディの中、熱い……」

「フ、フリードのも熱いもん……んっ」

フリードが身体を倒し、唇を塞ぐ。そのまま腰を奥に押しつけ、グリグリと押し回した。

「んんっ、んんんんっ……！」

キスされているので、言葉にならない。

ただすこぶる気持ち良く、馬鹿になってしまいそうだった。

ずぷずぷと肉棒が出入りする音がしている。私はフリードの背に両手を回し、ぎゅっと彼を抱きしめた。

「フリード……」

「リディ、愛してる」

狂おしいくらいの熱量に、キュンと胸が高鳴った。

呼応するように屹立《きつりつ》を締めつけてしまう。

「っ……リディ」

苦しげにフリードが眉《まゆ》を寄せる。

「ごめん……フリードのことが好きだなって思ったらつい……」

勝手に身体が反応してしまったのだ。

今も肉棒を逃したくないとばかりに食らいついている。

「ふふ……熱烈だね」

「フリードもでしょ。だって……すごく熱いし大っきい」

「そりゃ、リディのことを愛してるから。こうなるのも仕方ないでしょう?」

チュ、と口づけるだけのキスが贈られる。

ゆっくりとしたピストン運動が、身体に染み込むような快感を引き出してくる。深く長く続く気持ち良さに酔ってしまいそうだ。

「は……あ……ん……」

「ああ、気持ち良い……リディとひとつになると、帰ってきたことを実感するよ……」

熱い息と共に零された言葉にどうしようもなくときめいた。

抱きしめたフリードの背中は熱くしっとりと汗ばんでいて、それが更に心地良い。

「フリード……」

「リディ、大好きだよ」

「私も……んっ」

腰を揺らしながら、今度は舌を絡めるキスをする。緩やかな快楽に十二分に酔いしれたあと、フリードは私の中に精を放った。

「はあ……」

フリードが肉棒を引き抜く。

満たされた気持ちで時計を確認すると、時間はそろそろ日が変わろうかというところ。

どうやらフリードは約束通り、この一回で終えてくれるらしい。

本当にまずい時、フリードは絶対に約束を違《たが》えないから、そういうところは信用しているし、好きだなと思っていたりする。

とはいえ、かなり疲れたのは事実だ。

スローなセックスではあったが、前戯は激しかったし、意外と消耗した。

ベッドに転がってぐったりしていると、フリードが手を伸ばし、私を引き寄せてくる。

「リディ、こっちにおいで」

「ん……」

逆らわず、彼の胸の中に収まる。昨日《きのう》とは違って、明日は見送りをしなくても良いのだ。

フリードは戦争に行かない。

それがすごく嬉しくて、厚い胸板に頬《ほお》を擦り寄せた。

「ん？　どうしたの？」

「フリードが明日もいるんだって思ったら嬉しくて」

「リディ。……そうだね。明日も明後日《あさって》もずっと一緒だよ」

「うん」

そうでないと困る。

ぺったりとフリードにくっついていると、彼は私の頭を撫《な》で始めた。

「ん、ふふ……何？」

「何でもない。リディのことが好きだなって思っているだけ」

「んー、私も好きー」

反射で答える。事後でふわふわした気持ちだからか、声も同じようなふわふわとしたものになった。

フリードはそんな私の額に口づけると「ねえ」と言った。

「ん？」

「いや、ちょっとね。少し思い出して。私とリディが……その……」

「ああうん。初代国王夫妻の生まれ変わりとかいう話のこと？」

何を言いたいのか察して告げると、フリードは頷いた。

「そう」

「面白いよね。私とフリードが前にも夫婦だったとか」

別の人と結婚していたよりは良いなと思いながら告げると、フリードがじっと私を見つめてきた。

「リディは前世を覚えてるんでしょ？　……もしかして、私の奥さんだった頃《ころ》の記憶もあったりする？」

「え、ないない。さすがにふたつも覚えてないよ。初代王妃って聞いて、普通にびっくりしたし」

自分が前世持ちなので、そういうこともあるのだろうと疑いはしなかったが、初代王妃とはまた……とは思った。

「でもまあ良いんじゃない？　生まれ変わりって言われても何にも覚えていないし、特に困ることもないしね。……あー、でももし、その話をフリードと結婚する前に聞かされていたら、結婚を考え直したかもしれないけど」

「え、どういうこと!?」

バッとフリードが跳ね起きた。私も身体を起こし、彼に言う。

「どういうことも何も……前も夫婦だったからなんて理由で結婚したくないってだけ。昔と今は別ものだもん。一緒にしてもらったら困るよ」

そう言うとフリードは複雑そうな顔をした。

「それは分かるけど……じゃあ、今は？」

「今？　すでに結婚したあとに聞かされてもなあ。ふうんって感じ？　フリードと結婚したのは私の意思で、前世——私の場合は前々世かもしれないけど、その話とは全然関係ないもん。そっか、前もフリードの奥さんだったんだなあって思うだけだよ」

「……それだけ？」

疑わしげに聞かれたが、本当にそれ以外ない。

「うん。フリードも似たようなものでしょ。だってすでに私はフリードの奥さんで、フリードのことが大好きなんだから、今更前世とか言われてもねえ？」

「それはそうだね」

「よりによって初代国王夫妻かーとは思ったし、当時のふたりを知ってるアルもいるから、不思議な気持ちではあるけどね。まあそれはそれ、これはこれ、くらいのものだよ」

意外と切り離せるものなのだ。

そう告げると、フリードは感心したように言った。

「前世持ちのリディが言うと説得力があるね」

「そう？」

「普通なら結構悩むものだと思うけど」

「そうかな。別に前世なんて、あってもなくてもあんまり変わらないよ。私、小さい頃に前世を思い出したんだけど、私は私だとしか思わなかったから。今はリディアナとして生きているんだから、それでいいじゃないかっていうのが結論」

「なるほど」

「ただ、多少、感覚は引き摺《ず》るかも。私、結局一夫多妻制には納得できなかったし」

あれは日本人だった時の感覚だ。

フリードも思い出したような顔をする。

「そういえば、最初から言っていたね。一夫多妻制は嫌だって」

「夫を共有とか元日本人には無理。フリードが私だけって言ってくれて本当に嬉しかったんだから。……とまあ、昔を引き摺ってるといえばこれくらいかな。あとは料理の記憶が残ってるくらいだし……うーん、だからそうだね。今後、初代王妃としての記憶が蘇《よみがえ》っても、多分そんなには変わらないんじゃないかな」

そしてそれは、フリードも同じだと思う。

そう告げると、彼は納得したように頷いた。

「そうだね。少なくとも私とリディの関係は何も変わらない」

「そうそう。ただ過去の記憶を思い出して、そんなこともあったなって再度記憶の中に戻すだけだから。まあ、ふたりとも思い出したらそれはそれで過去の話ができて楽しいかもしれないけどね」

「確かに、それは少し話してみたいかもしれないね」

「多少引き摺られることがあるかもだけど、まあ、そこは上手《うま》く付き合っていこう。ね、前世なんて大したことないって。ちょっとしたオプションがついたみたいなものだと思えばいいから」

「……本当にリディが言うと、説得力が違うよ」

「ありがとう。何せフリードの言う通り、経験者なもので」

キリッと告げる。

納得してくれたようなので再度、掛け布団の中へと潜《もぐ》り込む。フリードも同じように入ってきた。

いつものように腕が伸びてきて、私を閉じ込める。

腕の中で目を閉じながら、ふと思った。

もしかして、フリードは少し不安だったのかもしれない、と。

口では気にしていない的なことを言っていたが、初代国王の生まれ変わりなどと聞かされれば、やはり心穏やかではいられないだろう。

初代国王は元竜神。そんな偉大な人の生まれ変わりなんて聞けば、もし自分が思い出した時、どうなってしまうのか不安になるのは分からなくもない。

「……大丈夫だからね」

腕を伸ばし、フリードの頭を撫でる。

フリードが「うん」と返事をした。

「私が一緒にいるから。だからきっと何があっても平気だよ」

いつかの未来、もしかしたらフリードは過去を思い出す時が来るのかもしれない。

その可能性はゼロではないし、そしてきっとフリードが思い出すのなら、私も同様に思い出すのだと思う。でも、それで彼が苦しむのなら、その時は、私が彼の手を引いてあげれば良い。

何せ私は、すでに前世云々を乗り越えてきた女なので。

一緒に歩める人が側にいるのなら、平気だと知っている。そしてそれを最初に与えてくれたのはフリードなのだ。

前世を覚えていると告白した私を「だから何？」と何でもないことのように受け入れてくれた。

それがとても嬉しかったことを私は覚えているから。

いつか、彼が同じ悩みを抱えた時は、私がいるよと、どんなあなたでも大丈夫だと言ってあげようではないか。

だって、私はどんなフリードでも愛してると言いきれるのだから。

「大丈夫、私がいるよ」

もう一度『大丈夫』を告げる。

返事はなかったけど、私を抱き締《し》めた力の強さが、きっと彼の答えなのだと思った。

王《おう》太《たい》子《し》妃《ひ》になんてなりたくない!!

王《おう》太《たい》子《し》妃《ひ》編《へん》9

月神サキ

2023年6月5日　初版発行

著者　月神サキ

発行者　野内雅宏

発行所　株式会社一迅社
〒160-0022　東京都新宿区新宿3-1-13　京王新宿追分ビル5F
電話　03-5312-7432(編集)
電話　03-5312-6150(販売)
発売元：株式会社講談社(講談社・一迅社)

印刷・製本　大日本印刷株式会社

DTP　株式会社三協美術

装丁　AFTERGLOW

ISBN978-4-7580-9554-9

MELISSA

●本書は「ムーンライトノベルズ」(https://mnlt.syosetu.com/)に掲載されていたものを改稿の上書籍化したものです。
●この作品はフィクションです。実際の人物・団体・事件などには関係ありません。